敲水論詩叢稿

李建崑　著

自序

　　這本小書收錄八篇論文，皆與中國古典詩相關；取孔子「好古敏求」之義，自我勉勵，因定名為：《敏求論詩叢稿》。本書算是初編，持續下去，未來肯定還有續編、三編、四編。

　　在八篇論文中，有五篇是會議論文。其中〈皎然與吳中詩人之往來關係考〉完成最早，曾在 1992 年 10 月古典文學研究會主辦的「區域文學研討會」上宣讀。至於〈論唐代元和時期流貶文人之行旅詩〉一文，則在 1999 年 3 月 13 日在東海大學主辦「中華文化與文學研討系列第五次會議：旅遊文學」研討會上宣讀。〈從張籍樂府詩看唐代民間風情〉一文，曾於 2001 年 10 月 19 日在國立中興大學中國文學系主辦「通俗文學與雅正文學第三屆全國學術研討會」上宣讀。〈姚合在晚唐詩人體派地位之評議〉一文，曾於 2006 年 11 月 25 日在國科會、彰化師範大學文學院國文系、台灣文學研究所主辦「國科會中文學門 90 至 94 研究成果發表會」宣讀。至於〈李頎詩析論〉一文，完成最晚，也曾於 2007 年 3 月 22 日，在東海大學中文系「第 10 次專任教師論文研討會」上宣讀。

　　本書收錄三篇期刊論文：其中〈元好問及其《論詩三十首》〉一文，原刊國立中興大學中文系主編《國立中興大學文史學報》第 23 期（1993 年 03 月）。〈王建《宮詞》探論〉，原刊國立中興大學文學院主編：《興大人文學報》第 33 期（2003 年 6 月）。〈試論李懷民《重

訂中晚唐詩主客圖》〉原載：東海大學中國文學系主編《東海中文學報》第 17 期（2005 年 7 月）。

　　當中文已經成世界語文之際，中國學術的發展天地，其實十分廣濶。這些論文，多半在筆者的個人網站全文刊載，不意獲得一些海內同道之謬賞，使筆者感到既驚又喜，覺得作為一個平凡的詩學教授，並無愧怍。

　　筆者曾在中興大學服務三十年，因緣際會，轉任東海大學中文系。對於學術研究，仍存有極大熱情；雖然資質駑鈍，願在學風自由的大度山上，繼續努力，並以更多成果，奉獻中文學界。猶憶先師王禮卿教授常謂：「深有所得，方能長久。」質實而言，本書只是多年讀詩之微末心得，訛誤自所難免，願海內同道，有以教之。

　　　　　　　　　　　　　　李建崑識於東海大學中文系敏求書齋
　　　　　　　　　　　　　　　　　　時為 2007 年 9 月 13 日

目次

自序 i

李頎詩析論 1

一、前言 1

二、李頎之事蹟與創作 2

三、李頎之性情與處世態度 5

四、李頎詩作內涵與藝術特質 11

　（一）李頎之邊塞詩 12

　（二）李頎之音樂詩 17

　（三）李頎之酬贈、送別詩 22

五、李頎詩之評價問題 29

六、結語 33

皎然與吳中詩人之往來關係考 35

一、前言 35

二、參與顏真卿《韻海鏡源》之編纂 36

三、以詩求合於韋應物 38

四、與詩僧靈澈之交往 42

五、與吳中隱逸之唱和 44

六、作孟郊險僻詩格之前導 52

七、結語 56

從張籍樂府詩看唐代民間風情 57

一、前言 57
二、水鄉風貌 59
三、山村哀樂 64
四、重商世風 68
五、動亂勞役 71
六、民俗信仰 74
七、婦女感情 78
八、結語 82

王建《宮詞》探論 85

一、前言 85
二、王建《宮詞》之文獻問題 86
　（一）關於《宮詞》之篇數與增補 87
　（二）《宮詞》之來源與寫作年代 91
三、《宮詞》百首之寫作範圍與題材內容 95
　（一）宮廷政事與禮俗 95
　（二）宮禁瑣事與遊藝活動 97
　（三）宮女之感情與境遇 102
四、《宮詞》之深層寄寓 108
五、結語 111

論唐代元和時期流貶文人之行旅詩 113

一、前言 113
二、元和文人之流貶經驗 114

（一）韓愈：陽山之貶與潮州之貶 115

（二）劉禹錫：朗、連、夔、和之貶 116

（三）柳宗元：永州之貶與柳州之貶 118

（四）白居易：江州、忠州之貶 119

（五）元稹：河南尉、江陵、通州之貶 120

三、觀物角度與感情特質 122

四、創作用意與藝術特徵 127

五、結語 135

姚合在晚唐詩人體派地位之評議 139

一、前言 139

二、唐詩體派之組成模式 141

三、「姚賈體」之系譜 146

（一）韓、孟到賈、姚 148

（二）「賈島系」成員 152

（三）「姚合系」成員 160

四、姚合在苦吟體派之地位 170

五、結語 172

元好問及其《論詩三十首》 175

一、元好問之生平行實 175

二、元好問之創作成就 177

三、元好問之文論要旨 180

四、《論詩三十首》絕句之析釋 184

五、《論詩三十首》絕句之文學批評 200

（一）「正體」與「偽體」之判分 200

（二）崇尚雄渾健勁之風格與真淳自然的美感 201

（三）對歷代詩人作成恰如其分的批評 202

（四）強調真實傳神之創作態度與自然諧和的聲律 203

六、結語 204

試論李懷民《重訂中晚唐詩主客圖》 205

一、前言 205

二、《重訂中晚唐詩主客圖》之作者、版本與編纂動機 206

三、〈重訂中晚唐詩主客圖說〉之論詩要旨 210

（一）重申「中晚唐詩兩派」之主張 210

（二）肯定張為以《主客圖》論詩之功 212

（三）論「學詩當自五律始」 213

（四）主張「由中晚唐以造盛唐之堂奧」 214

（五）批駁楊慎對中晚唐五律之譏誚 215

（六）論「俗關性情，非關語句」 218

（七）就詩論詩，不泥執時代先後；強調「為詩先求為古之

豪傑」 221

四、《重訂中晚唐詩主客圖》之內容分析 225

五、李懷民詩歌批點之評議 230

（一）以詩聯為單位，作字句修辭之探討 230

（二）就起結、接續、制題等方面，論詩篇構造 232

（三）就胸襟氣度與詩歌境界，論詩人之成就 235

（四）由句法、內涵、體性之類似，說明體派關係 238

六、結語 242

李頎詩析論

一、前言

在玄宗開元、天寶之際，詩人蠭起，燦若繁星。前有張九齡、張說之主盟詩壇，後有王維、孟浩然、岑參、高適，各主一格、引領風騷；其後更有李白以不世出之才，集眾家之所長，開拓盛唐罕見之奇偉詩境。

現存唐人選唐詩中，有《國秀集》[1]、《河嶽英靈集》兩本選錄到李頎詩。其中最能體察盛唐審美趣味與價值評判者莫過於丹陽人殷璠所編之《河嶽英靈集》，此書常被文學史家視為「盛唐之音」之具體展現。《河嶽英靈集》大約成書於天寶十二載（西元 753 年），選錄十三家詩作，收李頎詩十四首。僅次於常建、王維之十五首；而同書所選李白詩，亦不過十三首而已。由芮挺章與殷璠對李頎詩之賞愛與重視，可以旁證在盛唐壇，李頎擁有不可忽略的名氣與份量。

---

[1] 《國秀集》，芮挺章編選，芮挺章事蹟不詳，大約是玄宗天寶間人。此書約編定於天寶三、四載間。選錄李頎詩四首。其中五律二首、七絕二首。《國秀集》所收為李頎早年的詩，其時李頎尚未以歌行著稱。詳見傳璇琮《唐人選唐詩新編》卷下（西安，陝西人民教育出版社，1996 年 7 月），頁 272。

　　雖然李頎以其特殊的性情、才調與詩歌風貌，為歷代論者所稱道。然而學界對李頎詩的討論並不多見，大致針對〈古從軍行〉之流傳，將李頎視為「邊塞詩人」；或者在介紹盛唐邊塞詩時，略作介紹與論析而已。其實李頎既無岑參、高適之邊塞經歷，其仕履亦與邊地無涉。李頎是以七古與律詩見稱於當時，也因此贏得千秋之名。其描寫音樂與當時人物的詩篇，更值得吾人研究與賞鑑。本文擬以現代視角，針對李頎詩之創作成就重加評估，或可還其應有的地位。

二、李頎之事蹟與創作

　　李頎，約生於武周天授元年，約卒於天寶十載（西元 690？-751？年）[2]，原籍趙郡（今河北趙縣），家居潁陽東川（今河南登封縣東北五渡河上游）。李頎生平資料甚少，兩《唐書》無傳，事蹟僅見諸宋‧計有功《唐詩紀事》及元‧辛文房《唐才子傳》之零星記錄。今人傅璇琮作〈李頎考〉[3]，詳細考論李頎之生平、年里，其仕宦與履歷，始見明晰。

---

[2]　按：李頎生平原本不詳，聞一多《唐詩大系》曾定其生卒年為（西元 690?-751?年），詳見《聞一多全集：詩選與校箋》（台北，九思出版社，1978 年版），頁 191。近世學者對此大致遵從。如陸侃如、馮沅君之《中國詩史》也如此認定。又前一年（689 年）孟浩然出生，同年（690 年）也有王昌齡、李昂之出世，由此可知李頎之年齡層。詳參傅璇琮主編《唐五代文學編年史》（初盛唐卷）（遼海出版社，1998 年版）武周天授元年。

[3]　詳見傅璇琮〈李頎考〉。在傅氏所著《唐代詩人叢考》（北京，中華書局 1980

　　李頎於玄宗開元二十三年在賈季鄰榜進士及第[4]，釋褐為新鄉縣尉[5]。由其〈欲之新鄉答崔顥綦毋潛〉一詩謂：「數年作吏家屢空，誰道黑頭成老翁。男兒在世無產業，行子出門如轉蓬。吾屬交歡此何夕，南家擣衣動歸客。[6]」可知仕新鄉尉前，已作吏數載；調任新鄉尉時，已過中年。

　　李頎在開元、天寶間之行蹤不詳，從現存資料來看，大致在長安、洛陽兩地活動。例如：開元二十九年（西元741年），王昌齡赴江寧途中，經洛陽，曾作〈東京府縣諸公與綦毋潛李頎相送至白馬寺宿〉（《全唐詩》卷140）一詩，李頎〈送王昌齡〉，應是針對為此詩而寫。傅璇琮根據此詩，考知李頎在開元二十九年，已離開新鄉縣尉職務，歸居潁陽，而潁陽即在在洛陽附近[7]。

　　再如：開元二十九年王昌齡在洛陽有〈洛陽尉劉晏與府掾諸公茶及天公寺岸道上人房〉（《全唐詩》卷141）一詩，述及劉晏，可知劉晏時任洛陽尉。而李頎〈送劉四赴夏縣〉謂：「九霄特立紅鸞姿，萬仞孤生玉樹枝。劉侯致身能若此，天骨自然多歎美。聲名播揚二

第初版，2003年5月新1版），頁99。

[4] 傅璇琮據李華之〈楊騎曹集序〉考知，孫逖連年選拔楊極、張茂之、杜鴻漸、顏真卿、蕭穎士、柳芳、趙驊、李崿、閻防、張南容、郗昂、李華。而李頎是在開元二十三年（西元735年）在考功員外郎孫逖主試下登第。詳見傅璇琮〈李頎考〉。

[5] 唐‧芮挺章《國秀集》目錄卷下作「新鄉尉李頎」，此為唐人所記「李頎曾仕新鄉縣尉」之唯一記錄。詳見傅璇琮《唐人選唐詩新編》（陝西人民教育出版社，1996年7月），頁220。

[6] 劉寶和謂此詩當為退隱前所作，故語氣憤悶而悲涼。詳見劉寶和《李頎詩評注》卷一（山西教育出版社，1990年5月），頁140。

[7] 詳見傅璇琮〈李頎考〉。在傅氏所著《唐代詩人叢考》（北京，中華書局1980第初版，2003年5月新1版），頁101。

十年，足下長途幾千里。」又說：「明年九府議功時，五辟三徵當在
茲。」提到的正是「三度洛陽尉」之劉晏。可見李頎當時在洛陽。

又如：天寶八載秋，高適舉有道科得第，釋褐為封丘尉。途經
洛陽，李頎為作〈贈別高三十五〉以贈。凡此，都能驗證李頎當時
在洛陽。

又李頎在〈送司農崔丞〉云：「黃鸝鳴官寺，香草色未已。同時
皆省郎，而我獨留此。維監太倉粟，常對府小史。清陰羅廣庭，政
事如流水。奉使往長安，今承朝野歡。……」詩中也為自己之仕路
崎嶇，頗感不平。其中「同時皆省郎，而我獨留此」二句，頗可玩
味，似指李頎曾在長安尚書省做過低階官員。

唐・殷璠在《河嶽英靈集》卷上稱：「惜其偉才，只到黃綬。」
似指李頎之仕歷，僅及下僚。然而李頎之交遊卻十分廣闊，除了王
昌齡、劉晏，更與當代著名詩人王維、綦無潛、盧象、高適、張旭、
劉方平、皇甫曾、萬楚、萬齊融、張諲、陳章甫、裴迪、喬琳、魏
萬有詩歌酬唱[8]，可謂名重一時。

李頎詩作之流傳，頗有散佚。《新唐書》卷六〇〈藝文志〉四，
曾著錄其詩一卷；陳振孫《直齋書錄解題》卷一九亦同，今並亡佚。
清・康熙御纂《全唐詩》卷一三二至一三四收其詩三卷，連同大陸
學者之增補，現今大約存詩一百二十八首[9]。

---

[8] 此可由吳汝煜主編《唐五代詩人交往詩索引》（上海古籍出版社，1993 年 5
月）李頎條獲得驗證。

[9] 《全唐詩》卷一三二至一三四編其詩為三卷，錄其詩 124 首；《全唐詩逸》
卷上補斷句二、陳尚君《全唐詩補編》卷十二（中華書局，1992 年 10 月版，
頁 840）補二首又二句。此為李頎存詩之現況。

　　唐・殷璠《河嶽英靈集》稱其詩：「發調既清，修辭亦秀，雜歌咸善，玄理最長。」明・胡應麟《詩藪・內篇》卷三論其七言歌行，亦曰：「音節鮮明，情致委折，濃纖修短，得衷合度。」此種評論，大體還算公允。

三、李頎之性情與處世態度

　　元・辛文房《唐才子傳》卷二對於李頎之性情有概括描述，謂其：「性疏簡，厭薄世務。慕神仙，期輕舉之道，結好塵喧之外，一時名輩，莫不重之。[10]」所謂「慕神仙，期輕舉之道」可能本自王維〈贈李頎〉一詩。按王維〈贈李頎〉云：

> 聞君餌丹砂，甚有好顏色。不知從今去，幾時生羽翼。王母翳華芝，望爾崑崙側。文螭從赤豹，萬里方一息。悲哉世上人，甘此羶腥食[11]。

可見李頎對於服食求仙，相當嚮往。盛唐時期，特別是唐玄宗朝，道教十分興盛，社會瀰漫崇道之風。李頎應也沾染到此種風氣。其實李頎早年頗有用世之志，在〈緩歌行〉一詩，曾對功名富貴表現出強烈嚮往。詩云：

---

[10] 見傅璇琮主編《唐才子傳校箋》卷二（北京，中華書局，2000 年 2 月），頁356-357。

[11] 參見楊文生編著《王維詩集箋注》卷二（成都，四川人民出版社，2003 年 9 月），頁 131。

小來託身攀貴遊，傾財破產無所憂。暮擬經過石渠署，朝將
出入銅龍樓。結交杜陵輕薄子，謂言可生復可死。一沉一浮
會有時，棄我翻然如脫屣。男兒立身須自強，十年閉戶潁水
陽。業就功成見明主，擊鐘鼎食坐華堂。二八蛾眉梳墮馬，
美酒清歌曲房下。文昌宮中賜錦衣，長安陌上退朝歸。五陵
賓從莫敢視，三省官僚揖者稀。早知今日讀書是，悔作從前
任俠非。

（《李頎詩評注》卷二）

從這一首詩，可以概見李頎早年之生活與想望。起首四句謂己少年
輕薄，也曾攀附貴遊，雖至破家毀貨，亦無所懼。詩中之「石渠署」，
是長安典藏圖籍之所；「銅龍樓」，則為長安城樓；「暮擬經過石渠署，
朝將出入銅龍樓」二句，當是李頎之自我期許，其年少意氣，何等
豪橫。

「結交」二句，自道輕薄之態。「沉浮」二句，述及人情變故，
終於嚐到世態炎涼之打擊。「男兒」二句，謂己痛下決心，幡然改悟，
自立自強。「業就」以下八句，當為李頎虛擬之辭，此由「男兒立身
須自強」之「須」字可知。李頎揣想：十年努力，應可一登青雲，
立致富貴；屆時坐擁華堂，擊鐘鼎食。蛾眉在側；在曲房之下，飲
美酒、聆清歌。在文昌宮中，謁聖上、受錦衣；長安陌上，退朝而
歸，何等風光？是時，五陵賓從，豈敢輕視？三省官僚，莫敢作揖。
由結尾兩句知李頎所有想望，皆已破滅，對少年時期之任俠輕財，
不知讀書，十分追悔。

　　由於李頎及第之後，只獲得一個小官。李頎在〈放歌行答從弟
墨卿〉懊惱地說：「小來好文恥學武，世上功名不解取。雖沾寸祿已
後時，徒欲出身事明主。柏梁賦詩不及宴，長楸走馬誰相數。斂跡
俛眉心自甘，高歌擊節聲半苦。由是蹉跎一老夫，養雞牧豕東城隅。」
李頎自嘆未能習武以出仕，所以沒有高位可居；又無知己推薦，自
無晉身之梯。既然甘居人下，不願趨俗，只好擊節高歌、長楸走馬
了。養雞牧豕既非己願，蹉跎失時，轉眼成為老夫，只好屈居城隅，
「養雞牧豕」了。從詩意判斷，〈放歌行答從弟墨卿〉應是李頎隱居
潁陽之後，回首前塵所作。

　　開元二十四年，李頎辭官歸潁陽，在〈不調歸東川別業〉云：

> 寸祿言可取，託身將見遺。慚無匹夫志，悔與名山辭。紱冕
> 謝知己，林園多後時。葛巾方濯足，蔬食但垂帷。十室對河
> 岸，漁樵秖在茲。青郊香杜若，白水映茅茨。晝景微雲樹，
> 夕陰澄古遠。渚花獨開晚，田鶴靜飛遲。且復樂生事，前賢
> 為我師。清歌聊鼓楫，永日望佳期。

（《李頎詩評注》卷一）

詩由辭官說起，自謂寸祿無甚可取，不如早託山林。「悔與」二句，
自慚匹夫之志，未能堅定；率爾出山，如今追悔不及。兀傲中之，實
有怨憎。「紱冕」二句，謂己去職，蓋以林園失治，已歷多時，不得
不爾。「葛巾」以下六句，寫隱居樂事與田園情趣。「晝景」以下四
句，寫雲樹、古遠、渚花、田鶴，皆東川別業之景致。「且復」二句，
提及古代有不少賢者隱於潁陽，似指隱於箕山之許由。結尾二句，
即「樂得同心人，聊與共晨夕」之意，對隱居生活情趣，仍有期待。

　　這是李頎歸隱之告白，前人常與陶潛〈歸園田居〉一詩相提並論，其實二者之精神界差異甚大。陶淵明質性自然，不願適應時俗而歸返田園，故其歸返田園之心情十分欣喜；而李頎卻是因為不屑作個小官，無可奈何，而歸返田園。雖也曾說：「慚無匹夫志，悔與名山辭」，其實內心是抑鬱難伸的，此與陶淵明之真情擁抱田園，實在相去甚遠。

　　李頎雖然隱居東川別業，並未忘情仕路，所以一遇故友當權，就期望得到援引。其〈寄司勳盧員外〉便是一例。詩云：

> 流澌臘月下河陽，草色新年發建章。秦地立春傳太史，漢宮題柱憶仙郎。歸鴻欲度千門雪，侍女新添五夜香。早晚薦雄文似者，故人今已賦長楊。

（《李頎詩評注》卷三）

此詩是一首干謁詩，投贈的對象是司勳員外郎盧象。據劉禹錫〈唐故尚書主客員外郎盧公集序〉云：「尚書郎盧公諱象，字諱卿。以章句振起於開元中，與王維比肩驤首，鼓行於時，妍詞一發，樂府傳貴。」可知盧象之文才之佳與德望之高。

　　起首從時序敘起，「流澌」指河上裂冰，在臘月即流下河陽。暗寫李頎生活之地；「建章」為長安宮殿名，暗指盧象為官長安。三句呼應首句，謂秦地已至立春，因而思及主掌歲時之太史；第四句呼應第二句，就郎官故事，而憶及盧司勳。所謂「漢宮題柱」是漢靈帝時事。相傳靈帝十分賞識尚書郎田季中之容儀端正，曾目送田季中，並題其名於柱上。在此「仙郎」即指盧象；「漢宮題柱」指盧象之深受朝廷器重。

　　頸聯再引尚書省「侍女添香」韻事。先寫建章宮之雪景,再述尚書省郎值夜制度。據《初學記》引應劭《風俗通》云:「尚書省郎入直台,廝中給女侍史二人,皆端正妖麗,執香爐香囊,燒燻護衣服。」正是記錄尚書省郎值夜之時,五更時分,有「侍女添香」之韻事。結聯揭示全詩主旨。以揚雄自喻,謂己撰成〈長楊賦〉,正等待推薦給漢成帝;易言之,正期待盧象適時援引也。此為李頎唯一干謁詩,推薦之事,雖無結果。李頎在詩中,維持住讀書人之尊嚴,不卑不亢,十分得體。

　　李頎一生求仕,卻仕宦無門。隱於山林,並未忘懷世俗,用世之心,仍十分急切。在許多詩中,陳述心中的社會理想。例如:

> 彤襜問風俗,明主寄惸嫠。令下不徒爾,人和當在茲。
>
> 　　　　　　　　　　　　　　　　　　〈送東陽王太守〉

> 一朝出宰汾河間,明府下車人吏閒。端坐訟庭更無事,
>
> 開門咫尺巫咸山。男耕女織蒙惠化,麥熟雉鳴長秋稼。
>
> 　　　　　　　　　　　　　　　　　　〈送劉四赴夏縣〉

按:〈送東陽王太守〉中的「彤襜」,指有帷蓋屏蔽之車,借稱王太守。李頎認為一個太守,公車上任,應以「問俗」為務;鰥寡惸嫠,皆所關懷。蓋朝廷任命一太守,絕非毫無用意;如何使民心和樂,應當念之在茲。雖然這是李頎對王太守的期許,也是充分顯示他的施政理想。〈送劉四赴夏縣〉詩中的劉四為劉晏。劉晏赴山西夏縣任職,李頎對他的期待是:無為而治。李頎的理想社會,正是詩中所說的:「端坐訟庭更無事」、「男耕女織蒙惠化」。李頎認為:「為政心

閒物自閒」（〈寄韓鵬〉）。「心清物不雜，弊革事無留。舉善必稱最，持姦當去尤。」（〈龍門送裴侍御監五嶺選〉）。只是這樣的理想，不知何時始能達到？李頎透過酬贈友人之詩作〈寄萬齊融〉、〈奉送漪叔遊潁川兼謁淮陽太守〉重申這樣的理念。

　　除了嚮慕道家治術，李頎也對道教修鍊，十分崇仰。在系列酬贈道士的詩中，反映這種思想。在〈題盧道士房〉云：

> 秋砧響落木，共坐茅君家。惟見兩童子，林前汲井華。空壇靜白日，神鼎飛丹砂。塵尾拂霜草，金鈴搖霽霞。上章人世隔，看奕桐陰斜。稽首問仙要，黃精堪餌花。
>
> （《李頎詩評注》卷一）

詩中「秋砧」四句，言道士所居，清靜出塵，擺落俗事。「空壇」四句，所言皆為道士法事。「上章」四句，言法術之妙，不覺中心嚮往。全詩「空壇白日」、「神鼎丹砂」、「塵尾霜草」、「金鈴霽霞」都是道教術語，道士所重在煉丹，此詩可謂深得玄理。再如〈寄焦鍊師〉云：

> 得道凡百歲，燒丹惟一身。悠悠孤峰頂，日見三花春。白鶴翠微裏，黃精幽澗濱。始知世上客，不及山中人。仙境若在夢，朝雲如可親。何由睹顏色，揮手謝風塵。
>
> （《李頎詩評注》卷一）

詩中的焦鍊師，不知何許人。王維、王昌齡、李白、錢起都有詩贈之。李白〈寄嵩山焦鍊師序〉謂：「嵩山有神人焦鍊師者，不知何許婦人也。又云：其生於齊梁時，其年貌可稱五、六十。常胎息絕穀，居少室廬，遊行若飛，倏忽萬里。……」可知焦鍊師是一位女道士。

此詩「得道」四句，述焦鍊師之異於常人，蓋已得道百年，唯以煉丹為務；且日坐孤峰，全無俗累。「白鶴」四句，寫其乘鶴於翠微之中，採藥於幽澗之濱，可知其延年之道在此，而世間之奔逐，真不如山中之清閒。「仙境」四句感嘆欣羨，兼而有之。言仙境若夢，朝雲暮雨，非可親近。其道術玄遠，如欲高蹈，亦唯擺落塵俗，方為可能。李頎好道，嘗餌丹砂，以求輕舉之術，所以在詩中，對焦鍊師有不少企求之意。

綜觀李頎詩中所呈現的性情、理念、與處世態度，可知他既輕財好義，卻也不忘仕祿；既積極濟世，卻也嚮往老莊治術。在個人生活層次，崇敬隱逸，頌揚真淳，終身嚮往長生、輕舉之道。處身在大唐盛世，卻僅得黃綬，無法平步青雲。在理想與現實之衝突下，道教對李頎之浸潤與影響，也就不足為怪。

四、李頎詩作內涵與藝術特質

從詩歌體式而言，李頎以七古與律詩最受後世肯定。如范大士《歷代詩發》云：「新鄉長於七字，古詩、今體並是作家。其蘊氣調詞，含毫瀝思，緣源觸勝，別有會心。向來選家徒以音節高亮賞之，乃牝牡驪黃之見耳。」[12]明・王世楙《藝苑擷餘》：即謂「李

---

[12] 見清・范大士《歷代詩發》，轉引自陳伯海主編《唐詩論評類編》（山東教育出版社，1993 年 1 月），頁 1029。

頎七言律，最響亮整肅。」[13]明・陸時雍《唐詩鏡》也說：「李頎
七律，詩格清鍊，復流利可誦，是摩詰以下第一人。」[14]明代嘉、
隆諸子更是奉為圭臬，例如後七子之一李攀龍所作七律，就曾以李
頎為範本[15]。然而十分遺憾的是：李頎的律詩散失甚多，五律僅存
十六首，而其七律更是僅存七首。就歌內容來看，李頎也在三方面
備受後人注目：一是邊塞詩，二是描寫音樂之詩篇，三是寄贈友人
之作。

（一）李頎之邊塞詩

自開元、天寶到大曆初年，是唐代七言歌行鼎盛時期。除李白、
杜甫兩大家，尚有王維高、李頎、高適、岑參四位重要作者。前此
詩壇盛行五言詩和七言絕句。此後七言歌行才取得與五古、五律相
對平等之地位。

其中王維自年少即以〈桃源行〉、〈洛陽女兒行〉知名於當世。
其後更以〈老將行〉、〈燕支行〉、〈夷門歌〉、〈隴頭吟〉這些風格豪
邁、技法各異的七言歌行，奠立不朽地位。而高適存詩二百四十餘
首，五言古體與七言古體明顯成為詩集精華。其〈燕歌行〉、〈封丘

---

[13] 見明・王世楙《藝苑擷餘》，清・王文煥《歷代詩話》（台北・木鐸出版社，
　　 1982 年），頁 780。
[14] 見明・陸時雍《唐詩鏡》，轉引自陳伯海主編《唐詩論評類編》（山東教育出
　　 版社，1993 年 1 月），頁 1026。
[15] 明・胡應麟《詩藪》續編卷二，曾舉出攀龍所作，深受：杜甫、王維、李頎、
　　 李白、祖詠、岑參六家影響。詳見許建崑《李攀龍研究》（台北，文史哲出
　　 版社，1987 年 2 月），頁 346-347 之引述。

縣〉、〈行路難〉、〈塞下曲〉、〈古大梁行〉、〈人日寄杜二拾遺〉，都是
發諸胸臆、氣骨凜然的作品。

　　至於岑參，雖以貴公子出身，卻與高適一般，擁有長期的塞外
生活經驗。《全唐詩》收錄其詩四百餘首，其中七古也有五十餘首。
其〈輪臺歌奉送封大夫出師西征〉、〈走馬川行奉送封大夫出師西
征〉、〈火山雲歌〉、〈白雪歌送武判官歸京〉諸詩，不只有戰爭場面
與報國豪情之描述，更兼具塞外採風之性質。陸游盛讚：「太白、子
美之後，一人而已。」[16]原因在此。

　　從李頎之生活履歷來看，並無從軍邊塞之經驗；其遊蹤亦不曾
經歷邊塞。然而李頎邊塞詩之成就，卻足可與岑參、高適、王昌齡
齊名。李頎邊塞詩數量不多，僅有五首流傳。李迎春〈論李頎的邊
塞詩〉中歸納李頎邊塞詩，認為有四項特色值得注意：1、熱情謳
歌報國理想，塑造英雄形象，表現英雄氣概。2、大膽抨擊軍隊腐
敗一面。3、真實描寫征戰士兵的痛苦生活。4、對統治者窮兵黷
武，真實抒寫戰爭給各族人民帶來的災難。[17]此一論見，相當精湛。
以下先論其兩首五古體式之邊塞詩，以為參證。李頎〈塞下曲〉云：

　　黃雲雁門郡，日暮風沙裏。千騎黑貂裘，皆稱羽林子。金笳
　　吹朔雪，鐵馬嘶雲水。帳下飲蒲萄，平生寸心是。

　　　　　　　　　　　　　　　　　　　　　（《李頎詩評注》卷一）

---

[16]　原載南宋・陸游《渭南文集》卷二十六〈跋岑嘉州詩集〉。轉引自劉開揚《岑
　　參詩集編年箋注・附錄・諸家評論》（巴蜀書社，1995年11月），頁896。
[17]　參見李迎春〈論李頎的邊塞詩〉《河南教育學院學報》（哲學社會科學版）1997
　　年第4期，頁47-49。

此詩起首二句，在寫雁門郡之遼遠。其中「黃雲」，狀塵埃之色；「風沙」，為邊地之物。雁門鄰接突厥，為兵家必爭之地，故先寫其地理環境，以見戰士生活之艱辛。「千騎」二句，寫少年戰士，以身為羽林軍而感到自豪。「金笳」二句，以形象語反襯戰士之意氣凌雲。「帳下」二句，寫少年戰士既驍勇善戰，返回軍帳，亦能豪飲。全詩寫得氣盛言壯，又存神略形，如同人物素描，可能是李頎青年時作品。再如〈古塞下曲〉云：

> 行人朝走馬，直指薊城傍。薊城通漢北，萬里別吾鄉。海上千烽火，沙中百戰場。軍書發上郡，春色度河陽。裊裊漢宮柳，青青胡地桑。琵琶出塞曲，橫笛斷君腸。

> （《李頎詩評注》卷一）

按薊城為幽州治所，薊城以北即為奚與契丹族地境，開元之末，奚與契丹日漸強盛，唐軍數為所敗。河朔遍受其災，此詩所詠為東北邊塞。起首二句，點明塞下。「直指薊城」，寫行役者之勇敢驅敵，義無反顧。薊城北通大漠，故言別鄉萬里。「海上」二句中之「千烽火」、「百戰場」，極言戰事之頻繁。「軍書」二句，言上郡頒發點召軍書，而春色已度河陽。「裊裊」二句，承前「春色」，再以「漢宮柳」、「胡地桑」兩相對照，以顯從軍征戰之艱辛。「琵琶」二句不寫戰士之情，卻偏寫行役者聽到琵琶、橫笛吹彈出塞之曲，聽者黯然斷腸。全詩以虛代實，全用側寫，風格淒惻蒼涼，行者之離情難忍、戰場之艱辛難當，皆從言外得之。再如五律〈塞下曲〉云：

少年學騎射，勇冠并州兒。直愛出身早，邊功沙漠垂。戎鞭
腰下插，羌笛雪中吹。膂力今應盡，將軍猶未知。

（《李頎詩評注》卷三）

此詩以五律為之。首聯寫少年戰士身手不凡，勇冠三軍。頷聯寫少
年直愛早日立功沙場。頸聯寫其腰插戎鞭，雪中吹笛，意氣風發之
狀。尾聯謂少年戰士，戮力邊疆，卻不獲邊將注目。此詩技巧妙使
用蓄勢手法，前六句蓄勢，末聯抖落谷底；前壯後悲，則其落拓不
偶，實可憐憫。此或為李頎暮年之作，借此以寄不遇之慨耳。再看
李頎之七言古風〈古意〉：

男兒事長征，少小幽燕客。賭勝馬蹄下，由來輕七尺。殺人
莫敢前，鬚如蝟毛磔。黃雲隴底白雪飛，未得報恩不能歸。
遼東小婦年十五，慣彈琵琶解歌舞。今為羌笛出塞聲，使我
三軍淚如雨。

（《李頎詩評注》卷二）

此為擬古之作，就古代已經題詠之邊塞題旨，重新改寫。全分為兩
幅，前幅八句抒寫報國之豪情，後幅四句轉寫思家之情懷。兩者之
感情似乎相抵觸，然情感之轉折，反為此詩最令人動容之處。起首
六句，寫幽燕少年，爭勝於戰陣之間，輕生重義，報國心切。「黃雲
隴底」以下，寫邊地荒涼、生活艱苦。然而未報君恩，誓不歸返。「遼
東小婦」以下，寫歌女前來勞軍，不意竟以琵琶歌舞，使所有塞下
戰士，揮淚如雨。英勇報國為平生之志，聽歌淚下，蓋為一時之感
嘆。戰場上之意氣風發與聆歌觀舞之軟弱，其實並非矛盾。此蓋長

期之艱辛，頓時湧上心頭故也。再看李頎最知名的七言古風〈古從軍行〉：

> 白日登山望烽火，黃昏飲馬傍交河。行人刁斗風沙暗，公主琵琶幽怨多。野雲萬里無城郭，雨雪紛紛連大漠。胡雁哀鳴夜夜飛，胡兒眼淚雙雙落。聞道玉門猶被遮，應將性命逐輕車。年年戰骨埋荒外，空見蒲桃入漢家。
>
> （《李頎詩評注》卷二）

按詩題之「古」，為「擬古」之意。旨在諷刺朝廷當局以武力開拓邊疆。「白日」二句，敘戍邊將士自清晨至黃昏，都不得歇息，極言邊地之苦，也為全詩立意。「行人」二句寫軍中夜間景象。其中「行人刁斗」描述戍邊將士巡視營區情景；「公主琵琶」借代為烏孫公主琵琶曲，寫戍卒夜彈琵琶，以解愁悶。「野雲」二句，寫塞外孤寂與荒寒之生活環境；「胡雁」二句，寫塞外環境、氣候之惡劣，軍中士氣之低落。胡雁南飛，正是戍邊將士家鄉之方位；胡兒落淚，實為天候過於惡劣。蓋以當地胡人，皆感不堪，況漢人處身異地，更是苦不堪言。「聞道」二句，謂玉門關已被朝廷遮斷，若不得勝，難以歸鄉。戰士既已無家可歸，唯有拼死求勝一途。結尾以殺人盈野，所得僅為葡萄，則誠如清・沈德潛《唐詩別裁集》所言：「以人命換塞外之物，失策甚矣。為開邊者垂戒，故作此詩。[18]」

---

[18] 參見清・沈德潛《唐詩別裁集》卷五，（長沙，岳麓書社，1998 年 2 月。），頁 121。

（二）李頎之音樂詩

　　李頎描述音樂的詩有三首最為突出，分別是〈琴歌〉、〈聽董大彈胡笳聲兼寄語弄房給事〉、〈聽安萬善吹觱篥歌〉。李頎常在詩中，訴諸感官視聽，造成有聲有色的效果。除了常用形象譬喻，更運用類比、烘托與側寫之技巧。除了聲色並茂之外，還融入李頎的主觀情感，使其詩更加具有藝術感染力。以下先論李頎〈琴歌〉：

> 主人有酒歡今夕，請奏鳴琴廣陵客。月照城頭烏半飛，霜淒萬樹風入衣。銅鑪華燭燭增輝，初彈淥水後楚妃。一聲已動物皆靜，四座無言星欲稀。清淮奉使千餘里，敢告雲山從此始。
>
> （《李頎詩評注》卷二）

此詩以琴歌為題，實為留別之作。全詩十句，八句言琴聲，可知其表現重心在琴聲。「主人」二句，點出留別場合，主人情意之重。既有盛筵，又延請善琴者侑酒助興。句中之「廣陵客」，本為琴曲〈廣陵散〉，此指主人所邀請之琴師，為以下敘琴聲先立根本。「月照」二句，敘彈琴時之環境。以「月照」、「烏飛」、「霜風吹樹」為背景，未聞琴聲，已感淒涼。「銅鑪」兩句，寫室內陳設與所彈曲目。其中「銅鑪」、「華燭」，顯示主人之陳設，〈淥水〉、〈楚妃〉則為曲名。「一聲已動物皆靜」，寫琴聲之音效；「四座無言星欲稀」，狀座客之深受感動，悄然無言。白居易〈琵琶行〉：「東船西舫悄無言，唯見江心秋月白」，意境與此同妙。「清淮」二句寫留別。奉使千里，雲山迢遙，臨歧終須一別，其悽愴可以想見。

此詩妙在送行場合，以歡樂開場，以悽愴收束。全詩之悲意，
全由琴聲襯托。巧妙使用視覺意象，襯托悲涼之情感。成為一首描
述音樂的傑出詩作。劉寶和評曰：「未寫悲，先寫歡。未寫靜，先寫
動，為善寫物態變化者，全詩十句，八句皆言琴，只二句言留別，
分手詩中，別開生面。」[19]所論十分精闢，實在深中肯綮。

　　在李頎描寫月的詩篇中，〈聽董大彈胡笳聲兼寄語弄房給事〉也
是成就甚高、極有特色的一首。詩云：

> 蔡女昔造胡笳聲，一彈一十有八拍。胡人落淚沾邊草，漢使
> 斷腸對歸客。古戍蒼蒼烽火寒，大荒沈沈飛雪白。先拂商弦
> 後角羽，四郊秋葉驚摵摵。董夫子，通神明，深山竊聽來妖
> 精。言遲更速皆應手，將往復旋如有情。空山百鳥散還合，
> 萬里浮雲陰且晴。嘶酸雛雁失群夜，斷絕胡兒戀母聲。川為
> 淨其波，鳥亦罷其鳴。烏孫部落家鄉遠，邏娑沙塵哀怨生。
> 幽音變調忽飄灑，長風吹林雨墮瓦。迸泉颯颯飛木末，野鹿
> 呦呦走堂下。長安城連東掖垣，鳳凰池對青瑣門。高才脫略
> 名與利，日夕望君抱琴至。

（《李頎詩評注》卷二）

按詩題《文苑英華》作〈聽董庭蘭彈琴兼寄房給事〉[20]。董大即董
庭蘭，為房琯門客。時房琯任給是中，大約就是李頎之推薦，使董

---

[19] 參見劉寶和《李頎詩評注》卷一（西安：山西教育出版社，1990 年 5 月），
頁 123。
[20] 關於本詩之詩題，有許多討論。施蟄存主張此題目應作〈聽董大彈胡笳聲兼
語弄寄房給事〉，因為《河嶽英靈集》題名正是如此。詳見施蟄存《施蟄存

庭蘭成為房琯門客。據《新唐書‧房琯傳》載:「琴工董庭蘭,出入琯所,琯昵之。庭蘭藉琯勢,數招賕謝,為有司劾治。琯訴於帝,斥遣之琯惶恐就第。」蕭宗時,房琯任宰相,至德二載罷相,董庭蘭亦得罪而死。董庭蘭善琴,高出流輩,其事蹟在《舊唐書》、《國史補》、《太平廣記》等書亦有記載。而李頎在〈聽董大彈胡笳聲兼寄語弄房給事〉詩中,將蔡琰、董庭蘭、房琯三個不同人物及琴技、琴聲、史實以及對歷史人物之感情巧妙糾結,成為一首極為特殊的作品。

　　起首二句,敘胡笳弄之來源。蔡琰(字文姬)漢末作〈胡笳十八拍〉,後其衍為〈胡笳弄〉,便是詩中所謂的「胡笳聲」。「胡人落淚」二句,以對偶筆法,進入歷史情境;引「胡人思慕文姬,捲盧葉為吹笳奏哀怨之音」及「漢人派併入胡,以贖回文姬」,間接描述琴聲之悲切。「古戍蒼蒼」二句,言〈胡笳弄〉之悲切,有如此淒涼之象。其中古戍,指古邊塞;大荒,為極遠之地。此以關塞、邊荒之地作襯托,藉此形容琴聲之悲切。「先拂商弦」二句,則寫琴聲之音效。商為秋聲,非平和之音;角、羽亦甚悲切,句用「葉聲摵摵」形容之,可謂神來之筆。

　　「董夫子」二句讚嘆琴技精湛,能驚動鬼神。「言遲更速」二句,言琴音迅速,變化多端,而且迴環反覆,一聲一聲,皆情意盎然。「空山百鳥」為喻句,譬喻琴聲既可疏鬆而又能綿密:「萬里浮雲」也是喻句,譬喻琴聲既能陰鬱而又能清朗。兩句總和在一起,目的在寫

文集第一卷:唐詩百話》(上海:華東師範大學出版社,1996 年 5 月),頁192-193。

琴聲之難以猜測。「嘶酸雛雁」以下二句，則譬喻琴聲之悽愴鳴咽。其中「嘶酸雛雁」、「胡兒戀母」都兼具歷史情境與音樂效果。前者關涉到文姬生活過的胡地，後者又關涉到文姬歸漢之時，留下胡兒未能同行。

「川為淨其波，鳥亦罷其鳴」二句，用夸飾筆法，總寫琴聲不只感人，且能撼動無知之物。「烏孫」句，引用烏孫公主劉細君遠嫁烏孫國之故事，寫琴聲之悲愴。而〈烏孫公主〉，也是琴曲之曲目。至於「邏娑」，是吐蕃都城。即今拉薩。「邏娑沙塵」用來形容琴聲之悽惻。

「幽音」以下四句，寫琴聲忽然由幽悽之聲，變為瀟灑之音。連串的形象語：長風吹林、驟雨墮瓦、迸泉颯颯、木末蕭蕭、野鹿呦呦都是李頎「化虛為實」的筆法，用以形容琴聲之多樣風格。

「長安」句以下，進入房給事，即其寄語之內容。「東掖垣」是房琯任職門下省之地點。「鳳凰池」本喻指門下省，因門下省所在之地，接近中樞，多承恩寵，故昵稱為鳳凰池。此指房琯所居位置，如身在鳳凰池。「高才脫略」二句，先讚頌房琯之雅人深致、不拘小節，應能賞識董庭蘭之琴技，而日夕望其來訪。其深層之用意，在推薦董庭蘭給房琯。

綜觀本詩之內容與手法，主要訴諸聽覺與視覺。李頎巧用形象語，化虛為實，突出董庭蘭琴技之高明與琴聲之美妙。其中引述有關琴曲之典故，增添了「胡笳聲」之歷史情境與歷史深度；其譬喻精妙，背景貼切。若非深於琴道，無法寫得如此出神入化。全詩與董庭蘭琴技，同為千古藝術之奇觀。

　　至於〈聽安萬善吹觱篥歌〉，則為李頎另一首描述音樂的傑作。
詩云：

> 南山截竹為觱篥，此樂本自龜茲出。流傳漢地曲轉奇，涼州
> 胡人為我吹。傍鄰聞者多歎息，遠客思鄉皆淚垂。世人解聽
> 不解賞，長飆風中自來往。枯桑老柏寒颼飀，九雛鳴鳳亂啾
> 啾。龍吟虎嘯一時發，萬籟百泉相與秋。忽然更作漁陽摻，
> 黃雲蕭條白日暗。變調如聞揚柳春，上林繁花照眼新。歲夜
> 高堂列明燭，美酒一杯聲一曲。

（《李頎詩評注》卷二）

按：所謂「觱篥」，是一種截竹成管，狀如喇叭之西域樂器，其形制
有若今之嗩吶，其音色甚為悲涼。安萬善，西域人，擅吹此種樂器。
李頎在〈聽安萬善吹觱篥歌〉中，以賞音能力作為主脈來結構全詩。
起首「南山」二句，點出觱篥之材料與出處。「流傳」二句轉入安萬
善。謂此樂器自龜茲傳入漢地，曲式轉奇。而安萬善另有新創，並
為我吹奏，點明正題。

　　「傍鄰」二句，言聽者不同，感受也不一。鄰座或無羈旅之憂
戚，所以聞其吹奏，只是感嘆而已；遠客思鄉之人，無不聞聲垂淚。
音樂之效果，感人之力量。隨著欣賞者心境、履歷不同，而有差異。
此亦知音人語。「世人」二句，寫陽春白雪，知音者稀。好其音不解
其意，此所以安萬善如長飆大風，自來自往。無人解其妙音。

　　「枯桑」以下四句，訴諸聽覺意象，使用連串形象譬喻，將無
形的觱篥之樂，轉為有形的視覺形象，使安萬善吹觱篥之妙技，描
述得活龍活現。詩謂安萬善觱篥聲，忽而清肅，如枯桑老柏；忽而

細碎，如雛鳳之啾啾；忽而高亢，若龍吟虎嘯；忽而蕭颯，如秋日之百泉萬籟。長短縱橫、變化無端，極盡音樂之妙。「忽然」四句，又改為訴諸視覺意象。言觱篥之聲，轉成悲壯蒼涼，有如彌衡之〈漁陽〉摻撾；忽又變得有如黃雲蕭條、白日昏暗；忽又變得有如揚柳春日之清新、上林繁花之明麗。其音聲變化，悲壯明暗，使聽聞者，感受不盡。「歲夜」二句為此詩之尾聲。交代演奏之時間為除夕夜，由於美曲難以聽聞，故每奏一曲，為浮一大白。

　　此詩與〈聽董大彈胡笳聲兼寄語弄房給事〉不論在寫作技巧與詩歌內容，都極有特色。雜用有形物象以摹寫無形音樂是其共通之處。然而〈聽安萬善吹觱篥歌〉較多使用形象譬喻；至於〈聽董大彈胡笳聲兼寄語弄房給事〉則除了精闢使用聲音與視覺意象，更有歷史意象之鋪陳，使其情境深度更為增加。從兩詩來看，李頎是一位音樂素養十分深厚的詩人。李頎音樂詩突出的成就，啟發了以後唐人的音樂詩篇。後續有顧況之〈李供奉彈箜篌引〉、韓愈之〈聽穎師彈琴〉、白居易之〈琵琶行〉、李賀之〈李憑彈箜篌引〉，雖然百花齊放，後出轉精，然而李頎開啟之功，實在不可磨滅。

（三）李頎之酬贈、送別詩

　　李頎詩歌中，比例最高，數量最多的是六十多首酬贈、送別詩。此因李頎之交往關係極為廣泛，且重視友誼。交往的對象中，有當時重要的詩人王維、王昌齡、高適、崔顥；有一般詩友綦毋潛、劉方平、裴迪、盧象、皇甫曾；也有書法家張旭、名相劉晏、駙馬張垍；以及一般友人萬楚、萬齊融、陳章甫、裴騰、朱放、張陞、梁

鍠、喬琳、魏萬、穆元林、韓鵬、李同、劉迅、崔嬰、王寧。由李
頎篤於道術，結交對象還包括著名道士焦鍊師、張果，和一般道士
王道士、盧道士、曁道士等人。

　　李頎好任俠丈義，與之結交者，大多狂狷之士。狂狷之士通常
都有好勝心，期待為世所用；若理想無法實現，即有過激言行，甚
至為俗世所不容。李頎在〈贈張旭〉、〈送陳章甫〉、〈別梁鍠〉、〈放
歌行答從弟墨卿〉諸詩中所述，正是這種深具才略、卻放誕不羈、
超群拔俗之狂士。如其〈別梁鍠〉云：

> 梁生倜儻心不羈，途窮氣蓋長安兒。回頭轉眄似鵰鶚，有志
> 飛鳴人豈知。雖云四十無祿位，曾與大軍掌書記。抗辭請刃
> 誅部曲，作色論兵犯二帥。一言不合龍頷侯，擊劍拂衣從此棄。
> 朝朝飲酒黃公壚，脫帽露頂爭叫呼。庭中犢鼻昔嘗挂，懷裏
> 琅玕今在無。時人見子多落魄，共笑狂歌非遠圖。忽然遭躍
> 紫騮馬，還是昂藏一丈夫。洛陽城頭曉霜白，層冰峨峨滿川澤。
> 但聞行路吟新詩，不歎舉家無擔石。莫言貧賤長可欺，覆簣
> 成山當有時。莫言富貴長可託，木槿朝看暮還落。不見古時塞
> 上翁，倚伏由來任天作。去去滄波忽復陳，五湖三江愁殺人。
>
> 　　　　　　　　　　　　　　　　　　（《李頎詩評注》卷二）

梁鍠之生平不詳，《全唐詩》有小傳，謂：「梁鍠，官執戟，天寶中
人。」其餘資料全無。《全唐詩》卷二○二，收梁鍠詩十五首。《全
唐詩》卷二○一收錄岑參〈題梁鍠城中高居〉詩、《全唐詩》卷二三
七也收錄錢起〈秋夕與梁鍠文宴〉然篇幅皆短。李頎以七古長篇，
描寫梁鍠，可以說是探索梁鍠之重要文獻。

　　起首「梁生」二句，寫梁生性格倜儻，雖處窮途，仍然豪爽出群，此為全詩之綱領。「回頭」二句，寫梁鍠雖然英雄失志，仍似鵰鶚，氣吞斗牛，其志豈凡人能知？「雖云」二句，緊承上意，謂梁鍠雖無祿位，也曾在軍中執掌書記。「抗辭」四句，描述離開軍中之原委。原來梁鍠曾因故手刃部曲，又於論兵之時，觸怒二帥。其不為變亂所震懾、不為權勢所屈服之性格十分明顯。「一言不合」二句，寫其飄然遠引，維持住英雄之本色。「朝朝飲酒」以下，寫其落拓之狀。飲酒叫呼，舒洩幽憤；庭中犢鼻，放浪形骸；然而琅玕在腹，光焰猶在。

　　「時人」四句，謂俗人不知，共為嘲笑。然而梁生之落拓，實因不遇，並非無能。如給與紫騮馬，供其馳騁，則仍是昂藏丈夫。「洛陽」四句，謂洛陽城中，天候凜冽，曉冰滿川。然而寒風雖烈，不減松柏之性。梁生猶然行吟自若，不歎舉家無糧。

　　「莫言」四句，謂世事無常，切莫攀附富貴而輕視貧賤。覆簣可以成山，槿花則朝開暮落，富貴亦當如是，誰曰梁生不能貴顯？「不見」二句，謂塞翁失馬，焉知非福？人生禍福，相依相倚，由來如此。「去去」二句，言人生雖然不可能長期貧賤，然亦不宜度五湖、蹈三江，蓋世路險惡，長年倜儻不羈，則將使人生愁。此為臨別之際，所生之愴嘆。

　　全詩看來，梁鍠實為英雄倜儻之士，縱然生計困窘，亦桀傲不馴、豪情萬夫，其俠者的面貌，躍然紙上。此所以李頎雖欣賞其人格，亦不免憂心其未來行止。至於李頎〈贈張旭〉所述則為另一位狂生。詩云：

張公性嗜酒，豁達無所營。皓首窮草隸，時稱太湖精。露頂
據胡床，長叫三五聲。興來灑素壁，揮筆如流星。下舍風蕭
條，寒草滿戶庭。問家何所有，生事如浮萍。左手持蟹螯，
右手執丹經。瞪目視霄漢，不知醉與醒。諸賓且方坐，旭日
臨東城。荷葉裹江魚，白甌貯香秔。微祿心不屑，放神於八
紘。時人不識者，即是安期生。

（《李頎詩評注》卷一）

按張旭為草書名家，蘇州吳人。嗜酒，善草書，每醉後號呼狂走，
乃下筆，或以頭濡墨而書，既醒，自視以為神，世呼為張顛。張旭，
揚州人，兗州兵曹，與賀知章、張若虛、包融，號為吳中四士。

　　此詩起首二句，總提其心性，謂其豁達嗜酒。「皓首」二句總提
其特長，謂其善草隸，稟太湖精氣，時稱「太湖精」。「露頂」四句
寫其作書時狂放不羈之狀。杜甫〈飲中八仙歌〉所云：「張旭三杯草
聖傳，脫帽露頂王公前，揮毫落紙如雲煙。」當即本於此。「下舍」
四句，寫其窮困之狀，此呼應「豁達無所營」之句意。「左手」四句，
特舉其左持蟹螯、右執丹經之狀，寫其居常狂態。「諸賓」四句，寫
其雖諸賓在座，不改出城之約。葉裹江魚，甌貯香秔，一副我行我
素之狀。「微祿」四句，讚其不屑微祿，心意玄遠。世人不識，此即
仙人安期生。

　　有關張旭之事蹟，李肇《國史補》卷上、《舊唐書‧文苑傳》卷
一九○〈賀知章傳〉也有紀錄，然皆不及此詩之徵引生活細事，鉤
勒出清貧生活與傲岸不屈之性情；形象鮮活，栩栩如生，誠為人物
素描之傑作。

　　李頎與高適交情極為深厚，對其為人所知甚多，可謂知音。其〈贈別高三十五〉云：

> 五十無產業，心輕百萬資。屠酤亦與群，不問君是誰。飲酒或垂釣，狂歌兼詠詩。焉知漢高士，莫識越鷗夷。寄跡棲霞山，蓬頭睢水湄。
>
> 忽然辟命下，眾謂趨丹墀。沐浴著賜衣，西來馬行遲。能令相府重，且有函關期。僶俛從寸祿，舊遊梁宋時。皤皤邑中叟，相候鬢如絲。官舍柳林靜，河梁杏葉滋。摘芳雲景晏，把手秋蟬悲。小縣情未愜，折腰君莫辭。吾觀聖人意，不久召京師。
>
> （《李頎詩評注》卷一）

　　按此詩可分為三大段。「五十無產業」以下十句為第一段，寫高適尚未得官時落拓之狀。起首謂其五十尚無產業，卻心輕雄貲。可見其才高志大，並不急於富貴。「屠酤」二句謂高適能交貧賤，雖屠酤亦可為群。「飲酒」四句，謂高適飲酒垂釣，狂歌詠詩；不知漢有高士，不識越有鷗夷（范蠡）；寄身在棲霞山，蓬頭突鬢，往來睢水之間。此寫其英雄落魄之狀。綜觀上述，高適狂放縱恣、耿介拔俗，慷慨有大志之狂士形象，可謂歷歷在目。

　　自「忽然辟命下」以下十句為第二段，勉其勿負眾望。首先敘其忽然釋褐為封丘尉，將應召入朝。「沐浴」四句，謂其雖接辟命，卻遲遲其行。雖知道高適不急於赴任，然既為相府所重，又有涵關之期，宜於早發，故勉其速行。「僶俛」以下，謂其昔日遊于梁宋，如今舊友尚在；邑中老友，皆已皤皤；朝中相候，也鬢髮如絲。這是勉高適遊於舊友相侯，勿辜負其意。

　　「官舍柳林靜」以下八句為第三段，先是點染送別情景，然後以高適遲早即會升官，乃勸勉其屈就卑職。

　　再如裴騰，也是一位性格十分突出的人物。李華〈三賢論〉即謂：「河東裴騰士舉，精朗邁直，弟霸士會，俊清不雜。」可見裴騰裴霸兄弟，皆為豪爽之士。李頎〈送裴騰〉詩言：

> 養德為眾許，森然此丈夫。放情白雲外，爽氣連虯鬚。衡鏡合知子，公心誰謂無。還令不得意，單馬遂長驅。桑野蠶忙時，憐君久躑躅。新晴荷卷葉，孟夏雊將雛。令弟為縣尹，高城汾水隅。相將薄領閒，倚望恆峰孤。香露團百草，紫梨分萬株。歸來授衣假，莫使故園蕪。

（《李頎詩評注》卷一）

「養德」二句讚揚裴騰是一位有節操的大丈夫。「放情」二句，謂其非仕宦中人。故能放情白雲、虯鬚爽氣。這是為前句作注。「衡鏡」二句，以衡、鏡為喻，謂世間仍有公心，不愁世間無知音者。「還令」四句，憐惜裴騰有才，卻落拓不遇，遂見其單馬長驅，無所聊賴；桑野蠶忙之時，頗憐其徘徊難行。此極為憐惜之意。「新晴」二句，以景托情，不勝美人遲暮之感。藉以形容對裴騰之疼惜。「令弟」二句，言其弟身為縣尹，有高城、汾水之清譽；且與裴騰同調，施政清檢，有如恆山之值得倚望。「香露」四句，寄望其秋後即返，勿使故園荒蕪。

　　除了超群拔俗之狂士，李頎詩中描寫得比較多的還有高人逸士。這些人往往有所不為，以致於被世人所遺落，而他們也寧願「隱居以求其志」、「迴避以全其道」。例如綦毋潛便是一個例子。李頎〈題綦毋校書別業〉云：

常稱挂冠吏，昨日歸滄洲。行客暮帆遠，主人庭樹秋。豈伊
問天命，但欲為山遊。萬物我何有，白雲空自幽。蕭條江海
上，日夕見丹丘。生事非漁釣，賞心隨去留。惜哉曠微月，
欲濟無輕舟。倏忽令人老，相思河水流。

（《李頎詩評注》卷一）

綦毋潛字季通，荊南人。開元十四年登進士第，由宜壽尉入為集賢
待制，開元末任著作郎。與張九齡、王灣、王維、盧象等有詩歌往
還。天寶初棄官，還江東隱居。此詩「常稱」二句，寫其棄官，歸
隱滄洲。「行客」為行客來訪，正值秋日。「豈伊」謂其並非知天命
而如此，但為喜愛山林。

「萬物」二句，謂萬物皆非我有，豈止白雲如此？「蕭條」二
句，謂江海蕭條，日夕丹丘。隱者酷愛山水林泉，理應甘於寂寞。「生
事」二句，謂其非以漁釣為事，隨物俯仰，忘懷去留可也。「惜哉」
二句，謂隱居山林，徒耗歲月。而求官無門，徒呼奈何。「倏忽」二
句，以歲月不居，難以挽留，唯相思如水流，纏綿不斷。

李頎盛稱隱逸，其〈漁父歌〉中，描述漁父潔身自好，似為李
頎心目中隱者之風範。但是李頎辭官歸隱，並非出於本願；而綦毋
潛之隱居江東，似乎也是如此。因此詩中有「生事非漁釣，賞心隨
去留」之語。其後綦毋潛得以復出，而李頎則未能如此，由於兩人
之處境相似，因此詩中也多了些惺惺相惜之意。

綜觀李頎之酬贈、送別詩，寫出眾多盛唐時期的狂生、逸士。這
一類詩篇，不只作為應酬詩，對不同境遇之友朋，表達問候、勸慰、
砥礪與關懷而已，還兼具紀錄其處世抱負、描述其人格形象之功能。

因此可以視為「人物詩」亦不為過。李頎常選取典型事件加以渲染，並深入到這些友人的生活細節，使其胸襟、懷抱、思想、性格甚至外貌、氣象都能傳神寫真。對於盛唐人物之考察，也別具史料意義。

五、李頎詩之評價問題

李頎經常被視為邊塞詩人，此種看法不能算是錯誤。因為學界大致認定邊塞的內容應包括：邊塞戰爭或與邊戰有關的行軍生活、送別酬答；邊塞風光，邊塞景物；邊地風土、民情與民族交往[21]。就此角度來看，李頎至少有七首詩涉及這些項目。這七首詩又可以分為三種狀況：其一是以類似詠史的形式，借古諷今之邊塞詩。如其七言古風〈古從軍行〉。其二是有感而發的邊塞詩。例如：〈聽安萬善吹觱篥歌〉。其三是借題發揮的邊塞詩。如：〈崔五六圖屏風各賦一物得烏孫佩刀〉。

然而〈聽安萬善吹觱篥歌〉之重心，其實在音樂的部分；〈崔五六圖屏風各賦一物得烏孫佩刀〉，其實是根據屏風上一幅圖畫，借題發揮，敷衍成篇。真正符合標準的只有五首，其詩歌形式五古、五律、七古兼而有之。其中五言古風〈塞下曲〉、〈古塞下曲〉各一首；七言古風〈古從軍行〉、〈古意〉各一首；五言律詩〈塞下曲〉一首，全都使用漢代樂府古題，沒有任何新題樂府。質實而言，李頎以五

---

[21] 參閱蕭澄宇〈唐代邊塞詩評價的幾個問題〉，收錄於《唐代邊塞詩論文選粹》（甘肅教育出版社），頁 19-35。

古及五律寫成之〈塞下曲〉只是從主觀角度，對塞下少年戰士所作的素描。而其七古〈古意〉，是根據古代已經題詠之邊塞題材，重新改寫，其實是「擬古詩」。至於五古〈古塞下曲〉與七古〈古從軍行〉，由於有各「古」字，依照慣例，其實也是「擬古詩」。加以李頎從未到過邊塞，只能運用主觀想像、間接反映塞外風光以及戰爭場面，而非親臨實境的寫實作品。

即以最為後世所樂道的名作〈古從軍行〉為例，詩中「交河」、「刁斗」、「公主琵琶」、「遮斷玉門關」、「輕車將軍」、「葡萄入漢家」涉及的都是漢代史實。漢代樂府古辭〈從軍行〉大半在書寫「軍旅苦辛」，雖然「以漢代唐」是盛唐人寫邊塞詩之通例，但是李頎〈古從軍行〉之寫作目的其實不在描寫邊塞，而是運用才學，敷衍漢代史事（特別著意於「軍旅苦辛」），藉此表達對朝廷連年用兵境外之看法。就此而言，〈古從軍行〉其實是一首「擬古抒懷」之作、甚至於也可以視為一首「詠史詩」[22]。

李頎其實不應視為邊塞詩人，其歷史地位建基在其他方面。唐・殷璠《河嶽英靈集》卷上云：

> 頎詩發調既清，修辭亦秀，雜歌咸善，玄理最長。至如〈送暨道士〉云：「大道本無我，青春長與君。」又〈聽彈胡笳聲〉云：「幽音變調忽飄灑，長風吹林雨墮瓦。迸泉颯颯飛木末，野鹿呦呦走堂下。」足可歔欷，震盪心神。

---

[22] 以上之觀點，新近得自大陸學者朱鳳相之論文。詳參朱鳳相〈一首借古寫今緣情寫景的邊塞詩——李頎古從軍行新解兼談他的邊塞詩創作〉，《西藏民族學院學報》（哲學社會科學版）2006 年 7 月（總第 27 卷第 4 期），頁 53-56。

可知殷璠特別注意的地方是李頎詩的「發調」與「修辭」，對其「雜歌」與「玄理」也十分推崇。再看殷璠引述的作品是〈送暨道士〉及〈聽董大彈胡笳聲兼寄語弄房給事〉，《河嶽英靈集》收錄唯一的邊塞詩是〈古意〉，而〈古從軍行〉並未入選。如果李頎的歷史地位不在邊塞詩，那麼個人覺得應該是在描寫音樂與描述人物形象的酬贈、送別詩。

　　李頎在描寫音樂的詩篇中，發揮了卓越的創造力，透過可理解的語言意象供讀者想像，使董庭蘭、安萬善高超的樂技與出群的境界，都可以讓千古讀者鮮明而準確地領受。這樣的創造高度，是前所未有的。如果考慮到李頎對後世詩人韓愈、元稹、白居易、李賀等描述音樂詩篇的啟發，則李頎在音樂文學的地位，應該是很高的。

　　至於李頎在描寫人物形象的酬贈、送別詩中，同樣有極高的創造力。李頎在這些詩中突破了偏重古人與女性的人物詩傳統，將焦點放在身邊接觸的眾多友人。這些人不論是樂師、藝人、狂士、道徒都是既富於典型性，又是如此的特立獨行、氣慨不凡。其風格多樣，有豪放，有悲慨，有高古，也有雄渾[23]。〈緩歌行〉與〈答高三十五留別便呈于十一〉、〈贈張旭〉最能顯示其豪放之風格。〈題綦毋校書別業〉、〈送崔侍御還京〉之充滿悲慨；〈同張員外諲酬答之作〉、〈送王道士還山〉之高古；〈聽董大彈胡笳聲兼寄語弄房給事〉、〈聽安萬善吹觱篥歌〉之大氣磅礴，雄渾奔放，雖然這些詩，別有絕詣，至少表面上還是用來酬贈送別，所以就詩歌題材而言，李頎在酬贈、送別詩方面有所突破，可以在文學史上擁有一份崇高的地位。

---

[23]　見李迎春〈論李頎詩歌的藝術風格〉，《河南教育學院學報》（哲學社會科學版）1999 年第 1 期（總 55 期），頁 19-24。

從歷代詩話資料來觀察，李頎是以七言歌行與七律受到詩論者的推崇。明‧顧璘《批點唐音》云：「李頎不善五言，而善七言，故歌行與七言皆有高處。」[24]明‧陸時雍《唐詩鏡》亦云：「李頎七律，詩格清鍊，復流利可誦，是摩詰以下第一人。」[25]相當能夠代表明人的觀點。清初王夫之《唐詩評選》對李頎詩，十分厭惡，比為「朽木敗鼓」其《唐詩評選》卷五又重申：

> 吾於唐詩深惡李頎，竊附孔子惡鄉原之義，睹其末流，蓋思始禍，區區子羽之流，不足誅也。[26]

王夫之在清初地位崇高，可能是看到明末文人不善學唐詩，因而有此苛評。清‧沈德潛在《唐詩別裁集》卷十三，則有比較公允之評論：

> 東川七律，固難與少陵、右丞比肩，然自是安和正聲。自明代嘉、隆諸子奉為圭臬，又不善學之，只存膚面，宜招毛秋晴太史之譏也。然譏諸子而掃東川，毋乃因咽而廢食乎？[27]

揆諸實際，李頎之五律不比七律差，至於五古則因雜用律體，因此受到清人的批評。七古則備受推崇，殆無疑義。賀貽孫《詩筏》說

---

[24] 轉引自陳伯海海主編《唐詩論評類編》（山東教育出版社，1993 年 1 月），頁 1025-1029。

[25] 轉引自陳伯海海主編《唐詩論評類編》（山東教育出版社，1993 年 1 月），頁 1025-1029。

[26] 轉引自陳伯海海主編《唐詩論評類編》（山東教育出版社，1993 年 1 月），頁 1025-1029。

[27] 參見清‧沈德潛《唐詩別裁集》卷十三，（岳麓書社，1998 年 2 月），頁 301。

得好：「唐李頎詩雖近於幽細，然其氣骨則沈壯堅老，使讀者從沈壯堅老之內領其幽細，而不能以幽細名之也。惟其如此，所以獨成一家。」李頎的七古，「每於人不經意處忽出奇想，令人心賞其奇逸，而不知其所從來者。新鄉七律，篇篇機宕神遠，盛唐妙品也。」[28]也許正是這種地方，觸動歷代讀者，為之嘆服以為曠世絕倫。

六、結語

　　總結而言，李頎以其突出的性情、才調與詩歌風貌，在盛唐時期，為詩家所重。國內學界對李頎詩的討論，大致因為〈古從軍行〉一詩之流傳，便以「邊塞詩人」看待。其實李頎既無塞外經歷，仕履亦與邊地無涉；其詩另有勝處，僅給予「邊塞詩人」之稱號，其實並不公允。

　　從歷代的詩論資料來看，李頎係以七古與律體見稱於當世，也因此贏得千秋之名。從當代之視角來看，其描寫音樂、人物與應酬、贈別詩篇，毋寧更加值得研究與賞鑑。本文對李頎傳世詩篇重加引述、評析，或可免於誤解李頎之創作成就，還其應有的歷史地位。

（本文曾於 2007 年 3 月 22 日，在東海大學中文系「第 10 次專任教師論文研討會」上宣讀）

---

[28] 此清・賀裳詩筏之語。轉引自陳伯海海主編《唐詩論評類編》（山東教育出版社，1993 年 1 月），頁 1025-1029。

皎然與吳中詩人之往來關係考

一、前言

　　所謂吳中，泛指今太湖流域一帶。《史記・項羽本紀》：「項梁殺人，與籍避仇于吳中。」即在此一區域。從宋・范成大《吳郡志》、宋・龔明之《中吳紀聞》、元・陸友仁《吳中舊事》所載吳中故老嘉言懿行、風土人文來看，此地自古人傑地靈，文風鼎盛。

　　有唐自中宗神龍以來，如越州賀知章、賀朝、萬齊融，揚州張若虛、邢巨，湖州包融，俱以吳越之士，文詞俊秀，名揚上京。其中包融、賀知章、張旭、張若虛且被稱為「吳中四士」。至大曆（西元 766-779 年）、貞元（西元 785-804 年）間，顏真卿、韋應物、皎然，皆有文名。顏、韋身為刺史，故與之唱和者眾。至於皎然則以一介詩僧，活躍於吳中地區。既與顏真卿、韋應物友善，又創立湖州詩會，與陸羽、李陽冰、顧況、秦系、靈澈、朱放、張志和等知名文士讌集唱和，於吳中文士之聯繫，文風之推動，更是功不可沒。韋應物〈郡齋雨中與諸文士燕集詩〉所謂：「吳中盛文史，群彥今汪洋。方知大藩地，豈曰財賦強。」誠非虛言。在此，擬以皎然為中心，論述皎然與吳中詩人之來往、唱和，或許也能藉此略察大曆、貞元間吳中文士之活動情形。

二、參與顏真卿《韻海鏡源》之編纂

　　詩僧皎然，本姓謝，字清晝，湖州長城（今浙江湖州市）人。生年不詳，卒年約在永貞初。文學活動之時間集中在大曆、貞元之際。皎然自幼習佛，長居杼山，雅好詩章。有論詩之作《詩式》、《詩評》（一名《詩議》）。《詩式》今存，至於《詩評》則〈唐音癸籤〉著錄一卷。其詩文集為湖州刺史于　所編。據唐・于頔〈吳興晝上人集序〉云：

> 有唐吳興開士釋皎然，字清晝，即康樂之十世孫，得詩人之奧旨，傳乃祖之菁華，江南詞人莫不楷範，極於緣情綺靡，故詞多芳澤，師古典制，故律尚清壯，其或發明玄理，則深契真如，又不可得而思議也。貞元壬申歲（按：即貞元八年），余分刺吳興之明年，集賢殿御書院有命徵其文集。余遂而編之，得詩筆五百四十六首，分為十卷，納於延閣書府。
>
> （涵芬樓四部叢刊本）

可知皎然詩文因集賢殿御書院之徵集，而得以流傳至今。皎然雖為佛徒，卻與吳中文士往來頻繁。

　　以大書法家顏真卿來說，顏真卿雖非世居吳中，卻曾於大曆七年九月至十二年八月擔任湖州刺史，對吳中文風，發揮推展助成之作用。例如大曆八年，顏真卿召集數十位賓客、後學文士，取其舊著《韻海鏡源》五百卷，刪煩補闕，完成三百六十卷之巨著。當時，陸羽、蕭存（時任常熟主簿）、皎然，均曾參與。《顏魯公文集》卷七〈湖州烏程縣杼山妙喜寺碑銘〉對《韻海鏡源》之編纂經過，縷

敘甚詳。顏真卿在湖州之門客、後進見諸記載者八十餘人，獨對皎然、陸羽特別敬重。如論纂《韻海鏡源》之工作，起先是在州學進行，大曆八年冬，即曾遷徙到杼山之妙喜寺，建亭於其東南，並依陸羽所命，名之為「三癸亭」。

　　顏真卿在湖州題贈或提及皎然之詩作，數目應該不少。《顏魯公文集》卷十二有二十首〈聯句〉係與皎然聯吟而成。其〈逸詩存目〉中，也有六首涉及皎然。可惜已全部流失。見於載籍者僅〈贈僧皎然〉一詩，詩云：

> 秋意西山多，別岑縈左次。繕亭歷三癸，疏趾鄰什寺。元化隱靈蹤，始君啟高致。誅榛養翹楚，鞭草理芳穗。俯砌披水容，逼天掃峰翠。境新耳目換，物遠風煙異。倚石忘世情，援雲得真意。嘉林幸勿翦，禪侶幸可庇。衛法大臣過，佐游群英萃。龍池護清激，虎節到深邃。徒想嶸頂期，於今沒遺記。[1]

皎然《吳興晝上人集》中，也有二十二首詩酬贈顏真卿。皎然多次陪同顏真卿遊山玩水，登臨名勝寺院。如遊法華寺有〈同顏使君真卿李侍御崿游法華寺登鳳翅山望太湖〉詩云：

> 雙峰開鳳翅，秀出南湖州。地勢抱郊樹，山威增郡樓。正逢周柱史，來會魯諸侯。緩步凌彩蒨，清鐃發颼飀。披雲得靈境，拂石臨芳洲。積翠遙空碧，含風廣澤秋。蕭辰資麗思，高論驚精修。何似鍾山集，微文及惠休。

---

[1] 此詩宋・留元剛〈顏魯公年譜〉視為顏真卿之作，繫於大曆九年。但因皎然《吳興晝上人集》卷三，亦收此詩，故清・黃本驥以為屬皎然之作。

此詩寫景麗雅，用意新穎，洋溢僧徒詩特有之靈氣。再如遊開元寺經藏院、駱駝橋、水樓、峴山、東溪、白蘋洲，都作詩紀遊。在修畢《韻海鏡源》之後，皎然有〈奉和顏使君真卿修畢韻海畢會諸文士東堂重校〉詩云：

> 外學宗碩儒，游焉從後進。恃以仁恕廣，不學門欄峻。著書裨理化，奉上表誠信。探討始河圖，紛綸歸海韻。親承大將琢，況睹頹波振。錯簡記鉛槧，閱書移玉鎮。曷繇旌不朽，盛美流歌引。

（《吳興晝上人集》卷三）

又〈奉和顏使君真卿修韻海畢州中重宴〉、〈春日陪顏使君真卿皇甫曾西亭重會韻海諸生〉、〈奉培顏使君修韻海畢東溪泛舟餞諸文士〉均與顏真卿纂修《韻海鏡源》有關。皎然在這些詩中，謂「探討始河圖，紛綸歸海韻」、「九流宗韻海，七字揖文江」、「菁華兼百氏，縑素被三墳」，對顏真卿之纂修成果，甚為推崇。此外，在皎然酬贈顏真卿之詩作中，也有陪同餞別李陽冰、蕭穎士、蕭存之作。陪同觀張志和畫洞庭三山，並作歌和之。由此不難看出皎然與顏真卿情誼之敦篤，往來之頻繁。

三、以詩求合於韋應物

　　顏真卿之外，韋應物亦為皎然之詩友。關於韋應物之事蹟，新舊唐書均無傳。據宋・姚寬《西溪叢話》載吳興沈作喆曾作補傳[2]，

2　參見《四庫全書總目提要》卷一四九集部別集類二（台灣藝文印書館版），

略稱應物少時游太學，在開元、天寶間充任宿衛，扈從游幸，任俠負氣，安史亂後，流落失職，乃折節讀書，由京兆工曹累官至蘇州刺史，太僕少卿兼御史丞為諸道鹽鐵　運江淮留後。享年九十餘。唐‧李肇《國史補》云：「韋應物立性高節，鮮食寡欲，所居焚香掃地而坐。其為詩馳驟建安以還，各得其風韻。」[3]宋‧計有功《唐詩紀事》卷二十六有相同之記載，且謂：「惟顧況、劉長卿、丘丹、秦系、皎然之儔，得廁賓列，與之酬唱。」[4]又謂：「貞元中初，歷蘇州，罷守，寓蘇臺永定精舍。」據孫望《蝸居雜稿》〈韋應物事跡考述〉一文，韋氏刺蘇州在貞元五年[5]。

　　韋應物在蘇州，佳作甚多。最常為後世傳誦者為〈郡齋雨中與諸文士燕集詩〉，白居易認為此詩以「兵衛森畫戟，燕寢凝清香。」最為警策，嘗刻之於石。又在〈與元九書〉中盛讚韋詩云：

> 近歲韋蘇州歌行才麗之外，頗近興諷；其五言詩又高雅閑澹，自成一家之體。今之秉筆者，誰能及之？然當韋蘇州時，人亦未甚愛重，必待身後而後貴之。

清‧紀昀《四庫全書總目提要》卷一四九集部別集類二〈韋蘇州集〉十卷云：

頁 2963。

[3]　轉引自王仲鏞《唐詩紀事校箋》（成都：巴蜀書社，1989 年 8 月），頁 708。

[4]　見王仲鏞《唐詩紀事校箋》（成都：巴蜀書社，1989 年 8 月），頁 706。

[5]　見孫望《蝸居雜稿》中〈韋應物事跡考述〉一文，（上海古籍出版社，1982年）又周本淳《唐才子傳校正》卷三（台北，文津出版社 民國七十七年三月），頁 120 引。

> 其詩七言不如五言，近體不如古體，五言古體源出於陶，而
> 鎔化於三謝，故真而不樸，華而不綺[6]。

韋應物一掃沈佺期、宋之問之雕鏤詩風，馳驟建安以下之詩文，
以陶謝為法，確在五言古詩方面，展露獨特之造境。韋詩名句，
常為後世所傳誦者如：〈寄全椒山中道士〉：「欲持一瓢酒，遠寄風
雨夕。」〈詠聲〉：「萬籟自生聽，大空常寂寥。還從靜中起，卻向
靜中銷。」〈秋夜寄邱二十二員外〉：「山空（空山）松子落，幽人
應未眠。」〈寄楊協律〉：「舟泊南池雨，簾捲北樓風。」〈細雨〉詩
云：「漠漠帆來重，冥冥鳥去遲。」再如七言之作〈贈王侍御〉云：
「心如野鶴與塵遠，詩似冰壺見底清。」都寫得高雅閑澹，頗饒
思致。

　　皎然與韋應物之來往，最早見諸記錄者為唐・趙璘《因話錄》
卷四角部云：

> 吳興僧晝，字皎然，工律詩。嘗謁韋蘇州，恐詩體不合，乃
> 於舟中抒思，作古體十數篇為贄。韋公全不稱賞，晝極失望。
> 明日，寫其舊製獻之，韋公吟詠，大加歎詠。因語晝曰：「師
> 幾失聲名，何不但以所工見投，而猥希老夫之意。人各有所
> 得，非卒能致。」晝大伏其鑒別之精[7]。

---

[6]　見《四庫全書總目提要》卷一四九集部別集類二（台灣藝文印書館版），頁
　　2964。
[7]　轉引自王仲鏞《唐詩紀事校箋》（成都：巴蜀書社，1989 年 8 月），頁 1932。

以後宋·尤袤〈全唐詩話〉卷六、元·辛文房《唐才子傳》卷三也有相同之記錄。韋應物〈寄皎然上人〉詩云：

> 吳興老釋子，野雪蓋精廬。詩名徒自振，道心長晏如。想茲棲禪夜，見月東峰初。鳴鐘驚巖壑，焚香滿空虛。叨慕端成舊，未識豈為疏。願以碧雲思，方君怨別餘。茂苑文華地，流水古僧居。何當一遊詠，倚閣吟躊躇[8]。

皎然〈答蘇州韋應物郎中〉云：

> 詩教殆淪缺，庸音互相傾。忽觀風騷韻，會我夙昔情。蕩漾學海資，鬱為詩人英。格將寒松高，氣與秋江清。何必鄴中作，可為千載程。受辭分虎竹，萬里臨江城。到日掃煩政，況今休黷兵。應憐禪家子，林下寂無營。跡竦世上華，心得道中精。脫略文字累，免為外物攖。書衣流埃積，硯石駁蘚生。恨未識君子，空傳手中瓊。安可誘我性，始願怨素誠。為無鶯鶯音，繼公雲和笙。吟之向禪藪，反愧幽松聲[9]。

韋應物推崇皎然詩名卓著，道心晏如；叨蒙致意，如同舊識，豈有生疏之感？故有造訪茂苑，遊詠僧居之想。皎然則讚揚韋詩學資滄海，鬱為詩英；格如寒松之高，氣若秋江之清。自愧無鶯鶯之音以繼雲笙之韻。兩人之相惜相慕，由此可見一斑。

---

[8] 見四部備要本《韋蘇州集》卷三（台灣中華書局，1970 年 6 月）。
[9] 見四部叢刊本《吳興晝上人集》卷一。

四、與詩僧靈澈之交往

靈澈也是吳中詩僧,俗姓湯,字源澄,會稽人。其事蹟唐・劉
禹錫《劉夢德文集》卷三、宋贊寧《高僧傳》、元・辛文房《唐才子
傳》皆曾記載。據《唐才子傳》卷三,靈澈自幼皈依雲門寺為律僧,
戒行果潔。曾隨嚴維學詩,遂籍籍有聲。嚴維死後,來到吳興,追
隨皎然遊講。極受到皎然之賞識,曾向當時著名的詩人包佶、李紓
推薦。貞元間,靈澈西游京師,聲名甚著,以致受到緇流之嫉妒,
受到誣奏,流徙汀州。寫下〈初到汀州〉一詩云:「初放到汀州,前
心詎解愁。舊交容不拜,臨老學梳頭。禪室白雲去,故山明月秋。
幾年猶在此,北戶水南流。」[10]不久獲赦,歸反東越。受到各地官
員之禮遇。元和十一年,圓寂於宣州開元寺,享年七十一。靈澈唱
和之名文士有劉長卿、劉禹錫、權德輿、皎然等人。劉禹錫在《澈
上人文集紀》論及江左詩僧,嘗謂:

> 世之言詩僧,多出江左,靈一導其源,護國襲之,清江揚其
> 波,法振沿之。如么絃孤韻,瞽人入耳,非大樂之音。獨吳
> 興晝公,能備眾體。晝公後,澈公承之[11]。

劉禹錫又在〈送僧仲端東遊末句呈澈〉一詩中,將靈澈譽為「江南
湯惠休」。權德輿〈送上人廬山回歸沃州序〉亦云:

---

[10] 見《全唐詩》卷八百一十(台北,文史哲出版社,1978 年 12 月),頁 9131。
[11] 見《劉夢得文集》卷三〈澈上人文集紀〉。

吳興長老晝公，掇六義之清英，首冠方外。入其室者，有沃
州澈上人。心冥空無，而跡寄文字，故語甚夷易，如不出常
境，而諸生思慮，終不可至[12]。

由此可見皎然與靈澈不只是詩友，尚有師徒關係。皎然在〈贈包中
丞書〉中即曾向包佶大力推薦靈澈〈道邊古墳〉、〈答范校書〉、〈雲
門雪夜〉、〈石帆山〉、〈題李尊師堂〉、〈題曹溪能大師獎山居〉、〈天
姥岑望天台山〉、〈傷古墓〉、〈福建還登梨嶺望越中作〉、〈九日〉、〈宿
延平懷古〉諸作，於〈歸湖南作〉一詩，尤為激賞[13]。

　　唐代詩僧，為世所稱者不少，然而除少數作者如皎然、齊己、
貫休之外，其詩大多不傳。靈澈詩也是如此。收入《全唐詩》者，
僅十六首，今人已難窺全豹。不過，從一些前賢徵引的佚詩殘句來
看，例如：「海月生殘夜，江春入暮年」、「窗風枯硯水，山雨慢琴絃」、
「經來白馬寺，僧到赤烏年」，仍能看出靈澈詩用字簡淨，卻能驅駕
深刻之內涵，前賢曾有「轉石下千仞江」之評[14]。其「相逢盡道休
官好，林下何曾見一人。」一句，甚至騰播眾口，成為當時之俗諺，
其感染力可見一斑。再如〈道邊古墓〉：「松樹有死枝，塚墓為莓苔。
石門無人入，古木花不開。」〈天姥岑望天台山〉：「天台眾山外，歲
晚當寒空。有時半不見，崔嵬在雲中。」〈九日〉云：「山僧不記重
陽節，因見茱萸憶去年。」都是運辭夷易，卻頗見巧思。

---

[12] 見王仲鏞《唐詩紀事校箋》（成都：巴蜀書社，1989 年 8 月），頁 1906。
[13] 見四部叢刊本《吳興晝上人集》卷九。
[14] 見宋・胡仔〈苕溪漁隱叢話〉〈前集〉卷第五十六（台北，長安出版社 1978
年 12 月），頁 382。

　　在《吳興晝上人集》之中，皎然有五首詩題贈靈澈。其〈妙喜寺高房期靈澈上人不至重招之〉描寫杼山之晨景，超逸而有致。寫景之際，不時插入諸如「晨起峰頂心，懷人望空碧。」、「言笑形外阻，風儀想中覿」、「貧山何所有，特此邀來客。」期盼來訪之語。至於〈山居示靈澈上人〉謂：「身閒始覺甜名是，心了方知苦行非。外物寂中誰似我，松聲草色共無機。」〈宿法華寺簡靈澈上人〉謂：「至道無機但杳冥，孤燈寒竹自清熒。不知何處小乘客，一夜風來聞誦經。〈送靈澈〉云：「我欲長生夢，無心解傷別。千里萬里心，只似眼前月。」都有濃厚之佛學意味。

五、與吳中隱逸之唱和

　　吳中地區，自古山明水秀，名士多隱其間。大曆貞元之際，顧況隱於茅山，自稱「華陽真逸」；陸羽居江湖稱「竟陵子」、在南越稱「桑苧翁」；朱放山人在剡溪、鏡湖間結廬雲臥；張志和在江湖號「煙波釣徒」，皆與皎然往來友善。

　　先論顧況。按顧況字逋翁，蘇州人，肅宗至德二年進士。《舊唐書》卷一百三十有傳。顧況生性詼諧，善為歌詩，與柳渾、李泌相善。德宗時，柳渾輔政，薦況為祕書郎。及李泌為相，又遷著作郎。李泌卒後，顧況因〈海鷗詠〉一詩譏誚權貴，於貞元五年貶為饒州司戶，遂舉家隱茅山（江蘇句容縣東南）。相傳顧況善服氣之術，鍊金拜斗，身輕如燕，吳中之人皆謂顧況得道化解。唐・皇甫湜〈顧況詩集序〉嘗論顧況之作：

偏於逸歌長句，駿發踔厲，往往若穿天心，出月脅，意外驚人語，非尋常所能及，最為快也。其為人類其詞章云[15]。

有關顧況之軼事，以唐‧孟棨《本事詩》所載顧況「梧葉題詩」之故事，最為膾炙人口。《唐詩紀事》卷二十八亦載宰相柳渾招以好官，顧況以詩相拒的曠放之舉。〈山中作〉云：「野人愛向山中宿，況在葛洪丹井西。庭前有箇長松樹，半夜子規來上啼。」最能顯現顧詩之格調。再如「汀洲渺渺江蘺短，疑是疑非兩斷腸。」、「巫峽朝雲暮不歸，洞庭春水晴滿空。」、「頹垣化為陂，陸地堪乘舟。」「大姑山盡小姑出，月照洞庭行客船。」皆為歷代詩話家經常徵引之名句。宋‧嚴羽《滄浪詩話‧詩評》論及中唐詩人嘗謂：「顧況詩，多在元白之上，稍有盛唐風骨處。」[16]當然，顧況也有一些作品受到後人指責。如清‧翁方綱《石洲詩話》卷二即指出：「顧逋翁歌行，邪門外道，直不入格。」又云：

> 古詩為焦仲卿妻作云：「新婦初來時，小姑始扶床。今日被驅遣，小姑如我長。勤心養公姥，好自相扶將。初七及下九，嬉戲莫相忘。」顧況〈棄婦詞〉乃云：「憶昔出嫁君，小姑纔倚床。今日辭君去，小姑如妾長。回頭語小姑，莫嫁如兄夫。」直致而又帶傖氣，可謂點金成鐵[17]。

---

[15] 見王仲鏞《唐詩紀事校箋》卷二十八，頁771。
[16] 郭紹虞《滄浪詩話校釋》（台北，河洛圖書出版社，1979年12月），頁148。
[17] 見臺靜農主編《百種詩話類編》中冊（台灣藝文印書館，1974年5月），頁1215。

顧況在詩文之外，兼攻繪畫。張彥遠《歷代名畫記》謂顧況知新亭
監時：「默請為海中都巡，問其意，云：『要見海中山水耳。』為職
半年解去，爾後落筆有奇趣。」[18]其性格之疏逸，由此可見。而皎
然與顧況之來往，見諸〈送顧處士歌〉。按：四部叢刊本《吳興晝上
人集》卷七〈送顧處士歌〉題下有自注云：「吳興丘司議之女婿，即
況也。」詩云：

> 吳門顧子予早聞，風貌真古誰似君。人中黃憲與顏子，物表
> 孤高將片雲。性背時人高且逸，平生好古無儔匹。醉書在篋
> 稱絕倫，神畫開廚怕飛出。謝氏檀郎亦可儔，道情還似我家
> 流。安貧日日讀書坐，不見將名干五侯。知君別業長洲外，
> 欲行秋田循畎澮。門前便取觳觫乘，腰上還向鹿盧佩。禪子
> 有情非世情，御荈貢餘聊贈行。滿道喧喧遇君別，爭窺玉潤
> 與冰清[19]。

本詩前半稱揚顧況。謂己早聞盛名，稔知風貌真古，實為黃憲、顏
子之流；而賦性之高逸，平生之篤好古道，並世無匹。書畫高妙絕
倫，恍若欲飛。其風儀若潘安、道情如謝客；而平日安貧讀書，不
肯以聲名干謁五侯。後半敘顧況有心畎澮，經循秋田，故以牛為騎，
腰佩轆轤，欲赴長洲別業。皎然自謂有情，然非世情；願以貢餘之
荈，聊以贈行。末二句以臨別之際，道途喧喧，爭看丰儀作結。

---

18 同註 15，頁 774。
19 參見四部叢刊本《吳興晝上人集》卷七。

　　次論陸羽。按陸羽字鴻漸，一名疾，字季疵，復州竟陵人（今湖北鍾祥縣）。生年不詳，卒年約當德宗貞元末。《國史補》卷中始有陸羽之記載，《新唐書》卷一百九十六〈隱逸傳〉有傳。據《唐詩紀事》卷四十、《唐才子傳》卷三，謂陸羽幼時為棄兒，由竟陵龍蓋寺僧智積禪師收養，因智積俗姓陸，遂為陸氏。及長，聰俊多聞，學贍辭逸，詼諧辨捷。性嗜茶並創立煎茶之法。著有〈茶經〉三卷，後人奉為茶神。

　　陸羽曾拜太子文學，徙太常寺太祝，未就職。肅宗上元間（西元760-761 年）來到吳中，隱居剡溪。結廬苕溪上，閉門讀書。喜與名僧高士，談讌終日。據說陸羽貌寢，口吃而辯，聞人之善若在己，與人期約，雖阻虎狼不避。善作古詩，興極閑雅。由皇甫曾有〈送鴻漸採茶相過詩〉、〈哭陸處士羽〉、權德輿〈送陸太祝赴湖南幕同用送字三韻〉等詩，可知與皇甫曾、權德輿來往友善。贊寧〈宋高僧傳〉卷二十九〈唐湖州杼山皎然傳〉云：「晝與陸鴻漸為莫逆之交。」《顏魯公文集》卷十二有〈題杼山癸亭得暮字〉、〈謝陸處士杼山折青桂花見寄作〉兩首贈陸羽而作，由詩意來看，陸羽與顏真卿亦為莫逆之交。在《吳興晝上人集》之中，有〈尋陸鴻漸不遇〉、〈訪陸處士〉、〈贈韋早陸羽〉、〈春夜集陸處士玩月〉、〈九日與陸處士羽飲茶〉、〈往丹陽尋陸處士不遇〉等詩題贈陸羽。皎然在〈尋陸鴻漸不遇〉云：

> 移家雖帶郭，野徑入桑麻。近種籬邊菊，秋來未著花。扣門無犬吠，欲去問西家，報道山中去，歸時每日斜[20]。

在〈訪陸處士〉云：

> 太湖東西路，吳王古山前。所思不可見，歸鴻自翩翩。何山賞春茗，何處弄春泉？莫是滄浪子，悠悠一釣船[21]。

在〈春夜集陸處士翫月〉云：

> 欲賞芳霏肯待辰，忘情人訪有情人。西林可是無清景，祇為忘情不記春[22]。

在〈九日與陸處士羽飲茶〉云：

> 九日山僧院，東籬菊也黃。俗人多泛酒，誰解助茶香[23]。

從上述詩中，吾人不難領會陸羽素行之高逸及皎然之崇仰。陸羽除〈茶經〉之外，不易見到其他著作流傳。陸羽之詩，《全唐詩》僅存二首，則前述諸作，成為察考陸羽之重要資料。

再論朱放。放字長通，襄州人。[24]據《唐才子傳》卷五所載，朱放初居漢水，遭逢饑疫，南下隱於剡溪、鏡湖間。當時江、浙名士如林，如皇甫冉、皇甫曾、皎然、靈徹上人，皆崇仰其風流儒雅，成為朱放好友。此外，此外，朱放與戴叔倫、顧況、嚴維、劉長卿亦有詩唱和。大曆年間，嗣曹王皋鎮江西，辟為節度參謀。但是，

---

[21] 見四部叢刊本《吳興晝上人集》卷二。
[22] 見四部叢刊本《吳興晝上人集》卷三。
[23] 見四部叢刊本《吳興晝上人集》卷三。
[24] 按《極玄集》作：「襄陽人。」《唐才子傳》作：「南陽人」《新唐書‧文藝志》作：「襄州人」。參王仲鏞《唐詩紀事校箋》卷二十六，頁711。

為時不久就辭官告退。貞元二年，詔舉韜晦奇才，詔拜左拾遺，朱
放奏表辭謝，並未就職，以處士之身，終其一生。《唐才子傳》卷五
評其詩云：

> 放工詩，風度清越，神情蕭散，非尋常之比。集二卷，今行
> 於世[25]。

其詩集已佚，《全唐詩》卷三百十五收朱放詩一卷，僅二十五首。其
〈亂後經淮陰岸〉寫自漢水南下所見，詩云：「荒村古岸誰家在？野
水浮雲處處愁。唯有河邊衰柳樹，蟬聲相送到揚州。」短短四句，
將饑疫荒涼之景象，寫得動人心絃。再如〈剡溪行寄新別〉為大曆
間由剡溪赴江西節度參謀，別友而作。詩云：「瀺湲寒溪上，自此成
別離。迴首望歸人，移舟逢暮雪。頻行識草樹，漸老傷年髮。唯有
白雲心，為向東山月。」用字簡淨，而別情盎然。再如〈剡山夜月
六言〉云：「月在沃州山上，人歸剡縣溪邊。漠漠黃花覆水，時時白
露驚船。」〈銅雀妓〉云：「恨唱歌聲咽，愁翻舞袖遲。西陵日欲暮，
是妾斷腸時。」皆為朱放詩之精品。就其存詩觀之，泰半為五七言
絕句，清婉流利，風神別具。至於皎然題贈朱放之作，現存僅〈訪
朱放山人〉一首，詩云：

> 野人未相識，何處異鄉隔？昨逢雲陽信，教向雲陽覓。空聞
> 天上鳳，飄飆不可覿。應非躡鑠翁，或是滄浪客。早晚從我
> 遊，共攜春山策[26]。

---

[25]　見周本淳《唐才子傳校正》（台北：文津出版社，1988 年 3 月），頁 141。

由詩意推斷，此詩或作於初識之時，而朱放之年輩，亦有可能小於皎然，故有「應非耋鑠翁」及「早晚從我遊」之語。

再論張志和。志和字子同，婺州（今浙江金華）人。其事蹟唐・顏真卿於大曆九年撰〈浪跡先生元真子張志和碑〉、《新唐書》卷一九六、《唐才子傳》卷三皆有記載。志和初名龜齡，十六歲即擢第明經科，曾以策干肅宗，特受賞識，命其待詔翰林，並賜名志和。後因坐事貶南浦尉，因親喪不復仕，遂居江湖，自稱煙波釣徒。其兄鶴齡惟恐志和遁世，在越州東郭築室，供志和居住。志和有〈漁歌子〉五首傳世，有顏真卿、陸羽、李成矩、徐世衡及張鶴齡之和詞。志和與陸羽皆曾為顏真卿之食客，顏真卿〈浪跡先生元真子張志和碑〉云：

> 著十二卷，凡三萬言，號〈元真子〉，遂以稱焉。客或以其文論道縱橫，謂之「造化鼓吹」，京兆韋詣為作〈內解〉。元真又述〈太易〉十五卷凡二百六十有五卦，以有無為宗，觀者以為「碧虛金骨」。

又云：

> 性好畫山水，皆因酒酣乘興，擊鼓吹笛，或閉目、或背面舞筆飛墨，應節而成。大曆九年秋八月，訊真卿於湖州，前御史李崿以縑帳請焉，俄而揮灑橫拂，而纖纊霏拂亂搶，而攢毫雷馳，須史之間，千變萬化，蓬壺彷彿，而隱見天水，微茫而昭合，觀者如覩，轟然愕眙，在坐六十餘人，元真命各

言爵里、紀年、名字、第行於其下，作兩句題目，命酒以蕉葉書之，授翰立成，潛皆屬對，舉席駭歎[27]。

皎然〈奉應顏尚書真卿觀元真子置酒張樂舞破陣畫洞庭三山歌〉亦有詳細之描述。

詩云：

道流跡異人共驚，寄向畫中觀道情。如何萬象自心出，而心澹然無所營。手援毫，足蹈節，披縑灑墨稱麗絕。石文亂點急管吹，雲態徐揮慢歌發。樂縱酒酣狂更好，攢峰若雨縱橫掃。尺波澶漫意無涯，片嶺崚嶒勢將倒，盼睞方知造境難，象忘神遇非筆端。昨日幽奇湖上見，今朝舒卷手中看，興餘輕拂遠天色，曾向峰東海邊識。秋空暮景颯颯容，翻疑是真畫不得。顏公素高山水意，常恨三山不可至，賞君狂畫忘遠遊，不出軒墀坐蒼翠[28]。

此一長篇歌行雖為奉和之作，寫得雄魂健勁，氣勢磅礴，在皎然詩中，獨具異采。

此外，皎然尚有〈奉合顏魯公真卿落玄真子舴艋舟歌〉一首，詩中有句謂「得道身不繫，無機舟亦閑；從水遠逝兮任風還，朝五湖兮夕三山。」可謂便是張志和之寫照。

最後論秦系。系，字公緒，會稽人。其事蹟《新唐書》卷一九六〈隱逸傳〉、《唐才子傳》卷三皆有記載。秦系在天寶末避亂剡溪。

---

[27] 見清·黃本驥編訂《顏魯公文集》卷七，（台灣中華書局〈四部備要〉本，1966 年 3 月）。
[28] 見四部叢刊本《吳興晝上人集》卷七。

大曆五年，北都留守薛兼訓奏奏為倉曹參軍，秦系上〈獻薛僕射〉
一詩辭之。前有序曰：「系家於剡山，向盈一紀。大曆五年，人以文
聞鄞守薛公。無何，奏系右衛率府倉曹參軍。意所不欲，以疾辭免，
因將命者，輒獻斯文」（《秦隱君集》）可知秦系在剡山居住，至大曆
五年始南下泉州隱於南安九日山中。享年八十餘卒[29]。《全唐詩》卷
二六十收詩一卷。宋・尤袤《全唐詩話》云：

> 權德輿云：「長卿自以為五言長城，系用偏師攻之矣。」韋答
> 系云：「知掩山扉三十秋，魚鬚翠碧滿床頭。莫道謝公方在郡，
> 五言今日為君休。」蓋系以五言得名久矣[30]。

秦系之主要創作成就在五言律絕，重要詩友為劉長卿、權德輿、錢
起、苗發、張建封、皎然等人。以皎然而言有〈奉寄畫公〉云：「簑
笠雙童傍酒船，湖山相引到房前。團蕉何事教人見，暫借空床守坐
禪。」皎然有〈酬秦山人系題贈〉、〈酬秦山人贈別二首〉、〈酬秦山
人出山見尋〉、〈酬秦山人見尋〉、〈酬秦系山人題贈〉、〈酬秦系山人
題贈〉、〈題秦系山人麗句亭〉等詩酬之。

六、作孟郊險僻詩格之前導

　　孟郊字東野，原籍湖州武康（今浙江湖州）。生於玄宗天寶十載
（西元 551 年），卒於憲宗元和九年（西元 814 年）。其事蹟《舊唐

---

[29] 周本淳《唐才子傳校正》（台北：文津出版社，1988 年 3 月），頁 81-82。
[30] 見宋・尤袤《全唐詩話》卷二，載何文煥編〈歷代詩話〉（台北，木鐸出版
　　社，1982 年 2 月），頁 90。

書》卷一百六十、《新唐書》卷一七六〈韓愈傳〉附、《唐詩紀事》卷三十五、《唐才子傳》卷五皆有記載。

　　孟郊三十歲之前羈旅河南，卜居嵩山。德宗貞元五年（西元789年）至上饒，次年寓居蘇州，貞元七年（西元791年）孟郊至湖州取解，隨後轉至長安應進士試，在長安、徐州各地遊歷。貞元十二年（西元796年），以四十六歲之高齡擢進士第。貞元十六年（西元800年）詮選為溧陽（江蘇溧陽）尉。至貞元二十年（西元804年）辭官奉母歸湖州[31]。就孟郊之生平行實來看，有前後兩時期在吳中地區活動。主要之詩友除韓愈、李觀、李翱、張籍、賈島、盧仝、樊宗師之外，又與韋應物、王涯、李益、陸暢、皎然唱和。

　　《孟東野集》有〈答晝上人止讒作〉、〈同晝上人送鄔秀才江南尋兄弟〉兩首題贈皎然。這是針對皎然〈送鄔傪之洪州觀兄弟〉、〈浮雲三章〉而作之酬答。皎然圓寂之後，孟郊曾作〈送陸暢歸湖州因憑題故人皎然塔陸羽墳〉弔念故人，詩中有謂：「昔遊詩會滿，今遊詩會空。孤詠玉戚惻，遠思景蒙籠。」可見孟郊正是湖州詩會之成員。值得特別注意的是孟郊〈逢江南故晝上人會中鄭方回〉一詩，有自注云：「上人往年手札五十篇相贈，云以為他日之念。」[32]這五十篇手札內容如何，今人已無從查考，但是，孟郊與皎然絕非泛泛之交，殆無可疑。皎然〈浮雲三章〉云：

[31] 參見華忱之〈唐孟郊年譜〉德宗貞元五年、貞元七年、貞元十二年、貞元十六年、貞元二十年條國立北京大學圖書館，民國二十九年七月。
[32] 見陳延傑注《孟東野詩集》卷十。

浮雲浮雲，集於扶桑。扶桑茫茫，日暮之光。匪日之暮，浮
雲之汗。嗟我懷人，憂心如矗。（其一）

浮雲浮雲，集於咸池。咸池微微，日昃之時，匪日之昃，浮
雲之惑。嗟我懷人，憂心如織。（其二）

浮雲浮雲，集於高舂，高舂濛濛，日夕之容。匪日之夕，浮
雲之積。嗟我懷人，憂心如　。（其三）[33]

此詩自序云：「浮雲，刺讒也。」可知皎然係以古樂歌之形式，諷刺
讒夫。詩中借浮雲起興，多方譬喻，形容盡致，凸顯讒言之蔽明，
讒慝之害事。孟郊〈答晝上人止讒作〉云：

烈烈鸑鷟吟，鏗鏗琅玕音。梟摧明月嘯，鶴起清風心。渭水
不可渾，涇流徒相侵。俗侶唱〈桃葉〉，隱士鳴桂琴。子野真
遺卻，浮淺藏淵深[34]。

此詩起首二句稱頌皎然之作，如鳳鳥之鳴，似琅玕之音。「梟摧」四
句，謂梟鳥善發摧月之嘯，而鶴鳥時生清風之心；渭水本自渾濁，
而涇流徒為所侵。此慨讒夫之擾擾，致天聽之不聰也。末四句謂俗
人唱其〈桃葉〉之歌，高士自鳴槥桂之琴。曩昔子野善聽，倘彼時
即已遺卻俗音，則浮淺自藏也。此慨無善聽者，故不能明辨也。再
如〈逢江南故晝上人會中鄭方回〉云：

---

[33] 見四部叢刊本《吳興晝上人集》卷六。
[34] 陳延傑注《孟東野詩集》卷七（台北，新文豐出版公司，1979 年 8 月）。

相逢失意中，萬感因語至。追思東林日，掩抑北芒淚。筐篋
有遺文，江山舊清氣，塵生逍遙篇。墨故飛動字，荒毀碧澗
居。虛無青松位，珠沉百泉暗。月死群象閉。永謝平生言，
知音豈容易。

孟郊追求僻苦奇險之詩格，固有種種因素，然其中未嘗無皎然之影
響。考皎然《詩式》卷一嘗云：「曩者，嘗與諸公論康樂為文，真於
情性，尚於作用，不顧辭彩而風流自然。」又云：

　　詩不要苦思，苦思則喪自然之質。此亦不然。夫不入虎穴，
　　焉得虎子。取境之時，須至難至險，始見奇句；成篇之後，
　　觀其氣貌，有似等閒，不思而得，此高手也[35]。

皎然所闡述之「自然」，既經「至難至險」，實為與人工相結合，而
非素樸之自然。其論「跌宕格」有「越俗」、「駭俗」二品；其論「詩
有二廢」云：「雖欲廢巧尚直，而思致不得置。雖欲廢言尚意，而典
歷不得置。」，其論「詩有六至」時，認為：「至險而不僻，至奇而
不差，至麗而自然，至苦而無兒，至近而意遠，至放而不迂。」皎
然這種主張「至難至險，始見奇句」，實與孟郊之「入深得奇趣，升
險為良蹟。」（《孟東野詩集注》卷四〈石淙〉）、「觀怪賞不足，扣奇
獨冥收」（〈遠遊聯句〉）相似，亦與韓愈〈薦士〉詩所云：「橫空盤
硬語，妥帖力排奡。」之理念若合符節，如此則顯示孟郊詩之奇險
走向，實有皎然《詩式》作為前導。

---

[35] 見唐・皎然《詩式》卷一〈取境〉條（台灣商務印書館萬有文庫薈要本，1965
年11月），頁5。

七、結語

綜觀皎然往來唱和之吳中詩友，大多顯現狂放狷介之性格，或與世殊異之生活態度，其詩文即令高情放縱，逾越常格，也是真實生活之寫照。大曆年間，詩壇之主流人物是所謂「大曆十才子」，他們活動於長安洛陽，雖忙於官場酬酢，卻著意於高情遠韻之追求；既圖優渥之俸祿，亦盼山水林泉之享受，津津樂道「吏隱」之樂趣。大曆十才子勤於近體之冶鍊，卻已無盛唐氣象。皎然〈答蘇州韋應物郎中〉云：「詩教殆淪缺，庸音互相傾。」所指應即此一現象。值得注意的是皎然對於大曆詩壇之主流詩風，並不滿意，在《詩式》卷四論齊梁詩即謂：「大曆中，詞人多在江外」，並舉：皇甫冉、嚴維、張繼素、李家祐、朱放，「竊佔青山白雲，春風芳草，以為己有。」為例，說明「詩道初喪，正在於此。」這些人不乏皎然之詩友，亦不免於此。幸而大曆末年，諸公皆能改弦易轍。吳中詩人之作，雖富於奇響異趣，並未與於詩壇主流，但由於皎然既有理論著作，又有具體成績，在詩會的讌集聯繫下，吳中詩人，也儼然形成足與長安、洛陽之詩人集團分庭抗禮之勢。

（本文曾於 1992 年 10 月，在古典文學研究會主辦，「區域文學研討會」上宣讀）

從張籍樂府詩看唐代民間風情

一、前言

中唐詩人張籍，以樂府詩聞名後世。從交往關係而論，張籍為韓愈之高弟，屬於韓孟集團成員；就創作趨向而言，張籍實為元白新樂府詩人之前驅。

張籍樂府，清麗深婉，詩友姚合評道：「絕妙〈江南曲〉，淒涼怨女詩。古風無手敵，新語是人知。」（〈贈張籍太祝〉），李肇〈唐國史補〉論及元和諸家，亦稱：「歌行則學流蕩于張籍。」（《唐國史補》卷下）可見張籍歌行，也是「元和體」之一，在晚唐已享有盛譽。宋‧周紫芝《竹坡詩話》在眾多唐人樂府中，獨推「張文昌為第一」。

現存張籍樂府大約九十首，宋‧郭茂倩《樂府詩集》即採錄五十三首，數量逾半。若從主題表現而論，張籍樂府大致可以區分為三類：一是沿用古題敷衍古意者，（如：〈雜怨〉、〈行路難〉等三十一首）；二是沿用古題另創新意者，（如：〈傷歌行〉、〈賈客樂〉等五首）；三是另製新題表現新意者，（如：〈寄遠曲〉、〈野老歌〉等四十九首）。其中「即事名篇」之作，為數最多。值得注意的是：張籍樂

府詩，不論是舊題、新曲，都有風雅比興之旨；「為時而著」、「為事而作」、並且「專以道得人心中事為工。」[1]其創作目的與元、白並無二致；強烈關注社會問題，深具諷喻性質，廣泛包含各種民間生活內涵，擁有深廣之社會基礎。

若從詩歌體製而論，張籍樂府也可以分為四種：一是選用五言古體（如：〈憶遠曲〉、〈離婦〉等）、二是選用七言古體（如：〈江南曲〉、〈江村行〉等）、三是選用五言律體（如：〈出塞〉、〈莊陵挽歌〉等）、四是選用七言絕句（如：〈秋思〉、〈楚妃怨〉）等形式寫作。其中，又以七言古體之選用比率最高。然而，不論張籍選用何種詩體，其語言都是渾樸自然、不事雕琢。清・翁方綱《石洲詩話》盛稱張、王樂府：「天然清削，不取聲音之大，亦不求格調之高，此真善于紹古者。」[2]清・林昌彝《射鷹樓詩話》亦引李石洞之披語謂：

> ……張水部，天然明麗，不事雕鏤，而氣味近道，學之可以除燥，忘矯飾[3]。

張籍詩作之所以「天然明麗」，固然緣於詩歌語言之淺白通俗，更重要的因素是能就淺俗之語彙，鑄鍊出高度概括性與表達力，從而構成典型形象，營造出深刻鮮明之美感。明・胡震亨在《唐音癸籤》高度肯定張籍以「俗言俗事入詩」，認為：

---

[1] 見宋・張戒《歲寒堂詩話》卷上，丁福保輯《歷代詩話續編》（台北，木鐸出版社，1988 年 7 月初版。），頁 460。

[2] 見清・翁方綱《石洲詩話》卷二，郭紹虞編選、富壽蓀校點《清詩話續編》中冊（台北，木鐸出版社，1983 年 12 月初版），頁 1390。

[3] 參見清・林昌彝《射鷹樓詩話》，（上海古籍出版社，1988 年 12 月），頁 369。

　　文章窮於用古，矯而用俗，如史、漢後六朝史之入方言俗語
　　是也。籍、建詩之用俗亦然。王荊公題籍集云：「看是尋常最
　　奇崛，成如容易卻艱辛。」凡俗言俗事入詩，較用古更難[4]。

總體看來，張籍因為詩歌語言通俗渾樸，詩歌內涵富於典型性，故
能不詭其詞，而詩語自麗；不異其趣，而逸趣橫生。

　　關於張籍樂府詩，學界已有不少討論。筆者晚近以來，從事張
籍詩集校注工作，在深入了解張籍生活與創作之後，有感於張籍長
期擔任冷官閒職，擁有長期民間生活經驗，其樂府作品，從風土民
俗的角度考察，往往展現特殊的美感與趣味。因此不揣譾陋，針對
這一方面，略作探討，就正於海內方家。

二、水鄉風貌

　　張籍是吳郡（今江蘇蘇州）人，在吳郡有舊宅；雖然長年旅居
外地，常在詩作中懷念舊鄉。其〈薊北旅思〉即云：「日日望鄉國，
空歌白苧詞。長因送人處，憶得別家時。」（本集卷二）〈送陸暢〉
亦云：「昔年舊宅今誰住？君過西塘與問人。」（本集卷六）其後雖
然遷居和州烏江（今安徽和縣烏江鎮），仍是江南水鄉之地。

　　張籍自幼熟悉水鄉生活，有關江村題材之樂府詩，寫來特別傳
神細膩。本集之中，〈江南曲〉、〈江村行〉、〈湘江曲〉、〈泗水行〉等
詩，是其最著者。如最受後人稱道的〈江南曲〉云：

---

[4]　明・胡震亨《唐音癸籤》卷七，（上海古籍出版社，1984 年 8 月），頁 66。

江南人家多橘樹，吳姬舟上織白苧。土地卑濕饒蟲蛇，連木
為桴入江住。江村亥日長為市，落帆度橋來浦裏。清莎覆城
竹為屋，無井家家飲潮水。長干午日沽春酒，高高酒旗懸江
口。娼樓兩岸臨水柵，夜唱竹枝留北客。江南風土歡樂多，
悠悠處處盡經過。[5]

（本集卷二）

按：此寫江南水鄉之物產、氣候及生活情態。當地由於環境低濕，
頗饒蟲蛇。江村人家，編桴為筏，常居江上。年輕婦女，就在舟中，
編織白苧，猶如陸地。每月亥日，岸邊浦上，常有市集。村民落帆
渡橋，齊聚浦邊；以各種物資，進行交易。市鎮之中，清莎滿覆，
架竹為屋。長干午日，家家沽酒。江口則高懸酒旗，兩岸娼樓，臨
近水柵；夜唱竹枝，以饗北客。村人則悠閒遊逛。這樣的風土，何
其悠然！而〈江村行〉則從另一角度描述江村生活：

南塘水深蘆笋齊，下田種稻不作畦。耕場磷磷在水底，短衣
半染蘆中泥。田頭刈莎結為屋，歸來繫牛還獨宿。水淹手足
盡為瘡，山蜹遶衣飛撲撲。桑林椹黑蠶再眠，小姑採桑不餉
田。江南熱旱天氣毒，雨中移秧顏色鮮。一年耕種長辛苦，
田熟家家將賽神。

（本集卷八）

5　本文引詩參見李建崑校注《張籍詩集校注》，（國立編譯館主編，華泰文化事
　業公司，2001 年 8 月初版）。

按此寫江南農民，不築田壟，直接在塘中耕植水稻。塘水幾與蘆笋
等高，耕場即在磷磷水底。村民辛苦工作，短衣半染污泥；田邊住
宅，以田頭所刈莎草，結構成屋。家中女眷，因幼蠶已經再眠，遠
赴桑林，採葉餵食，無法田間送飯。晚間歸返家中，繫牛獨宿。因
下田耕種時，長久水浸，山蚰繞衣，手腳遍滿瘡痍。江南氣溫炎熱，
天候毒辣。雨中閒望，移植之稻秧，綠意盎然，顏色鮮麗。長年辛
勞，只盼豐收，若能如願，將迎神賽會，酬謝神明。此詩對於水鄉
農民之辛勤，頗有傳神描述。

　　江南水鄉，溝渠縱橫，各地渡口，往來頻繁。〈湘江曲〉正是寫
渡口之風情。詩云：「湘水無潮秋水闊，湘中月落行人發。送人發，
送人歸，白蘋茫茫鷓鴣飛。」（本集卷八）此寫湘江渡口，雖值秋水，
而平闊無潮；清曉月落之際，旅人將行。送往迎來之間，惟見無情
白蘋，茫茫無際；江上鷓鴣，往來翻飛。

　　又江村人群聚集之處，往往便是魚市所在。唐・方干〈越中言
事二首〉即道：「沙邊賈客喧魚市，島上潛夫醉筍莊。」魚市，似為
江村常有之景觀。張籍〈泗水行〉云：

> 泗水流急石篹篹，鯉魚上下紅尾短。春冰消散日華滿，行舟
> 往來浮橋斷。城邊魚市人行早，水煙漠漠多棹聲。
>
> （本集卷八）

詩中描寫泗水流急，水中有溪石攢聚，鯉魚在石間來回游動，上下
起伏。正當清晨，春冰銷融，日光朗照。此時河面浮橋，抽出中間
橋段，供行舟往來。廣闊之江面，棹聲連連，城邊魚市，已有早起
行人在活動。這種寧靜而平澹之景觀，使人無限嚮往。

　　每當夏日已盡，秋天來臨，江邊蓮蓬，飽含蓮實，正是江南採蓮之時。採蓮活動究竟起於何時，已不得而知。〈採蓮曲〉亦本為晉武帝所製〈江南弄〉七曲之一，其內容本為吟詠豔情，唐・王維、王昌齡、戎昱都有同題之作。試看張籍之〈採蓮曲〉：

> 秋江岸邊蓮子多，採蓮女兒凭船歌。青房圓實齊戢戢，爭前競折漾微波。試牽綠莖不尋藕，斷處絲多刺傷手。白練束腰袖半卷，不插玉釵妝梳淺。船中未滿度前洲，借問阿誰家住遠。歸時共待暮潮上，自弄芙蓉還蕩槳。
>
> （本集卷二）

　　這首詩寫秋江岸邊，採蓮女郎，憑船而歌。岸邊蓮花，青房圓實，戢戢而聚，採蓮女爭前競折。她們牽動蓮莖，目的不在蓮藕。但見她們白練束腰、衣袖半捲，不插玉釵，妝扮輕淺。猶相互間探問：「阿誰住得最遠?!」這首詩，寫到採蓮女之動作、妝扮、甚至天真爛漫之性情。一般樂府古辭，往往陳陳相因，令人生厭，然而張籍〈採蓮曲〉卻能打破「就題敷衍」套式，別出心裁。不僅寫得細膩，且賦與更多民間生活情趣。

　　此外，張籍還有一些描述江南水鄉之小曲，情韻甚佳，令人愛不釋手。茲舉三首以窺一斑。例如：〈春水曲〉云：

> 鴨鴨，嘴唼唼。青蒲生，春水狹，蕩漾木蘭船。中有雙少年，少年醉，鴨不起。
>
> （本集卷八）

此詩寫到江南水鄉養鴨的活動。在狹小江邊，青蒲叢生；群鴨游食，唼唼而鳴；木蘭船上，少年成雙，少年專注守望，如癡如醉；而群鴨游嬉，亦不起岸上。全詩篇幅雖短，且句法特殊，卻巧妙畫出一幅「春江牧鴨圖」！再如〈春堤曲〉云：

> 野塘鳷鵲飛樹頭，綠蒲紫菱蓋碧流。誰家狂客愛雲水？日日
> 獨來城下游。

（本集卷八）

全詩不過借野塘鳷鵲、綠蒲紫菱起興，寫岸邊不羈之人，不知何家之子？但見他酷愛雲水，日日獨遊城下！彷彿有一旁觀之人，對他由衷生羨。又如〈湖南曲〉云：

> 瀟湘多別離，風起芙蓉洲。江上人已遠，夕陽滿中流。鴛鴦
> 東南飛，飛上青山頭。

（本集卷八）

此詩寫瀟湘之間，芙蓉洲上，風起之時，離別相送之景。離人已杳，唯見夕陽中流，鴛鴦飆飛，飛上青山。瀟湘野趣，躍然紙上。

　　從以上所引諸作，我們不難發現張籍善於截取具地方特色之風物與生活場景入詩，舉凡：鄉間特產、住居形態、亥日集市、午日春酒、娼樓風情、水稻栽植、婦女織造、少年牧鴨、少女採蓮、甚至渡口風情，都予以巧妙組合。因此雖然文字樸質無華，情景卻宛然在目，江南水鄉之生產活動、生活習俗，幾乎涵蓋其中。

三、山村哀樂

　　唐代自開國起，即沿襲北魏之均田制，按戶計口授與田地。武德七年頒佈田法：丁男年十八者給官田百畝，凡給田之制，丁男（二十一歲）中男（十六歲）以一頃，老男（六十歲）篤疾、廢疾者以四十畝，寡妻妾以三十畝。若為戶者，則減丁男之半。田又分為二：一曰永業，一曰口分。唐代初期，由於大亂之後，人口減少，尚能實施計口授田，其後人口漸次增殖，終於無法保持原制。天寶以後，法令弛緩，土地兼併成風[6]。加上賦役繁重、天災之助力，農民頗多無田可種，遂逃亡入山，墾殖山田，以維生計，但仍在官家征斂之列。〈野老歌〉[7]中的老農，即屬此種情況。詩云：

> 老翁家貧在山住，耕種山田三四畝。苗疏稅多不得食，輸入官倉化為土。歲暮鋤犁倚空室，呼兒登山收橡實。西江賈客珠百斛，船中養犬長食肉。

（本集卷二）

這首詩以山農生活為例，描述中唐時期，朝廷為彌補稅收之不足，橫征暴斂，民不聊生；另一方面，富商巨賈卻生活闊綽，家犬皆能食肉，社會極度貧富不均。山田貧瘠，稅賦卻仍繁重，這是山農辛苦終年，仍然不得溫飽主要原因。而另一方面，由於吏治廢弛，不

---

[6]　參見李劍農《魏晉南北朝隋唐經濟史稿》第十一章〈均田制之沒落與私莊之發達〉（台北，華世出版社，1981年12月），頁258。
[7]　詩題一作〈山農詞〉。

恤民力，官倉中堆積徵斂來的民糧，卻腐爛成土。老農在歲末，倚望空室，無糧過冬。逼不得已，只得差遣子女，上山撿拾橡實。

而所謂「橡實」，實為櫟樹果實，似栗而小，俗稱「橡子」。饑荒絕糧之時，聊以充飢。唐・皮日休〈橡媼歎〉：「秋深橡子熟，散落榛蕪崗。」即指此。然而，兩廣多商人，西江採珠客，財富尤雄；一採百斛寶珠，船上所畜養之犬，反能飽食肥肉。相較之下，人真不如犬矣。

除了田制，中唐時期之稅制，也出問題。唐代賦稅，安史之亂以前，以租庸調為主體，安史之亂以後，至德宗建中元年（西元七八〇年），因均田制之沒落，而連帶改為兩稅制，以錢代物，自此農民「所供非所業，所業非所供；增價以市所無，減價以貿所有。」[8]〈山頭鹿〉寫的便是中唐地方官員，唯顧軍需，不恤民食；百姓租輸不足，任其家破人亡之慘狀。詩云：

> 山頭鹿，雙角芟芟尾促促，貧兒多租輸不足，夫死未葬兒在獄。旱日熬熬蒸野岡，禾黍不熟無獄糧。縣家唯憂少軍食，誰能令爾無死傷？

（本集卷八）

本詩起首借鹿起興，謂山頭之鹿，雙角禿禿，尾部促促；暗示貧家之兒，有如野鹿。這一家人，丈夫已死，兒子入獄。兒子之所以入獄，恐乃是租輸不足，而觸犯王法。

8　見宋・歐陽修、宋祁《新唐書》卷五十二（北京，中華書局，1991 年 12 月），頁 1355。

　　由於旱日熬熬，蒸騰岡野，禾黍不熟，無法繳付租稅。連兒子坐牢，都乏獄糧。只是縣家惟顧軍需，不恤民食，因此死傷自不可免。由詩中「夫死未葬兒在獄」句來看，張籍是借某寡婦之遭遇，寫下這首詩。晚唐杜旬鶴〈山中寡婦〉亦有句云：「任是深山更深處，也應無處避征徭。」與張籍詩之感慨同深。

　　張籍在〈樵客吟〉，更寫出山村採樵人辛苦的生活與微末的希望：

> 上山採樵選枯樹，深處樵多出辛苦。秋來野火燒櫟林，枝柯已枯堪採取。斧聲坎坎在幽谷，採得齊梢青蒿束。日西待伴同下山，竹擔彎彎向身曲。共知路傍多虎穴，未出深林不敢歇。村西地暗狐兔行，稚子叫時相應聲。採樵客，莫採松與柏，松柏生枝直且堅，與君作屋成家宅。

（本集卷八）

　　這首詩寫樵夫深入山中採樵。秋天之後，野火燒林，山中櫟樹，枝柯已枯，頗堪採取。但聞幽谷之中，斧聲坎坎，採得齊梢枯木，以青蒿綑束，等待白日西斜，方與同行下山。此時竹擔彎彎，向身而曲，其沉重可知，然未出深林，不敢稍作歇息。蓋因路旁，頗多虎穴，況村西暗地，狐兔出沒。樵夫臨近家門，稚子來迎，一聲稚子呼應，多少辛勞，皆已消除。收尾四句，委婉勸喻莫採松柏，因為：松柏既直且堅，可以作屋成家！本詩在末尾，以樵為喻，委婉寄意。山民渺小的心中，不過希望有朝一日，能擁有一幢松柏所建之住屋而已！

　　至於〈牧童詞〉，也是鄉野剪影，全詩充滿鄉野生活情趣。詩云：

遠牧牛，遠村四面禾黍稠。陂中飢烏啄牛背，令我不得戲壟頭。入陂草多牛散行，白犢時向蘆中鳴。隔堤吹葉應同伴，還鼓長鞭三四聲。牛群食草莫相觸，官家截爾頭上角！

（本集卷二）

詩中牧童，因為遠村四面，皆栽植稠密之作物，不得不到更遠之處放牧。陂中飢烏，常啄牛背，使牧童無法安心在田壟上嬉戲。進入陂岸，水草甚多，牛羣散行。白犢於蘆葦間，哞哞而鳴。另一陂岸，別有牧童，以葉笛呼應。隔堤吹葉，鞭擊牛背，不時發出響聲。牛兒偶因爭食，犄角相牴。詩末溫婉告誡牛犢，切莫相鬥，否則將為人截取牛角，充作注油工具。

末句用《魏書‧拓跋暉傳》事。按北魏拓跋暉，嘗以運載之需，遣人於路上截取牛角，充作馬車輪注油之脂角。此亦如前詩末尾所云，屬於一種作用甚微、卻極為現實之勸慰。張籍以極為素樸之形式，表現善良百姓微渺的希望。

然則，山中百姓為何如此善良而怯懦？且看張籍〈猛虎行〉一首，即可體會一二。詩云：

南山北山樹冥冥，猛虎白日繞村行。向晚一身當道食，山中麋鹿盡無聲。年年養子在空谷，雌雄上山不相逐。谷中近窟有山村，長向村家取黃犢。五陵年少不敢射，空來林下看行迹。

（本集卷二）

這一首詩，被宋‧郭茂倩《樂府詩集》收入〈相和歌辭〉之中。《樂府詩集》所引〈古辭〉：「飢不從猛虎食，暮不從野雀棲。野雀安無

巢，遊子為誰驕？」可能是本題最早之作。在張籍之前，曹丕、陸機、謝惠連、儲光羲、李白、韓愈作品中，都有〈猛虎行〉。張籍在詩中，敘猛虎在向晚時分出林覓食，山中麋鹿，都嚇不敢出。猛虎時向村家，攫取黃犢。五陵年少，或有射虎之力，竟空視林迹，不敢射獵，可知此虎之兇猛。這一首詩，論寫作用意，應是「比體詩」，以猛虎為喻，隱曲諷刺唐代某些當道者或地方勢力之兇惡可畏。

四、重商世風

　　唐代都會，若論商業繁榮，揚州正當江、河間之要衝，國際船舶可以直接抵達。揚州實際上已是唐代商業中心[9]。金陵至揚州一帶，行商往來，十分繁盛。張籍〈賈客樂〉，正是描寫此地賈客之生活情態。詩云：

> 金陵向西賈客多，船中生長樂風波。欲發移船近江口，船頭祭神各澆酒。停杯共說遠行期，入蜀經蠻誰別離。金多眾中為上客，夜夜箏繻眠獨遲。秋江初月猩猩語，孤帆夜發瀟湘渚。水工持檝防暗灘，直過山邊及前侶。年年逐利西復東，姓名不在縣籍中。農夫稅多長辛苦，棄業長（一作寧）為販寶翁。

（本集卷二）

9　見李劍農《魏晉南北朝隋唐經濟史稿》第十一章〈均田制之沒落與私莊之發達〉（台北，華世出版社，1981年12月），頁239。

按：詩中之賈客，長年生活在船中，樂於在風波中討生活。他們在出發經商之前，往往先於船頭祭神。受到地上醮酒——灑酒於地——祭神習俗之影響，賈客們將酒澆在江上，向神明示敬。多金者即為上客，賈客夜夜眠遲，算計錢緡。然而，孤帆夜發於瀟湘之渚，水工還得持檝，提防潛藏江流之暗礁，可見為利驅使的背後，所須承擔的是孤寂與風險。這些賈客，往來江上，所以姓名並不在縣籍之中，農民則需按籍繳交稅賦，絲毫不能逃脫。在此情況下，許多農夫寧願拋棄常業，競為販運寶貨之人。張籍在詩中，反映這種畸形發展，十分深刻地諷刺當時的重商風氣。

　　在這樣的背景之下，一方面有人酒肉征逐、往來酬酢；另一方也有人沉淪不偶，感嘆世路艱虞。張籍以兩首樂府，分別寫出不同的世態。在〈讌客詞〉說道：

> 上客不用顧金羈，主人有酒君莫違。請君看取園中花，地上漸多枝上稀。山頭樹影不見石，溪水無風映更碧。人人齊醉起舞時，誰覺翻衣與倒幘？明朝花盡人已去，此地獨來空繞樹。
>
> （本集卷二）

詩中的東道主呼籲貴客，不必顧慮金羈。當園花漸稀，樹影日濃之際，不可不及時賞花、飲酒行樂！因為：「人人齊醉起舞時，誰覺翻衣與倒幘？」等到「花盡人去」，就只能繞樹排徊，空留餘恨了！在〈短歌行〉中，又進一步說道：

> 青天蕩蕩高且虛，上有白日無根株。流光暫出還入地，使我少年不須臾。與君相逢勿寂寞，衰老不復如今樂。金厄盛酒

置君前，再拜勸君千萬年。

（本集卷八）

正因「流光暫出還入地，使我少年不須臾。」所以，好友相聚，不可以寂然無為，應該及時為樂。清・黃周星《唐詩快》評謂：「伉爽磊落，如聽唱蘇學士『大江東去』。」[10]而另一面，張籍也在〈行路難〉中，寫出另一種世態：

> 湘東行人長歎息，十年離家歸未得。弊裘羸馬苦難行，僮僕飢寒少筋力。君不見牀頭黃金盡，壯士無顏色。龍蟠泥中未有雲，不能生彼升天翼。

（本集卷二）

詩中的男子，離家十年，陷於困境，弊裘羸馬，僮僕飢寒；床頭金盡，壯士無顏。末句「龍蟠泥中未有雲，不能生彼升天翼。」清麗深婉，稱情而出。此外如〈古釵嘆〉，以妙巧的喻筆表達「棄置弗用」之意：

> 寶釵墮井無顏色，百尺泥中今復得。鳳凰宛轉有古儀，欲為首飾不稱時。女伴傳看不知主，羅袖拂拭生光輝。蘭膏已盡股半折，雕文刻樣無年月。雖離井底入匣中，不用還與墜時同。

（本集卷二）

---

[10] 轉引自陳伯海主編，《唐詩彙評・張籍》（浙江教育出版社，1995年5月），頁1894。

寶釵墮井，失而復得，本來是一件美事。寶釵之鳳紋，屈曲變化，
也頗有古儀。但因寶釵雖美，已不合時尚。雖經拂拭，再生光輝。
已折斷一股，又不知雕紋年月。故謂：「雖離井底入匣中，不用還與
墜時同。」張籍〈廢瑟詞〉題旨與此類似：

> 古瑟在匣誰復識？玉柱顛倒朱絲黑。千年曲譜不分明，樂府
> 無人傳正聲。秋蟲暗穿塵作色，腹中不辨工人名。幾時天下
> 復古樂？此瑟還奏雲門曲。

（本集卷八）

古瑟在匣，無人能識，千年古譜，不甚知曉。蟲穿蒙塵，不辨樂工
姓名。不禁感歎：「幾時天下復古樂？此瑟還奏雲門曲。」兩詩雖然
非直指某些社會事件，卻肯定是社會深層心理的反映。

五、動亂勞役

　　唐代自玄宗沿邊設置十節度使，啟用胡人為將領，轄有廣大土
地。其後節度使坐大，逐漸不服朝廷管束，父子、官屬，私相授受，
而朝廷無如之何，甚至加以追認。至中唐時藩鎮坐大，彼此互相攻
伐。如德宗時，河北諸鎮，叛亂不絕。其中以魏博、成德、盧龍三
陣最為囂張。憲宗時其藩鎮事務最大成就，即討平西川、鎮海、淮
西、河北諸鎮，天下復歸於順服。但是，憲宗既卒，諸鎮又恢復叛
亂。直至唐末，河北三鎮，仍不為唐有。

　　在張籍的樂府詩中，有很多作品，深刻反映中唐以來，政治動盪動之狀況。如〈隴頭行〉描寫異族入侵，涼州失陷；〈董逃行〉寫藩鎮亂兵，四處劫掠，諸將無能平亂；〈永嘉行〉借永嘉五年，洛陽失陷、懷帝被執，諷刺當時藩鎮，擁兵自重之情景。在此僅以〈洛陽行〉為例，在動盪不安的社會環境下，民間對於東都洛陽長期「御門空鎖」的觀感：

　　　　洛陽宮闕當中州，城上峨峨十二樓。翠華西去幾時返，梟巢乳烏藏蟄燕。御門空鎖五十年，稅彼農夫修玉殿。六街朝暮鼓鼕鼕，禁兵持戟守空宮。百官月月拜章表，驛使相續長安道。上陽宮樹黃復綠，野豺入苑食麋鹿。陌上老翁雙淚垂，共說武皇巡幸時。

（本集卷八）

張籍來到東都，眼見城樓巍巍，然自翠華西去，即御門空鎖。六街金吾，仍然早晚鳴鼓巡行；宮中禁兵，依舊持戟守護。然洛陽百官，每月必須攜章表，奔赴長安奏報。故驛使往來，馳逐道上。而東都上陽宮，久無帝皇巡幸，豺狼入苑，捕食麋鹿。陌上老翁，歎皇恩不及東都，共說武皇巡幸之情景。據《翰林盛事》謂：「開元中，拜張說等十八人為學士于東都上陽宮含象亭，圖形，寫御贊述之。」（轉引自陳延傑注）自開元中至大曆間，近五十年。故有「御門空鎖五十年」之語。由於帝皇長久忽略東都，因有「陌上老翁雙淚垂，共說武皇巡幸時。」之歎。

　　再看〈廢宅行〉，描寫亂兵進入都城，都人紛紛避亂，唯留空宅。對唐代動亂之象，傳寫入微：

胡馬崩騰滿阡陌，都人避亂唯空宅。宅邊青桑垂宛宛，野蠶
食葉還成繭。黃雀銜草入燕窠，唶唶啾啾白日晚。去時禾黍
埋地中，飢兵掘土翻重重。鴟梟養子庭樹上，曲牆空屋多旋
風。亂定幾人還本土？唯有官家重作主。

（本集卷八）

本詩述亂兵入城，事態十分嚴重。都人避亂之前，預藏糧食於地中，
盡為飢兵掘出。等到亂定，歸還本邑，全身而返者，已寥寥可數。
可悲復可笑的是：「亂定幾人還本土？唯有官家重作主。」張籍以冷
靜語氣，敘述都城亂象，完全沒有情緒批評，實則已達「以少總多，
情貌無遺。」（〈文心雕龍・物色〉）之地步。

除了內亂，尚有外患。代宗廣德元年（西元 763 年），吐蕃曾攻
陷長安。中唐時期，與吐蕃關係，十分不穩。德宗建中、貞元間，
曾對吐蕃用兵。貞元九年（西元 793 年），德宗命劍南西川節度使楊
朝晟，構築鹽州、方渠、合道、木波等城，扼抑吐蕃東進之要路，
以資防守，此時曾征用大量民伕築城。張籍在〈築城詞〉一詩中，
對此有生動的記述：

築城處，千人萬人抱把杵。重重土堅試行錐，軍吏執鞭催作
遲。來時一年深磧裏，盡著短衣渴無水。力盡不得休杵聲，
杵聲未定人皆死。家家養男當門戶，今日作君城下土。

（本集卷二）

這首詩，對於築城征用人數之浩大、軍吏之兇殘、工作環境之惡劣、
民伕死亡之慘重都有著墨。本試起首謂築城之處，萬人把杵舂土，

壘土成城。接敘民伕不時以錐試其硬度，監工軍吏，則以鞭笞民伕，催促進度。初來荒漠，盡著短衣，築城一年，缺水無食，雖至力盡，猶不能歇息，終致病死城下。家家養男，本擬仰賴擔當家業，豈料竟埋身城土。張籍於百姓賦役之苦，痛快言之，震撼人心之力道不小。

六、民俗信仰

　　唐代民間生活中，神靈崇拜是個重要項目。從民俗角度來看，唐人的民間神靈崇拜範圍寬廣，內容豐富。李肇《唐國史補》卷下說：「每歲有司行祀典者，不可勝記，一鄉一里，必有廟焉。」（本集卷下）山川湖海，日月星辰，都可能成為膜拜對象，神靈崇拜滲透到生活的每一角落。在民俗信仰中，更有種種「禁忌」與「兆應」的迷信。一般人都以敬畏之心面對禁忌；以喜悅之情，看待瑞兆。復因唐朝視道教為國教，導致學仙求仙之風，極為盛行。張籍樂府詩中，觸及這內容之篇什不少，其〈北邙行〉、〈雲童行〉、〈白鼉鳴〉、〈寄菖蒲〉、〈求仙行〉、〈烏啼引〉等詩，都有民俗信仰的內涵。茲先以〈北邙行〉為例，詩云：

> 洛陽北門北邙道，喪車轔轔入秋草。車前齊唱薤露歌，高墳新起白峨峨。朝朝暮暮人送葬，洛陽城中人更多。千金立碑高百尺，終作誰家柱下石。山頭松柏半無主，地下白骨多於土。寒食家家送紙錢，烏鳶作巢衒上樹。人居朝市未解愁，請君暫向北邙遊。

（本集卷二）

唐代民俗生活中，喪葬是件大事。雖然在理念上，唐人有「厚葬」
與「薄葬」兩種對立主張，實際上還是極為重視喪葬。〈北邙行〉原
與〈梁甫吟〉、〈泰山吟〉、〈蒿里行〉性質相類，都是喪葬時所唱輓
歌。北邙山在洛陽東北，為著名墓地，貴族豪家，多葬於此。喪車
往來頻繁，執紼者挽柩而歌〈薤露〉，但見峨峨高墳，新起山頭。耗
費千金，所立高碑，久而久之，終不免成為尋常人家之柱下石。山
頭更多無主之墓，雖仍為松柏所拱，但是，地上白骨多於墳土。寒
食之日，家家上墳，齎送紙錢，不久即為烏鳶所銜，成為窩巢。朝
市之人，不知生死悲愁；暫登北邙，即可解悟。

　　張籍此詩，用語輕淺，喻意則深刻動人。誠如清・沈德潛〈唐
詩別裁集〉卷八謂：「沉溺於葬者，讀此可以恍然。」[11]

　　除了重視喪葬，在唐代民間生活中，祭拜活動亦十分常見。如：
〈賈客樂〉、〈春江曲〉都曾寫到渡江之前，先拜水神。〈春江曲〉云：

> 春江無冰潮水平，蒲心出水鳧雛鳴。長干夫婿愛遠行，自染
> 春衣縫已成。妾生長金陵側，去年夫婿住江北。春來未到父
> 母家，舟小風多渡不得。欲辭舅姑先問人，私向江頭祭水神。

　　　　　　　　　　　　　　　　　　　　　　　　（本集卷八）

詩中少婦，有個原籍長干之夫婿，喜愛旅行，出身金陵的她，染就
春衣，打算在春江無冰，潮水伏平之時，送衣至江北，與夫婿相聚。
行前不忘私下先赴江頭，祭拜水神。本詩之趣味，不在於祭拜之內

---

[11] 清・沈德潛編《唐詩別裁集》卷八（上海古籍出版社，1992 年 7 月），頁 274。

容，而在於詩中女子對於生活細節之細膩與虔敬，為求平安，而祈禱神明。

　　唐代民間迷信，認為「鼉龍遇雨則鳴」、「白龍尾垂」也是將雨之兆。張籍也有兩首詩涉及這些迷信。如：

　　　　雲童童，白龍之尾垂江中。今年天旱不作雨，水足牆上有
　　　　禾黍。

　　　　　　　　　　　　　　　　　　　　　（本集卷八〈雲童行〉）

　　　　天欲雨，有東風，南溪白鼉鳴窟中。六月人家井無水，夜聞
　　　　鼉聲人盡起。

　　　　　　　　　　　　　　　　　　　　　（本集卷八〈白鼉鳴〉）

詩謂白龍之尾，垂入江中，將雨之兆。水足，則雖牆上亦能成長禾黍，眼前苦旱，雨水不足，故有此想。而所謂鼉，一名鼉龍、豬婆龍、揚子鱷，體長六尺至丈餘。四足，背尾鱗甲，力猛，能壞堤岸。據《埤雅》：「犼將風則踊，鼉欲雨則鳴。」兩詩以簡樸文筆，寫唐代民間迷信，則其人民久苦於旱魃，不言可喻。至於〈烏啼引〉，則寫民間對於「烏啼報喜」之迷信，有生動描述，充滿民間生活特有之趣味。詩云：

　　　　秦烏啼啞啞，夜啼長安吏人家。吏人得罪囚在獄，傾家賣產
　　　　將自贖。少婦起聽夜啼烏，知是官家有赦書。下床心喜不重
　　　　寐，未明上堂賀舅姑。少婦語啼烏，汝啼慎勿虛；借汝庭樹
　　　　作高窠，年年不令傷爾雛。

　　　　　　　　　　　　　　　　　　　　　　　　（本集卷二）

本詩敘吏人得罪，按照唐代律令，有出金自贖之制。吏人變賣家產，以求贖罪。少婦夜聞烏啼，以為是官家將降赦書之兆。少婦欣喜之餘，因有：「汝啼慎勿虛，借汝庭樹作高窠，年年不令傷爾雛。」之回報。

　　至於唐人之求仙學仙，帝王大夫固然燒煉黃白、侈於服食，平民百姓，亦勤修養生之術。張籍在〈寄菖蒲〉一詩，勸人多服菖蒲，同作棲霞侶，即屬於求仙之主題。詩云：

　　　石上生菖蒲，一寸十二節。仙人勸我食，令我頭青面如雪。
　　　逢人寄君一絳囊，書中不得傳此方。君能來作棲霞侶，與君
　　　同入丹玄鄉。

　　　　　　　　　　　　　　　　　　　　　　　　（本集卷八）

相傳石菖蒲為仙方，可以使人頭髮青黑，顏面如雪，因勸人同作棲霞之侶，共入神仙之鄉。至於〈求仙行〉雖仍涉求仙主題，卻已另有深意。詩云：

　　　漢皇欲作飛仙子，年年採藥東海裏。蓬萊無路海無邊，方士
　　　舟中相枕死。招搖在天迴白日，甘泉玉樹無仙實。九皇真人終
　　　不下，空向離宮祠太乙。丹田有氣凝素華，君能保之昇絳霞。

　　　　　　　　　　　　　　　　　　　　　　　　（本集卷一）

按唐代皇帝自太宗起，就熱衷煉金丹，求長生。玄宗曾將張果請至長安，還曾派人至中嶽嵩陽觀煉丹。憲宗詔求天下方士，結果服餌過度，罹患狂躁之疾。武宗、宣宗皆有服食以求長生之行為。據〈史記・封禪書〉：「自威、宣、燕昭使人入海求蓬萊、方丈、瀛洲。此

三神山者，其傳在勃海中。」採藥東海，當指赴海外仙山求不死藥也。本詩述及蓬萊仙山，有九天真宮，為太真仙人所居。此山縹緲，不知所在，故前往海上求仙之方士，皆死於舟中。甘泉玉樹，根本不結仙果；九皇真人，始終不降凡世。帝王在別殿行宮中，枉祠太乙玉君。其實另有內丹修鍊，吐納練氣，自可成仙昇霞，不勞祈神求藥。這首詩諷諫帝王之用意很大，後來張籍又作〈學仙〉詩，力闢煉丹服食之虛妄。對於神仙家言，張籍畢竟還是採取比較理性審慎之態度。

七、婦女感情

在張籍樂府詩中，還有大量篇什題詠婦女怨情。其中有涉及宮中怨情者，如：〈吳宮怨〉、〈白頭吟〉；也有代民間貧女、征婦、表達怨情者，如：〈促促詞〉（述貧家女怨情）、〈宛轉行〉（述富家女怨情）。至於〈征婦怨〉、〈妾薄命〉、〈寄衣曲〉則有征戰背景。茲略舉數首，以見一斑。

唐初行府兵制，兵器、鞍馬、衣服例由征屬自備。中唐行募兵制，軍衣已由朝廷供應，然而民間仍有寄衣之習。張籍有一首〈寄衣曲〉，頗能呈現唐代婦女之體貼細膩，寫得十分動人。詩云：

織素縫衣獨苦辛，遠因回使寄征人。官家亦自寄衣去，貴從妾手著君身。高堂姑老無侍子，不得自到邊城裏。殷勤為看初著時，征夫身上宜不宜？

（本集卷二）

詩中少婦，織素縫衣，萬分辛苦。遠託入京軍使，送往邊區。朝廷雖亦送冬衣至邊城，終究不若妻子親裁之衣，著於夫身之可貴。夫家舅姑老而無子，亟待奉養，不能親往邊城送衣。末聯寫婦人殷重託付軍使，詳細審視夫君初著新衣，是否合身？其關切夫君之情，盡在不言中。清‧劉邦彥《唐詩歸折衷》引吳敬夫云：「文昌樂府，伯仲仲初，而彌加蘊藉，諸體亦淡雅宜人。王元美謂：張籍善言情，王建善徵事，而境皆不佳。『殷勤為看初著時，征夫身上宜不宜』、『梨園子弟偷曲譜，頭白人間教歌舞』，情、事與境皆佳矣。」[12]同樣是戰亂的背景，〈征婦怨〉一詩，則寫出征婦的悲哀：

> 九月匈奴殺邊將，漢軍全沒遼水上。萬里無人收白骨，家家城下招魂葬。婦人依倚子與夫，同居貧賤心亦舒；夫死戰場子在腹，妾身雖存如晝燭。

（本集卷二）

唐代東北之邊患有契丹、奚、室韋、韃靼等族。尤以遼河上游之契丹為患最烈。由唐詩之中，以漢代唐，十分普遍，故此詩所云「匈奴」當指契丹，所謂「漢軍」實指唐軍。起首二句寫的便是幽州地區，契丹之役，唐軍慘敗。

　　詩中提到所謂「招魂葬」，是指古人死於外地，不得屍身入殮，家屬即以生前衣冠招其魂魄而葬之，又名之「衣冠葬」，這種習俗自漢朝即已存在。此詩寫唐軍在遼水之戰，全軍覆沒，城中人家招魂

---

[12] 轉引自陳伯海主編《唐詩彙評‧張籍》（浙江教育出版社，1995 年 5 月），頁1894。

而葬之慘狀，令人怵目驚心。婦人有夫可資依倚，雖然貧賤，心亦
舒坦也。夫死戰場，而已有孕在身；則肉身雖存，心如畫燭。其痛
不欲生，可想而知。清・沈德潛《唐詩別裁集》將此詩比為：「〈弔
古戰場文〉之縮本。」[13]明・唐汝詢《唐詩解》評曰：「夫死戰場子
在腹，征婦之最慘者，燭以照夜，畫無所用之。故取以自喻。」清・
吳瑞榮《唐詩箋要》：「說征婦者甚多，慘淡經營，定推文昌此首第
一。」[14]同樣的主題，還有〈妾薄命〉一首：

> 薄命嫁得良家子，無事從軍去萬里。漢家天子平四夷，護羌
> 都尉裹屍歸。念君此行為死別，對君裁縫泉下衣。與君一旦
> 為夫婦，千年萬歲亦相守。君愛龍城征戰功，妾願青樓歌樂
> 同。人生各各有所欲，詎得將心入君腹。
>
> （本集卷二）

詩中女子自歎薄命，雖嫁得良家子，豈料夫君，必須從軍，離家萬
里，遠赴邊塞。天子為平四夷，發動戰爭；軍中將士，往往裹屍而
歸。念及夫君此行，即是死別；為君裁縫，何異喪衣？有感於一但
結為夫妻，千年萬年，亦當相守。夫君喜愛從征龍城，爭取邊功；
妾則願如青樓歌妓，笙歌歡樂。奈何人各有志，安得將此怨情，入
彼君腹。再看〈促促詞〉：

---

[13] 見清・沈德潛編《唐詩別裁集》卷八（上海古籍出版社，1992 年 7 月。），
　　頁 274。
[14] 同註 12。

促促復促促，家貧夫婦懽不足。今年為人送租船，去年捕魚向江邊。家貧姑老子復小，自執吳綃輸稅錢。家家桑麻滿地黑，念君一身空努力。願教牛蹄團團一角直，君身常在應不得。

（本集卷二）

詩中所述貧家婦，其夫去年捕魚為業，今年改以運載為業，可見其家境之日益艱困。他們以吳中所產之生絲，供作稅錢。桑麻成熟時，桑麻滿地，田地濃暗。夫婿雖辛勤努力，成果皆非己有。後四句抒怨情。按：牛蹄非圓形，角亦不直，此願不能實現可知也。其中蘊涵極深之怨情。期待夫君常在身邊之願望，亦渺不可得。著一「應」字，見其怨情之深。至於〈離婦〉一首，描述的是民間常見的家庭悲劇：

十載來夫家，閨門無瑕疵。薄命不生子，古制有分離。託身言同穴，今日事乖違。念君終棄捐，誰能強在茲？堂上謝姑嫜，長跪請離辭；姑嫜見我往，將決復沉疑。與我古時釧，留我嫁時衣。高堂捋我身，哭我於路陲。昔日初為婦，當君貧賤時；晝夜常紡績，不得事蛾眉。辛勤積黃金，濟君寒與饑。洛陽買大宅，邯鄲買侍兒，夫婿乘龍馬，出入有光儀。將為富家婦，永為子孫資。誰謂出君門，一身上車歸。有子未必榮，無子坐生悲。為人莫作女，作女實難為。

（本集卷八）

詩中的離婦並未犯過，只因不能生子，已符古代「七出休妻」條件。婦人雖願生死相守，卻已不便強留，於是選擇自動離開夫家。先在

堂上，告別公婆；公婆雖有遲疑，仍然交還釵釧，留下嫁衣。娘家父母，則捶楚其身，痛哭路旁。回憶初嫁，夫婿家境貧苦，不得妝扮。在夫家辛勤工作，積累財富，佐助饑貧；如今夫婿既已富貴，洛陽置宅、邯鄲買妾，乘騎龍馬，出入家門，何等光彩威儀！本來期待作個富家婦，長養子孫，使之成才。豈料逐出君門，孤獨返家。因有「有子未必榮，無子坐生悲。為人莫作女，作女實難為。」之感慨！全詩清麗深婉，稱情而出。可作為一篇唐人之〈孔雀東南飛〉讀。

八、結語

民俗學界一般認為，民俗本身存在多層次結構，按其表現於民眾生活的隱顯深淺程度，可以依次排列為：物質生產和生活層面、社會組織層面、信仰意識層面、價值體系層面[15]。就張籍的樂府詩而言，這些方面多少都有觸及。雖然詩歌作品描述的民俗與實際民俗或有距離，但是，樂府詩歌可以用一種雅俗共賞的方式，超越時空，感染後世，使得一定的民俗，得以世代相襲和傳承。

從以上的示例，吾人不難發現：張籍的樂府詩，記錄著唐代民間多樣的生活內涵，能在一定程度上反映中唐時期的民間風土與常民生活的種種哀樂。張籍或者直接將民俗題材做為詩歌的主要內容，描繪唐代民俗現象；或者不是以此為目的，而是託物言志、借景抒情、政治諷諭之餘，連帶描繪民間風土。

---

[15] 參見程薔、董乃斌著《唐帝國的精神文明》（中國社會科學出版社，1996年8月），頁16。

　　就本文所舉的〈江南曲〉、〈江村行〉、〈採蓮曲〉、〈春水曲〉、〈春堤曲〉、〈湖南曲〉來看，這些作品，幾乎就是一幅唐代民俗「採風圖」。但是本集之中更多〈野老歌〉、〈賈客樂〉、〈山頭鹿〉、〈猛虎行〉之類充滿諷諫用意的作品，這些作品，全都成為後世考察唐代民間生活的重要材料。

　　就本文所考察，張籍是以喜悅之心描繪江南水鄉，以悲憫之情，反映山村哀樂；對民間重商輕農之風，尤痛切言之。於中唐都會變亂，有生動記述；對唐代民俗信仰，亦留下可貴記錄；於民間婦女怨情，真切代言，尤足撼動人心。張籍樂府，就事直賦，意盡而止，不再題外立論，可謂篇篇都有一段微旨，由此看來，確是漢魏樂府之正裔。

（本文曾於 2001 年 10 月 19～20 日在國立中興大學中國文學系主辦「通俗文學與雅正文學第三屆全國學術研討會」上宣讀）

王建《宮詞》探論

一、前言

　　唐代之內官，人數十分眾多[1]。宮人嬪御，更是動輒數萬[2]。後宮佳麗，本為民間最聰敏端麗之女子，入宮之後，卻僅有少數人可以獲得皇帝恩寵，絕大多數在皇宮中，過著終身禁錮之生活。而宮廷號稱禁苑，歷代宮廷內部詳情，史家不可能詳盡記載。雜史筆記間有記述，也大多零散瑣碎。而歷代流傳之「宮詞」、「宮怨」詩，雖使用文學形式傳述宮廷生活，或者僅僅從詩人之主觀角度代言宮人之生活與願望，卻正好填補歷史資料無法充分提供之功能，使後世讀者得以略窺宮廷之梗概。

　　中唐詩人王建，其《宮詞》運用一百首七絕組詩之形式，將唐代宮廷生活細節，鉅細靡遺，全盤記述，是其中最突出者；在當時

---

[1] 詳見《唐六典》卷十二、《舊唐書》卷四十四《職官志》、《新唐書》卷四十七《百官志》、《文獻通考》卷五十七所載。吳以寧、顧吉辰《中國后妃制度研究》，對於唐代宮官、內官之建制情形，曾作了詳細考察。見該書頁110-120，（華東理工大學出版社，1995年8月第一版）。

[2] 唐初李百藥曾上表唐太宗釋放宮人，其《請放宮人封事》即云：「竊聞大安宮及掖廷內，無用宮人動有數萬。」參見董誥等編《全唐文》卷142，頁1441-1442（北京，中華書局，1987年）。又如《新唐書・宦者傳》即云：「開元、天寶中，宮嬪大率至四萬。」見歐陽修等撰《新唐書》卷207，《宦者傳》132（北京，中華書局，1991年），頁5856。

即引起廣泛注目，唐宋以來，更有不少論者評述這一組作品。晚近以來，對於王建詩歌，泰半著重樂府詩之成就，較少對《宮詞》作細部探討。因此，本文打算對王建《宮詞》之題材來源、創作年代、篇數、內容、寄寓、成就等問題，綜集現有資料，作一全盤考察，或能對王建詩歌之研探，略盡綿薄。

二、王建《宮詞》之文獻問題

王建《宮詞》百首，除見諸本集，在宋·計有功《唐詩紀事》卷四十四、明·毛晉《三家宮詞》、清·朱彝尊《十家宮詞》、《全唐詩》等書均有全文收錄。此外，尚有多種選本、專輯，如宋·洪邁《萬首唐人絕句》[3]、今人丘良任《歷代宮詞紀事》[4]皆曾選錄。

《宮詞》百首，騰誦天下，儼然成為王建之代表作。然而歷代傳鈔、刊刻王建詩集，存在不少文獻問題，不但篇數出入，難以確定，更嚴重的是混入大量其他詩人作品。中華書局上海編輯所曾於50年代，邀集學者，以南宋陳解元書籍鋪《王建詩集》（簡稱書棚本）為底本，參校明·毛晉汲古閣刊本、清·康熙間席啟寓琴川書屋刻《唐人百家》詩本、《全唐詩》本、清中葉胡氏谷園刊本（《四庫全書》即據此本著錄），於西元 1959 年 7 月，排印出版新校本《王建詩集》，成為截至目前為止，學界常用之版本。

---

[3] 詳見霍松林主編《萬首唐人絕句校註集評》中冊（山西人民出版社，1991年 12 月），頁 1226-1264。

[4] 詳見丘良任編著《歷代宮詞紀事》（暨南大學出版社，1995 年 10 月），頁 142-156。

（一）關於《宮詞》之篇數與增補

　　關於王建《宮詞》之篇數，宋‧歐陽修《六一詩話》、宋‧司馬光《溫公續詩話》、李頎《古今詩話》、阮閱《詩話總龜》前集卷十七並云：「《宮詞》一百首。」然而今傳《全唐詩》卷 302 所載王建《宮詞》實為一〇二首。其中第 7 首，附注：「一作元稹詩。」第六十三至六十七首、六十九至七十八首、八十至八十二首、八十五、一〇〇首也附注為：「一作花蕊夫人詩。」《全唐詩》尚收錄王建以宮廷題材之七言絕句如：〈古宮怨〉、〈霓裳詞〉十首、〈宮人斜〉、〈宮前早春〉、〈舊宮人〉、〈長門〉、〈過綺岫宮〉、〈未央風〉、〈華清宮前柳〉等近二十首。故僅就《全唐詩》收錄情形來論，其篇數也未必正確。中華書局新校本《王建詩集》，在卷十收錄《宮詞》一百首，但另有《宮詞》附錄十首。編者分別在下列八首附注作者異說：

1. 第七首〈延英引對碧衣郎〉之下附注：「《全唐詩》注一作元稹詩。」
2. 第八十八首〈銀燭秋光冷畫屏〉之下附注：「胡本注一作杜牧。」
3. 第九十三首〈日晚長秋冷外報〉之下附注：「胡本注一作樂府銅雀臺歌。」
4. 第九十四首〈日映西陵松柏枝〉之下附注：「同上。」
5. 第九十五首〈淚盡羅巾夢不成〉之下附注：「胡本注一作白居易。」
6. 第九十八首〈鴛鴦瓦上瞥然聲〉之下附注：「胡本注一作花蕊夫人。」

7. 第九十九首〈寶仗平明金殿開〉之下附注:「胡本注一作王昌
齡。」

8. 第一○○首〈閑吹玉殿昭華管〉之下附注:「胡本注一作杜牧。」

新校本在《宮詞》附錄十首標題下,亦附注:「九首據全唐詩、
胡本補。後一首據全唐詩補。」在〈忽地金輿向月陂〉、〈畫作天河
刻作牛〉、〈春來睡困不梳頭〉、〈彈棋玉指兩參差〉、〈宛轉黃金白柄
長〉、〈供御香方加減頻〉、〈藥童食後進雲漿〉五首,附注:「胡本注
右七首載《楊升菴集》。」在〈步行送出長門遠〉、〈縑羅不著索輕容〉
二首,附注:「胡本注右二首載歷代宮詞。」由於中華書局編者,未
將宋代收錄王建《宮詞》之其他典籍納入考察;也未將宋、元筆記
中徵引王建《宮詞》之文字加以參校。因此訛誤之處尚多。

吳企明先生曾據計有功《唐詩紀事》收錄之王建《宮詞》、嘉靖
本洪邁《萬首唐人絕句》中收錄之王建《宮詞》、萬曆黃習遠補竄本
《萬首唐人絕句》中之王建《宮詞》、古松堂本毛晉輯《三家宮詞》
中之王建《宮詞》兼取宋、明時代著名筆記、詩話等書所徵引之文
字,同時參校,撰成《王建宮詞校識》[5]。在不更動中華書局新校本
《王建詩集》之原則下,對王建《宮詞》作了極有貢獻之校勘。

又因新校本《王建詩集》,對於其他詩人混入之詩篇,僅在詩作
末句下方標注「一作某某詩」,並未將該詩逕予刪除;而所附辨說,
也未稱完備。因此,吳企明另有《王建宮詞辨證稿》[6]一文,分就「雜

---

[5]　本文收入吳企明《唐音質疑錄》(上海古籍出版社,1985 年 2 月初版),頁
330-341。

[6]　同上,頁 342-355。

入篇」與「補入篇」兩方面，徵引資料，詳細辨證。還對其中 54 首
《宮詞》作了詳細箋注[7]。

關於王建《宮詞》混入他人詩作之問題，最早提出王建《宮詞》
中雜入王昌齡、白居易、杜牧作品的，是南宋人胡仔（見其《苕溪漁
隱叢話》後集卷十四。）其次，提出王建《宮詞》中雜入張籍、劉禹
錫作品的，是明人趙與時（見其《賓退錄》卷一）吳企明先生在一一
詳考之後，對於王建《宮詞》混入他人詩作之問題，作成如下結論：

> 中華本王建百首《宮詞》中，有九首是他人詩混入的，即第
> 八十八首，本為杜牧〈秋夕〉，第九十三首、第九十四首，本
> 為劉禹錫〈魏宮詞〉，第九十五首，本為白居易〈後宮詞〉，
> 第九十六首、第九十七首，本為張籍的〈宮詞〉，第九十八首，
> 本為李弦華或李玉簫〈宮詞〉，第九十九首，本為王昌齡〈長
> 信秋詞〉，第一○○首，本為杜牧〈出宮人二首〉之一。[8]

至於王建《宮詞》之補入問題，前賢之中，洪邁、趙與時、朱
承爵、楊慎、毛晉及《全唐詩》之編者，均曾論及。洪邁《萬首唐
人絕句》（嘉靖本）補入十首，分別是：〈忽地金輿〉、〈畫作天河〉、
〈春來睡困〉、〈彈棋玉指〉、〈宛轉黃金〉、〈供御香方〉、〈藥童食後〉、
〈步行送入〉、〈縑羅不著〉、〈後宮宮女〉。萬曆本刪去〈畫作天河〉、
〈后宮宮女〉。毛晉《三家宮詞》在王建《宮詞》中補入之篇目是：
〈忽地金輿〉、〈春來睡困〉、〈步行送入〉、〈縑羅不著〉、〈彈棋玉指〉、

---

[7]　同上，頁 356-414。
[8]　同上，頁 351。

〈宛轉黃金〉、〈畫作天河〉、〈供御香方〉、〈藥童食後〉。《全唐詩》補入十篇分別是：〈忽地金輿〉、〈畫作天河〉、〈春來睡困〉、〈步行送入〉、〈縑羅不著〉、〈彈棋玉指〉、〈後宮宮女〉、〈宛轉黃金〉、〈供御香方〉、〈藥童食後〉。吳企明先生在《王建宮詞辨證稿》中認為：

> 綜觀宋代流傳的王建《宮詞》各種版本，顯然有兩大類：一個是已經混入他人作品的系統（簡稱紀事本系統），計有功《唐詩紀事》和南宋陳解元書籍鋪刊《王建詩集》卷十所收的王建《宮詞》，代表了這個系統的面貌。另一個是保留著原貌的系統（簡稱洪邁本系統），洪邁曾見到過這個系統的版本，因而據以錄入《萬首唐人絕句》，同時人吳曾也見到過，《能改齋漫錄》大量徵引王建《宮詞》，就是根據這個系統的本子[9]。

在此兩系統中，洪邁本系統王建《宮詞》，比較接近原貌，理由是：紀事本系統內混入之九首詩，皆能在他人詩文集找到、洪邁本系統補入之詩，均曾在宋元人之筆記中曾經被徵引。如再從詩歌之藝術風格、詩歌所反映唐代宮廷生活主題等角度來看，更可驗證洪邁本系統補入之詩篇，比較接近王建原作。吳企明認為：

> 紀事本、陳解元書籍鋪刻本、中華本等《王建〈宮詞〉一百首》，其中九首是他人詩混入的，理當剔除；洪邁《萬首唐人絕句》、毛晉《三家宮詞》等補入的九首詩，比較接近原貌，可以抵上被剔除的九首，仍合王建《宮詞》一百首之數[10]。

9　詳見吳企明《唐音質疑錄》（上海古籍出版社，1985 年 2 月初版），頁 353。
10　同上頁 354-355。

此一說法，合情合理，十分可從。自從南宋以來，歷經前賢不斷努力，王建《宮詞》之文獻問題，可謂已獲解決，研探王建《宮詞》時，無疑已有較佳版本可為依據。

(二)《宮詞》之來源與寫作年代

有關王建《宮詞》之來源，前賢有不少記述。其中以唐人范攄所述最為完整。范攄《雲溪友議》卷下《瑯琊忤》云：

> 王建校書為渭南尉，作《宮詞》。元丞相亦有此句，河南、渭南合成二首矣。時謂長孫翱、朱慶餘各有一篇，苟為當矣。長孫詞曰：「一道甘泉接御溝，上皇行處不曾秋。誰言水是無情物，也到宮前咽不流。」[11]朱慶餘詞曰：「寂寂花時閉院門，美人相對泣瓊軒。含情欲說宮中事，鸚鵡前頭不敢言。」[12]元公以諱秀明經制策入仕，其一篇《自述》云：「延英引對碧衣郎，紅硯宣毫各別床。天子下簾親自問，宮人手裡過茶湯。」[13]是時貴族競應制科，用為男子榮進，莫若茲乎，乃自河南之喻也。渭南先祖內宮王樞密，盡宗人之分，然彼我不均，後懷輕謗之色，忽因過飲，語及桓靈，信任中官，多遭黨錮之罪，而起興廢之事。樞密深憾其譏，詰曰：「吾弟所有《宮詞》，

---

[11] 長孫翱《宮詞》，參見《全唐詩》卷 512（中華書局版《全唐詩》），頁 5852。
[12] 朱慶餘《宮詞》，參見《全唐詩》卷 514（中華書局版《全唐詩》），頁 5865。
[13] 元稹《宮詞》（一作《自述》），參見《全唐詩》卷 423（中華書局版《全唐詩》），頁 4647。

天下皆誦於口，禁掖深邃，何以知之？」建不能對。元公親
承聖旨，令隱其文，朝廷以為孔光不言溫樹，何其慎靜乎！
二君將遭奏劾，因為詩以讓之，乃脫其禍也，建詩曰：「先朝
行坐鎮相隨，今上春宮見長時。脫下御衣偏得著，進來龍馬
每交騎。常承密旨還家少，獨奏邊機出殿遲。不是當家頻向
說，九重爭遣外人知。」[14]

范攄這一份記載，透露出王建《宮詞》之內容得自王樞密。此外，
宋・尤袤《全唐詩話》卷三、宋・葛立方《韻語陽秋》卷第三，宋・
計有功《唐詩紀事》卷四十四，所言大體相似，皆曾述及王建以渭
南尉之卑職，卻能洞悉宮禁中事，實得之於宗人王守澄提供寫作素
材。宋・尤袤《全唐詩話》卷三謂：

建初為渭南尉，值王樞密者，盡宗人之分，然彼我不均，復
懷輕謗之色。忽過飲，語及漢桓靈信任中官，起黨錮之事，
樞密深憾其譏。乃曰：「我弟所作宮詞，天下皆誦於口，禁掖
深邃，何以知之？」建不能對。後為詩已贈之，乃脫其禍。[15]

宋・葛立方《韻語陽秋》卷第三：

唐王建以《宮詞》名家，本朝王歧公亦作《宮詞》百篇，不
過述郊祀、御試、經筵、翰苑、朝見等事，至於官掖戲劇之

---

[14] 見唐・范攄《雲溪友議》卷下，《四部叢刊》影明本。另有古典文學出版社，
1957 年 4 月。王建贈詩題名為《贈王樞密》，見中華書局上海編輯所編輯《王
建詩集》卷六，頁 53。

[15] 參見宋・尤袤《全唐詩話》卷三，中華書局《歷代詩話》本，頁 143。

事，則秘不可傳，故詩詞中亦罕及。若建者，乃內侍王守澄
之宗侄，得宮中之事為詳。（下略）……初，守澄讀建《宮詞》
謂之曰：「宮掖之事，而子昌言之，儻得罪，將奚贖？」。建
與之詩：……自是守澄不敢有言[16]。

這些資料顯示：除了王建，擔任宰相之元稹，還有長孫翱、朱慶餘
也各有一篇〈宮詞〉。王守澄與王建初期往來甚歡，自有可能告知王
建一些宮掖密辛。其後，元稹既「親承聖旨，令隱其文，朝廷以為
孔光[17]不言溫樹，何其慎靜乎！」王建卻「忽因過飲，語及桓靈信
任中官，多遭黨錮之罪，而起興廢之事」使王守澄感到極為不悅，
而興起奏劾之念。幸賴王建機智，及時贈詩化解。

關於王建《宮詞》百首之寫作年代，遲乃鵬《王建年譜》繫於
敬宗寶曆二年丙午（西元 826 年），時年五十七歲。其說考據詳盡，
甚為可從。由遲乃鵬附考可知：直至敬宗寶曆二年十二月，王守澄
仍為樞密使。[18]據《舊唐書・王守澄傳》：「長慶中，守澄知樞密事。」
《資治通鑑》卷二百四十二穆宗長慶三年云：「李逢吉為相，內結樞
密王守澄，勢傾朝野。」可見王守澄在當時政壇，擁有炙手可熱之
份量。

按《資治通鑑》卷二百四十三敬宗寶曆二年記云：「克明等欲
易置內侍之執權者，於是樞密使者王守澄、楊承和，中尉魏從簡、

---

[16] 參見宋・葛立方《韻語陽秋》卷第三，中華書局《歷代詩話》本。
[17] 《漢書》卷八十一《孔光傳》言：「（光）沐日歸休，兄弟妻子燕語，終不及
朝省政事。」
[18] 參見遲乃鵬《王建研究叢稿》（巴蜀書社，1997 年 5 月），頁 89-90。

梁守謙定議，以衛兵迎江王涵入宮，發左、右神策、飛龍兵進討賊黨，盡斬之。」[19]可見王守澄元和末自徐州監軍召還，歷經憲、穆、敬宗三朝。而敬宗在長慶四年即位時，年方十六，王守澄於元和末歸朝時，敬宗年方十一、二歲，故王建詩云「今上春宮見小時」。

《宮詞》第七十一首寫帝王初次得子，有是極佳之旁證。經查《新書唐》、《舊唐書》、《資治通鑑》等書，知憲宗、穆宗初有皇子時均尚未即位，惟敬宗即位後有子。此由《資治通鑑》卷二百四十三載翰林學士韋處厚諫敬宗之一段史實可知。

按《資治通鑑》卷二百四十三穆宗長慶四年云：「冬，十月，戊戌，翰林學士韋學士韋處厚諫上宴遊曰：『先帝以酒色致疾損壽，臣是時不死諫者，以陛下年已十五故也。今皇子纔一歲，臣安敢畏死而不諫乎！』上感其言，賜錦綵百匹、銀器四。」[20]再看王建《宮詞》第九首：「少年天子重邊功，親到凌煙畫閣中。教覓勳臣寫圖本，長生殿里作屏風」，由於敬宗即位時年方十六，其卒年亦僅十八，正是少年之時[21]。敬宗寶曆二年，王建已近晚年，三年之後，即壽終於陝州司馬任上，享年六十。

---

[19] 參見《資治通鑑》第 243 卷《唐紀》，唐紀五十九（AD823–AD828）《敬宗睿武昭愍孝皇帝》二年。轉引自寒泉網 http://210.69.170.100/S25/index.htm。

[20] 參見《資治通鑑》第 243 卷《唐紀》，唐紀五十九《穆宗睿聖文惠孝皇帝下》四年。轉引自寒泉網 http://210.69.170.100/S25/index.htm。

[21] 註 11 附考。

三、《宮詞》百首之寫作範圍與題材內容

（一）宮廷政事與禮俗

　　宮廷是發號司令之地，天子在宮廷中，擁有絕對權威。王建寫了十餘首詩，記述天子之公務生活，並連帶描述唐宮內部建築。這些建築，包括：大明宮、含元殿、延英殿、丹鳳樓、集賢殿、紫宸殿、翔鳳閣、望春宮等。僅就王建述及之宮門即有：五門（丹鳳門、望仙門、延政門、建福門、興安門）、宣政門、銀臺門、望春門、浴堂門。其他如魚藻池、梨園、宜春院、凌煙閣、望雲樓、鳳凰樓等池沼樓閣，皆有描述。從中可以獲知唐代宮廷，複雜之建築結構。天子接見蠻使、會見群臣、南郊、宣赦、拜陵、殿試，都在此處進行。試看《宮詞》前三首：

> 蓬萊正殿壓金鼇，紅日初生碧海濤。
> 開著五門遙北望，柘黃新帕御床高。（一）

> 殿前傳點各依班，召對西來八詔蠻。
> 上得青花龍尾道，側身偷覷正南山。（二）

> 龍煙日暖紫瞳瞳，宣政門當玉仗風。
> 五刻閣前卿相出，下簾聲在半天中。（三）

詩中之蓬萊宮，即大明宮；據王溥《唐會要》卷三十載：「龍朔二年，修舊大明宮，改名蓬萊宮。長安元年十一月，又改曰大明宮」龍朔二年，高宗染患風痹，不喜太極宮之卑下，於是修整大明宮，並改

名為蓬萊宮，取殿後蓬萊池為名。蓬萊宮正殿，名含元殿，鑿龍首山為基址，殿高五十餘丈。所以，在朝會之際，禁軍御仗，列於殿庭；文武百官，蕃胡夷長，仰觀天子御座，有如瞻望雲霄。至於「青花龍尾道」則是從平地登上含元殿之通道；蓬萊宮正對終南山，南詔使者覲見天子時，可以在青花道上，「側身偷覷正南山」，可見含元殿之寬闊高敞，富麗堂皇。

從第八首：「未明開著九重關，金畫黃龍五色幡。直到銀臺排仗合，聖人三殿對西番。」可以看到天子召對西番，鱗德殿三院皆列儀衛排仗之盛況。從第六十八首：「未明東上閣門開，排仗聲從後殿來。阿監兩邊相對立，遙聞索馬一時回。」可以看到群臣於清晨入閣朝見天子，而皇帝並不在宣政殿會見，改在紫宸殿；因此排仗聲，由殿後傳來。

至於第六首：「千牛仗下放朝初，玉案傍邊立起居。每日進來金鳳紙，殿頭無事不教書。」提及之「千牛仗」，也是天子之儀衛。詩中還提到起居舍人在放朝後，要入殿記錄天子當日起居。

據王溥《唐會要》卷九云：「貞元六年十一月庚午，日南至，上親祀昊天上帝於郊丘，禮畢還宮，御丹鳳樓，宣赦，見禁囚徒減罪一等。」「寶曆元年正月乙巳朔，辛亥，親祀昊天上帝於南郊，禮畢，御丹鳳樓，大赦，改元。」關於敬宗南郊之事，王建在《宮詞》十首中，亦有所記述：「丹鳳樓門把火開，五雲金輅下天來。砌前走馬人宣慰，天子南郊一宿回。」至於第十一首：「樓前立仗看宣赦，萬歲聲長拜舞齊。日照彩盤高百尺，飛仙爭上取金雞。」寫的正是宣赦之情景。

　　依據唐代制度，天子宣赦活動進行前，會先在大明宮丹鳳門外置「金雞」，雞以黃金為首，立於百尺高樁。當囚徒押至，則槌鼓宣赦，完畢則除其罪。王建詩寫宣赦後，群眾爭奪金雞之情景，連細節都未遺漏。

　　再看第十三與九十首，也對宮廷禮俗，作了寶貴記實。唐代春秋二季，公卿依例「拜陵」，第十三首：「秋殿清齋刻漏長，紫微宮女夜燒香。拜陵日到公卿發，鹵簿分頭入太常。」寫秋季某日，朝中三公，具鹵簿（天子出行時之扈從之儀仗隊），先在太常寺集合，然後一同巡陵祭拜。

　　根據錢易《南部新書》：「歲除日，太常卿領官屬樂吏，並護僮侲子千人，晚入內，至夜前進行儺，然蠟炬，燎沉檀，熒煌如晝，上與親妃主以下觀之。其夕賞賜甚多。」第九十首：「金吾除夜進儺名，畫袴朱衣四隊行。院院燒燈如白日，沈香火底坐吹笙。」所記正是除夜遣除疫鬼，所進行之「儺祭」。

　　上述這些禮俗與制度，雖然在史籍大多有所記錄，但詩歌描述比起史書記實，更增一份「臨場感」，這也正是《宮詞》最動人之處。

（二）宮禁瑣事與遊藝活動

1. 皇家喜慶

　　首先王建寫到皇家慶壽。在天子生日前夕，宮人「自寫金花紅牓子，前頭先進鳳凰衫」；皇子生日當天，「萬歲聲來動九天」、「內人爭乞洗兒錢」。所謂「洗兒錢」，是一種皇室有喜的特別賞賜，當

皇子誕生，巾櫛女侍，爭乞洗兒錢，那種歡樂盛況，可想而知。其實天子賜名花、贈櫻桃，日常封賞，本來就不少。例如接近臘月，天子還會在大明宮之浴堂殿前，抄名贈送公主及家人口脂、面藥，所謂：「浴堂門外抄名入，公主家人謝面脂」所寫正是此一情景。

　　不止天子多賞賜，連太儀也會在公主喬遷新居時，前來「暖房」。「太儀」是公主母之尊號。在唐人禮俗中，有暖壽、暖房之舉。生日前夕，親友辦治飲饌，提前赴壽星家慶賀，謂之暖壽；甫遷新居，鄰里贈送酒食，謂之暖房。《宮詞》第七十四首：「太儀前日暖房來，囑向昭陽乞藥栽。敕賜一窠紅躑躅，謝恩未了奏花開。」寫得正是「暖房」之禮俗。

2. 宮廷宴會

　　其次，宮廷歡宴情景，也是《宮詞》之寫作重心。先以第六十一首為例：「內宴初秋入二更，殿前燈火一天明。中宮傳旨音聲散，諸院門開觸處行。」從詩中可知皇家宴會，往往通宵達旦，夜闌猶不歇息。詩中寫殿前燈火通明，中宮傳旨聲落，各院嬪御，即趕緊出門應召。

　　皇家宴會，必有歌舞表演。當簫管齊奏，「得寵人來滿殿迎」；而新進歌女入宮，所唱之曲仍澀，就只能「側商調裏唱伊州」！而二十九首：「琵琶先抹六么頭，小管丁寧側調愁。半夜美人雙唱起，一聲聲出鳳凰樓。」寫的正是夜半時分，內宴方酣，宮中美人，雙雙歌唱之情景。

　　唐人之舞蹈種類甚多，有健舞、軟舞、字舞、花舞、馬舞等名目。舞人晉身於地，布成字形，便是字舞；通常在慶壽、賜宴之排

場，常作「字舞」表演。第十七首：「羅衫葉葉繡重重，金鳳銀鵝各一叢。每遍舞時分兩向，太平萬歲字當中。」正是字舞表演。總之，娛懷取樂，夜夜笙歌，宮廷之內，盡多這種歡樂場景。

3. 戶外活動

宮廷娛樂，並不全在室內，如騎馬、田獵、打毬、競渡、釣魚、踏青、彈棋、投壺、雙陸等活動，便都在戶外進行。天子射獵前，必由宮官試馬。不論是雪駿馬、花驄馬，尚未供奉君王，必由宮官「殿前來往重騎過，欲得君王別賜名。」開始射獵時，則各種儀衛陣仗、近侍宮官，都得隨行，聲勢浩大。武打裝扮之「射生宮女」，彎弓射箭，射殺禁苑鹿隻，「臨上馬時齊賜酒，男兒跪拜謝君王。」當天子賜酒，射生宮女還依仿男子，行跪拜禮。

第二十三首：「新秋白兔大於拳，紅耳霜毛趁草眠。天子不教人射殺，玉鞭遮到馬蹄前。」寫新秋白兔，紅耳霜毛，天子不願宮臣射殺，以玉鞭遮止。第二十四首：「內鷹籠脫解紅絛，鬥勝爭飛出手高。直上碧雲還卻下，一雙金爪摑花毛。」寫宮中豢養之獵鷹，飛上雲宵，陡下攫殺獵物。這些詩篇，都是側面了解宮廷射獵活動之最佳材料。

說到打毬，可以說是唐代宮廷熱門活動。我國從漢代開始，就有「蹴鞠」之戲。但是唐代「打毬」，與漢代「蹴鞠」截然不同。宋‧王讜《唐語林》卷五記載玄宗經常觀看打毬，「能者左縈右拂，盤旋宛轉，殊有可觀。然馬或奔逸，時致傷斃。」[22]同書卷七又記宣宗

---

[22] 見周勛初《唐語林校證》卷五（中華書局，1997 年 12 月二版），頁 473。

「擊鞠」之高妙：「所御馬，銜勒之外，不加雕飾，而馬尤矯捷，每持鞠杖，乘勢奔躍，運鞠於空中，運擊至數百，而馬馳不止，迅若流電。二軍老手，咸服其能。」[23]玄宗所觀賞的與宣宗參與的「打毬」，是極端激烈而且可能損傷人馬之「馬毬」。第十四首：「新調白馬怕鞭聲，供奉騎來遶殿行。為報諸王侵早起，隔門催進打毬名。」第十五首：「對御難爭第一籌，殿前不打背身毬。內人唱好龜茲急，天子鞘迴過玉樓。」寫的都是這種「馬毬」。在這兩詩之中，都寫到天子參與毬賽，王親貴冑自不可能與他爭鋒，但見天子在毬賽中拔得頭籌，回殿時，不但宮人喝采，教坊還高奏龜茲樂，以資慶賀。

　　至於王建《宮詞》第七十三、八十一兩首，則又寫到另一種毬戲，詩云：

　　　殿前鋪設兩邊樓，寒食宮人步打毬。
　　　一半走來爭跪拜，上棚先謝得頭籌。（七十三）

　　　宿妝殘粉未明天，總在昭陽花樹邊。
　　　寒食內人長白打，庫中先散與金錢。（八十一）

前者描述寒食當天，宮人在殿前競比「步打毬」，打了一半，爭相跪拜，原來天子駕臨。宮人之中，拔得頭籌者，上棚謝恩。後者寫寒食清晨，宮女宿粧未褪，已競玩對踢之「白打」，勝者一樣受賜金錢。在這兩首詩中，不論「步打」還是「白打」，都是一種「蹴毬」戲，與前述之「馬毬」截然不同。

23　同上，頁 634-635。

　　說到競渡，唐代民間，依例在五月五日舉行競渡，紀念屈原。但是宮廷競渡，則無時間限制，春秋皆可。興慶池、魚藻宮都曾作為競渡地點。據《新唐書・敬宗紀》：「寶曆元年五月庚戌，觀競渡於魚藻宮。」「寶曆二年三月戊寅，觀競渡於魚藻宮。」則王建《宮詞》第二十五首：「競渡船頭掉綵旗，兩邊濺水溼羅衣。池東爭向池西岸，先到先書上字歸。」寫的正是魚藻宮前競渡之盛況。競渡開始時，船頭彩旗飄動，宮女奮力划船、水濕羅衣，先至西岸者，寫個「上」字而歸。短短數語，已將魚藻池前，人聲鼎沸、激烈競賽之場景，重現眼前。

　　除了競渡，還有釣魚活動，也在常宮中舉行。如第三十首：「春池日暖少風波，花裏牽船水上歌。遙索劍南新樣錦，東宮先釣得魚多。」寫春日時節，東宮貴子，身著宮錦，在池中釣魚。但見宮娥就在花叢中，牽船而歌，貴子們身著劍南「宮錦」，魚獲豐碩。

4. 節俗活動

　　王建《宮詞》在節俗活動方面，還曾述及中和節、中元節、乞巧節之活動。從中不難管窺唐代宮廷節俗之樣貌。

　　第十九首述及中和節：「殿前明日中和節，連夜瓊林散舞衣。傳報所司分蠟燭，監開金鎖放人歸。」（按：德宗貞元五年正月，詔令二月一日為中和節。）自此中和節成為唐人重要節日，當天，民間以青囊盛百穀、瓜果互贈。此詩寫中和節前夜，宮中之瓊林庫，連夜發放舞衣；天子還傳來口敕，命有司分派蠟燭（按：蠟燭在唐代是奢侈品），並特許宮中之嬪御與家人相見。

　　第二十六首寫到中元節：「燈前飛入玉階蟲，未臥常聞半夜鐘。看著中元齋日到，自盤金線繡真容。」（按：中元，就是七月十五日）

唐玄宗於開元二十二年十月十三日詔令士庶於當天齋戒禁屠。天寶三載三月，又命兩京及天下諸郡，「以金銅鑄玄宗等身，天尊及佛各一軀。」（參《唐會要》卷五十）本詩寫的正是中元節將屆，宮人趕製天尊、佛像、及玄宗鑄像之情況。

至於《宮詞》補第二首，則寫乞巧節：「畫作天河刻作牛，玉梭金鑷采橋頭。每年宮裏穿針夜，敕賜諸親乞巧樓。」（按：七月七日為乞巧節，當天宮中樓殿，都廣結錦綵，夜祀牛女二星。嬪妃各以九孔針，五色線，向月穿之，過者則為「乞巧」之候。皇帝並於乞巧樓中，敕賜諸親。）

諸如此類之瑣事，《宮詞》之中，還十分繁多，例如：第十六首寫宮中諸貴衣著、御馬之豪華；第二十首寫開花時節，五更時分，盡放宮人出宮賞花；第二十一首首寫望雲樓時有天子蒞臨，騎士行人，皆須迴避；第三十三首寫宮中內人，獲准出宮，走馬過園之狀；第三十七首寫宮女食櫻桃致病，放歸三年；第九首寫少年天子（唐敬宗），重視邊功，既圖畫凌煙閣，復寫勳臣圖像於殿內屏風；增補第九首寫宮人衣著，不穿尋常絹綢，改著一種名為「輕容」且染成粉紅之薄紗；第四十六首寫宮女月事來臨；第四十九首寫宮中更換簾額；第七十二首寫櫻桃為供御物品，宮人刻意照顧之情形。王建都不厭其煩，一一詳述。

（三）宮女之感情與境遇

天子居於深宮，號令天下，數萬宮女，隨侍在側。天子絕對尊貴，而宮女則只能任由天子決定貴賤。同處在宮禁中，在歡樂場合，

由於貴賤、尊卑截然不同，「賞賜者」與「承恩者」之天差地別，使宮女必須竭盡可能，曲意奉承、取悅人主，使其盡歡；宮女注定扮演悲劇性角色。

　　王建筆下的宮人，有樂妓、樂師、舞頭、舞女；也有射生宮女、內尚書、女宮監等官員；就其承事性質而言，或以才藝事人，或以色相事人，更有一些身份卑微、以勞役為主之「巾櫛宮女」。種類繁多，不一而足。試看：

> 內人相續報花開，准擬君王便看來。
> 逢著五弦琴繡袋，宜春院裏按歌迴。（六十五）

> 巡吹慢遍不相和，暗數看誰曲校多。
> 明日梨花園裏見，先須逐得內家歌。（六十六）

兩首所寫的正是樂妓。當教坊中最擅長歌舞之「內人」（前頭人），相續提到御苑花開，料想君王會來賞花。果然遇到宜春院歌妓，正攜著琵琶繡袋回院，她們才演練歸來。而當梨園進行演鍊，梨園樂工也開始暗中較勁，「巡吹慢遍不相和，暗數看誰曲校多。」比的是誰本領高，誰最能佩合宜春院內歌妓唱曲。再看：

> 行中第一爭先舞，博士傍邊亦被欺。
> 忽覺管弦偷破拍，急翻羅袖不教知。（五十三）

這首詩真切反映「舞頭」（首席舞者）之動作與心理。所謂「博士」是唐代教坊「內教習」和「掌樂人」。所謂破拍，就是出拍、不合拍。求好心切，練舞時不合拍，也要急翻羅袖，瞞過教習博士。同樣，

在「紅蠻桿撥貼胸前，移坐當頭近御筵。用力獨彈金殿響，鳳凰飛下四條弦。（三十二）」之樂師，也是力求表現。因為，可以在御筵上奮力一搏的機會，絕不會太多。再者：

> 舞來汗溼羅衣徹，樓上人扶下玉梯。
> 歸到院中重洗面，金花盆裏澄銀泥。（八十）

可見舞女也一樣，當她表演完畢，已汗濕羅衣。由侍者攙扶，步下歌樓，回到院中，清洗臉上脂粉，金盆中的水，滿是銀泥。如此搏命跳舞，她的心態如何？實在不言可喻！

皇宮中還有一種人，她們專司訓練，可以說是「幕後英雌」，「教遍宮娥唱盡詞，暗中頭白沒人知。樓中日日歌聲好，不問從初學阿誰。（八十三）」她們在宮中教遍宮娥，唱盡歌詞，不覺已入老境。樓台上之歌聲，何其美好！卻不見皇上垂詢：「教唱人是誰？」——此詩道盡宮廷樂工之辛酸。

當然，極少數宮女運氣較佳，獲得宮局一官半職。例如第七十五首：「御前新賜紫羅襦，不下金階上軟輿。宮局總來為喜樂，院中新拜內尚書。」寫宮局新拜「內尚書」之情景。據《新唐書·百官志》載：「掌導引中宮，總司記、司言、司薄、司闈，凡六尚事物、出納文籍，皆蒞其印署。」內尚書，即指拜封「六尚」之內官。白居易《上陽白髮人》：「今日宮中誰最老，大家遙賜尚書號。」所指的正是這類女宮。

但是，並非人人有此好運，宮中多數女性，還是屬於巾櫛宮女。如「內人爭乞洗兒錢」之宮女、「自盤金線繡真容」之宮女、「每夜停燈熨御衣」之宮女，都是屬於地位相對低下之巾櫛宮女。《宮詞》

第二十七首：「紅燈睡裏喚春雲，雲上三更直宿分。金砌雨來行步滑，兩人抬起隱花裙。」寫某兩位宮女夜間值宿，冒雨行於金砌。其實已經抽樣地說明，在封閉的宮廷中，宮女們是過著怎樣的日子？怎樣供御？如何服勤？

在這樣的氛圍中，苦悶不安、無奈怨懟，都是必然的；苦盼幻想、自寬自解、自我愉悅也是必要的。試看下列四首詩：

> 往來舊院不堪修，教近宣徽別起樓。
> 聞有美人新進入，六宮未見一時愁。（三十九）

> 自誇歌舞勝諸人，恨未承恩出內頻。
> 連夜宮中修別院，地衣簾額一時新。（四十）

> 悶來無處可思量，旋下金階旋憶床。
> 收得山丹紅蕊粉，窗中洗卻麝香黃。（四十一）

> 御廚不食索時新，每見花開即苦春。
> 白日臥多嬌似病，隔簾教喚女醫人。（四十四）

第三十九首寫到舊院已不堪修治，宣徽院之官員已在內廷另造新樓。相傳又有新人入宮，以致六宮嬪妃，尚未見到新人模樣，已經人人自危。第四十首寫到一個當寵宮女，自誇歌舞才藝，勝過諸人，看到許多宮女尚未承恩，已頻頻自宮中退出。當宮內連夜修建別院，地毯簾旌，都已換新，其內心之惶恐，不言可喻。

可見，就算當寵宮女，內心也並不踏實！這裏隱含著「君恩無常」的恐懼與怨懟。而這種感受，又無法直接表達，所以，「悶來無

處可思量，旋下金階旋憶床。」當繁花盛開，春意駘蕩，一種難言
苦悶，更上心頭……「白日臥多嬌似病」，難怪要「隔簾教喚女醫人」
了！有的宮女，也想積極尋求宗教慰藉，卻又被殘酷禁止。

　　試看第五十四首：

　　　私縫黃帔捨釵梳，欲得金仙觀內居。

　　　近被君王知識字，收來案上檢文書。（五十四）

這首詩，正反映宮人生活苦悶，一心向道，尋求解脫。她私下縫製
黃帔，期望有朝一日，能獲准至金仙觀出家；豈料皇上不允，派人
收檢案上文件。宮人求道而不可得，正可見寂寥的道觀生活，猶勝
宮中牢獄般的日子。

　　由於宮人一旦進宮，便與外界隔絕，完全不知外間狀況。一旦
外地來了個掃地夫，立即成為宮中大事，她們「乞與金錢爭借問，
外頭還似此間無。（六十五）」，但求掃地夫能告訴她們一點點外地消
息。偶爾獲准出宮，只要出得了深宮，「得出深宮不怕寒（三十三）」。
宮人冒著風雨，走馬過園，只盼能找個人探望探望！

　　如果從上述的角度來看下列幾首詩，可知宮人是如何超越真實
感覺，在日常生活中，尋求自我寬解：

　　　樹葉初成鳥護窠，石榴花裏笑聲多。

　　　眾中遺卻金釵子，拾得從他要贖麽。（六十三）

　　　水中芹葉土中花，拾得還將避眾家。

　　　總待別人般數盡，袖中拈出鬱金芽。（八十五）

彈棋玉指兩參差，背局臨虛斗著危。

先打角頭紅子落，上三金字半邊垂。（補四）

分朋閑坐賭櫻桃，收卻投壺玉腕勞。

各把沈香雙陸子，局中鬥累阿誰高。（七十七）

她們懂得在春遊賞花時，放縱自己。比如有人在花叢間遺失金釵，拾得的人，一定率性地向她要贖；或者，玩起拈花鬥草的遊戲，等別人樣樣數說完畢，才拈出袖中的鬱金嫩芽來！或者，玩起「彈棋」遊戲（一種已失傳之棋戲）、或以櫻桃作注，玩起「投壺」；累了，改以沉香子，在棋盤玩起「雙陸」比賽。另外有些宮女，喜歡在室內作些靜態休閒：

避暑昭陽不擲盧，井邊含水噴鴉雛。

內中數日無呼喚，搨得滕王蛺蝶圖。（六十）

宛轉黃金白柄長，青荷葉子畫鴛鴦。

把來不是呈新樣，欲進微風到御床。（補五）

家常愛著舊衣裳，空插紅梳不作粧。

忽地下堦裙帶解，非時應得見君王。（五十一）

宮人避暑於宮內，皇帝並未傳喚，即以描搨「滕王蛺蝶圖」（描摩名畫）為娛。補篇第五首描寫宮女進獻畫作。這位慧黠的宮女，在白金扇柄，黃金扇面上，繪上「青荷鴛鴦圖」，其實她並非單純地呈獻新扇樣，而是寄望能夠「化為微風，長逝君懷」！至於第五十一首，寫宮女居家，身著舊衣，不作梳粧。下階之時，裙帶忽然脫落，不

禁幻想：或可「非時」見到君王。她們還養鸚鵡，謊教鸚鵡說些承寵的話：「語多更覺承恩澤，數對君王憶隴山。（七十六）」鸚鵡的話說多了，自己彷彿也得到更多自欺欺人的安慰。

四、《宮詞》之深層寄寓

從題材類型來看，王建《宮詞》與歷代「宮怨詩」很類似。然而王建《宮詞》其實不同於歷代「宮怨」詩。在唐代詩人中，以「宮詞」命篇，當以顧況（西元 725-814 年）為最早。顧況之《宮詞》五首，實開啟了七絕宮詞組詩之先河。至於唐人以「宮怨」命題，雖首見於李益（西元 748-827 年），然而宮怨之作，卻可以追溯到漢代司馬相如之《長門賦》。

「宮詞」出現在「宮怨」之後，突破了傳統上以寫意為主的寫作框架，擴大了表現範圍，使其視野遠較宮怨詩為廣。再者，「宮怨詩」大多數是單篇，偶有組詩，篇幅也不會太大；然而宮詞不但擴大組詩之規模，朝數十首、甚至百首而發展。既可單獨成詩，又可將聯章組詩，視為整體。更重要的是，「宮詞組詩」擁有較大篇幅，所以更能深刻反映社會生活。在表現手法上，也由純粹抒情，進展為兼容敘事成份。因此，宮詞與宮怨詩雖同樣表現相同題材，其實從內容到表現手法，均有顯著差別。

　　前賢對於王建《宮詞》百首，曾有「祇言事，而不言情」[24]之
說法，其實這是不正確的。如果仔細檢視王建《宮詞》百首內容，
理當會同意清・高士奇《三體唐詩輯注》之論點。高士奇謂：

　　建《宮詞》百篇，有情者、有事者、有怨者、有刺者，指不
　　一也。而或者概以情怨說《宮詞》，誤矣。[25]

清・翁方綱《石洲詩話》卷二亦云：

　　歐陽《詩話》云：「王建宮詞，言唐禁中事，皆史傳小說所不
　　載。」《唐詩紀事》乃謂：「建為渭南尉，贈內官王樞密」云
　　云以解之。然其詩，實多秘記，非當家告語所能悉也。其詞
　　之妙，則自在委曲深摯處，別有頓挫，如僅以就事直寫觀之，
　　淺矣！[26]

兩說實在很有見地。就王建《宮詞》來看，運用溫文不火的筆觸，
對於宮廷瑣事、宮女生活所作的描寫，基本上是寫實的，也描模出
唐代宮廷之富麗圖景。然而王建《宮詞》某些詩作，確實在委婉深
摯之處，超越單純寫實，寄寓了深刻的悲憫和諷諭。試看：

　　欲迎天子看花去，下得金階卻悔行。
　　恐見失恩人舊院，迴來憶著五弦聲。（三十八）

---

[24] 明・蔣之翹《天啟宮詞一百三十六首》並序語。

[25] 詳見霍松林主編《萬首唐人絕句校註集評》（山西人民出版社，1991 年 12
　　月出版），中冊，頁 1261。

[26] 詳見《石洲詩話》卷二（人民文學出版社排印本，又台北，木鐸出版社，1992
　　年）。

此詩寫一個當寵宮女，陪侍君王賞花，可是在歡愉之中，卻突然生悲。因為，天子路過失恩人的舊院，難免會想起她的琴聲，宮女擔心自己在未來，恐怕也會不免失寵。這首詩，通過抒寫宮女「寵辱無常」的生活感受，豈不隱含了「君恩難測」之深刻意涵？於是，王建雖寫出宮女寵辱得失之悲喜掙扎，其實也巧喻士人出處進退之命運。再如：

> 樹頭樹底覓殘紅，一片西飛一片東。
> 自是桃花貪結子，錯教人恨五更風。（九十一）

此詩之造意，微婉含蓄，內在涵蘊，更為深刻。詩中以「桃花」比宮女，一味邀寵承恩，貪圖「結子」，一旦「五更風起」，則將如殘紅墮地。宮女之慨嘆，豈非也寄寓了：「以色賜人，能得幾時好」之意。再如：

> 春風院院落花堆，金鎖生衣掣不開。
> 更築歌臺起粧殿，明朝先進畫圖來。（七十九）

按：「落花堆」暗喻宮女青春虛度，金鎖生衣（鏽也），暗喻舊宮女冷落已久，更築高台、別起粧殿、先進美女圖畫，無不深刻反映宮廷生活之奢靡，巧妙揭示帝王之荒淫。再如：

> 金殿當頭紫閣重，仙人掌上玉芙蓉。
> 太平天子朝元日，五色雲車駕六龍。（九十二）

表面在寫天下太平，元日朝見天子之盛況。其實暗諷皇帝好神仙。清‧黃生《唐詩摘抄》：「此譏天子好神仙也。具其文而意自見。紫

閣峰在終南山，與蓬萊宮相對。玉芙蓉，即金人所捧露盤，在南山之巔。[27]」再如：

> 魚藻宮中鎖翠娥，先皇行處不曾過。
> 如今池底休鋪錦，菱角雞頭積漸多。（十八）

詩寫禁苑魚藻池中，昔日德宗嘗鋪錦於池底，令其光色透現，如今池底已不能鋪錦，因為池底菱角、雞頭（芡）已積累漸多。此詩微諷德宗皇室之豪奢，擴而言之，豈不也是當朝之寫照？參照「窗窗戶戶院相當，總有珠簾玳瑁牀。雖道君王不來宿，帳中長是炷衙香。（八十七）」寫到後宮每一寢殿，都有相當陳設，雖然君王未必來宿，但都長期點燃衙香。則皇室之豪奢浪費，豈不昭然若揭？

五、結語

王建《宮詞》以百首篇幅，寫宮掖秘辛，縷敘細事，卻能不涉俚俗；時作豔語，而能不傷纖巧。自古已來，即獲得很高評價。王建既以宮廷為寫作範圍，自然會將寫作題材集中在帝王生活與宮廷瑣事之上。七絕組詩之形式、高達百首之數量，使王建對宮廷作了多層次、全方位、具深度之描寫。舉凡宮中景、宮中事、宮中人、宮中情，皆涵括其中。形象性地展示元和、長慶、寶曆間宮廷生活實況。就此而言，王建的確有其不可磨滅之開創性。

---

27 同註 25。

　　宮廷中的日常生活情況，如果僅從歷代「宮怨」詩來看，似乎極為單調、乏味。然而王建《宮詞》，除了大量描述日常瑣事，也展現眾多歡樂之場景。從中不難管窺唐代宮女生活之樣貌。

　　如果王建《宮詞》之創作用意，僅止於對宮中事物作細緻之描繪，頂多滿足讀者對宮闈生活之好奇，其價值便有限度；王建《宮詞》最可貴之處，是以冷靜之筆觸，悲憫之心態，對宮女生活與感情，作了大量描述，可知王建對宮廷婦女，懷有特別的關懷。尤其難能可貴的是在詩中，寄寓深層的諷諭，使他在藝術上突破了唐代宮怨詩之傳統格局，晉升至其他詩人難以企及之地位。

（本文曾發表於：中興大學文學院主編：《興大人文學報》，第 33 期，頁 45-68，2003 年 6 月）

論唐代元和時期流貶文人之行旅詩

一、前言

　　「流」與「貶」是我國古代兩種刑罰。據《隋書‧刑法志》:「流刑,謂論犯可死,原情可降,鞭笞各一百,髡之,投於邊邑,以為兵卒。」遭受流放懲罰者,可能是官吏,也可能是庶民。至於貶謫,則僅僅施於負罪的官員。唐穆宗長慶四年四月刑部奏文,謂:「流為減死,貶乃降資。」(《唐會要》卷四十一)已經明確區隔兩者的不同。然因不論是「流」抑或「貶」,所移置之處,皆非善地;所以古人也往往將「左遷窮荒」、「謫降僻遠」的政治懲罰概稱為「流貶」。

　　打開史冊,我國擁有悠久的「流貶史」。從傳說中:舜「流共工於幽州,放驩兜於崇山,竄三苗於三危。」(《尚書‧虞書》)至清光緒三十四年,劉鶚被袁世凱誣以私售倉粟而流放新疆,幾千年來,都有無數官員遭到流貶。而唐代更是「我國流人史的又一高峰」[1],這一點可由流人數量急遽增多而得到說明。

　　據李興盛先生《中國流人史》之記述:唐代「中宗復辟」、「韋后擅權」、「安史之亂」、「永貞革新」、「牛李黨爭」、「反宦官鬥爭」,都產生過大量的流人[2]。即以「永貞革新」來說,在所謂「二王八司

---

[1]　李興盛《中國流人史》(黑龍江人民出版社,1996年3月),頁177。
[2]　同上,頁181。

馬」之中，包括了因致力革除弊政而遭貶的文人柳宗元、劉禹錫；
而在劉柳前後，更有韓愈、白居易、元稹等知名作家，為了直言諍
諫而付出流貶的代價。

他們在流貶途中，備嘗辛苦；謫居期間，飽受磨難，但是也寫
了不少好作品；不論是登臨名勝古蹟所寫的記遊詩，或述及「貶謫
經歷」的旅況、遷謫、酬贈詩札，前賢常給予相當正面的評價。如
宋・嚴羽《滄浪詩話・詩評》曾說：「唐人好詩，多是征戍、遷謫、
行旅、離別之作，往往能感動激發人意。」[3]宋・周煇《清波雜誌》
也說：「放臣逐客一旦棄遠外，其憂悲憔悴之歎，發於詩什，特為
酸楚，幾有不能自遣者。」[4]誠如李興盛在〈艱難創業話流人〉繫
詩中讚嘆：「世間才子半流人，業績每於謫後聞。」[5]流貶固然帶給這
些文人無限的痛苦，也使他們得到不朽的聲譽。流貶期間所寫的詩，
既是艱困現實的記錄，更是精神苦難的告白。不論觀物角度、情感
特質、寫作用意、藝術特徵，都有特色。本文擬針對這些方面加以
考察，或能對文人流貶期間，另類的「旅遊經驗」有所闡發。

二、元和文人之流貶經驗

從貶謫的成因來看，歷代固然有叛亂違制、貪黷不法而遭受貶
謫，然亦不乏堅持理念，受到讒毀；或因政治革新，不幸失敗；或

---

[3]　轉引自陳伯海編《唐詩論評類編》（山東教育出版社，1993 年 1 月），頁 647。
[4]　參見宋・周煇《清波雜誌》（知不足叢書本）。
[5]　李興盛〈艱難創業話流人〉（《中國流人史》自序）。

因直言諍諫，觸犯當道；或因黨爭政爭，受到政治報復而流貶荒僻。以唐代而言，貞觀時期的王義方、武后時期的魏元忠、張說，開元時期的張九齡、王昌齡，貞元時期的楊炎、陸贄，元和時期知名的韓愈、柳宗元、劉禹錫、白居易、元稹，長慶、寶曆時期的李紳，皆非十惡不赦，罪有應得；反倒是朝廷辜負了臣僚的忠忱，不該貶而貶。以下即參酌各種史料、年表、譜錄，簡述幾位元和文人的流貶事蹟：

（一）韓愈：陽山之貶與潮州之貶

以韓愈為例，一生經歷兩次貶謫。第一次發生在德宗貞元十九年（西元 803 年），韓愈 36 歲。大約夏秋之間，由四門博士遷監察御史。當時柳宗元、劉禹錫、張署、李方叔等人也同任監察御史，韓、柳、劉之往來尤其密切。大約半年，兩次上書朝廷，一次論天旱人饑（與張署、李方叔聯名），一次論宮市。但受到幸臣京兆尹李實陷害，韓、張、李同時被貶。當年十二月，韓愈貶為陽山令（今廣東陽山），張署被貶為臨武令。韓愈與張署被貶之後，立刻南行，沿途有詩贈和。正月，進入湖南；三月，韓愈抵陽山。貞元二十一年（順宗永貞元年）乙酉（西元 805 年）正月，德宗病歿，順宗即位，大赦天下。韓愈、張署等獲赦，夏末，韓愈離陽山，赴郴州候命達三個月。八月，再次遇赦，韓愈為江陵法曹參軍，張署為江陵功曹參軍。兩人一齊離郴州，經衡陽、潭州、岳陽、等地赴江陵。

　　韓愈第二次被貶謫發生在憲宗元和十四年（西元 819 年），時韓愈 52 歲，為刑部侍郎。正月以上疏諫迎佛骨，貶為潮州刺史，即刻上道。二月，愈全家亦被逐出長安，四女韓挐病死道中。三月抵潮州。七月，群臣上尊號，大赦天下。愈亦逢赦，十月底改袁州刺史。翌年春始達袁州。憲宗元和十五年（西元 820 年）韓愈 53 歲，正月八日到袁州。是年正月憲宗為宦官所殺，穆宗即位。九月，召韓愈為朝散大夫、國子祭酒。十月，韓愈終於離開袁州貶所，歲暮抵長安。合計韓愈流貶的時間，大約僅三年。

（二）劉禹錫：朗、連、夔、和之貶

　　劉禹錫的狀況則不幸得多。德宗貞元二十一年（順宗永貞元年）乙酉（西元 805 年）九月，以永貞革新失敗，王叔文貶為渝州司馬，王伾為開州司馬，柳宗元（33 歲）為邵州刺史，劉禹錫（34 歲）為連州刺史，韓泰為撫州刺史，韓曄為池州刺史。十月，再貶韓泰為虔州司馬，陳諫為台州司馬，柳宗元為永州（今湖南省零陵縣）司馬，劉禹錫為朗州（今湖南省常德縣）司馬，韓曄為饒州司馬，凌准為連州司馬，程異為郴州司馬。另外宰相韋執誼貶為崖州司馬，此八人與前述之王叔文、王伾二人，即史稱「二王八司馬」。

　　憲宗元和元年丙戌（西元 806 年），劉禹錫在朗州任司馬，居於招屈亭之旁，因讀〈改元和赦文〉，致書杜佑，求量移。不料憲宗八月下詔書，對於左降官員韋執誼、劉禹錫、柳宗元等八人，「縱逢恩赦，不在量移之限。」劉禹錫因此在朗州十年。舊唐書‧劉禹錫傳》謂：

禹錫在朗州十年，唯以文章吟詠，陶冶情性。蠻俗好巫，每
淫祠鼓舞，必歌俚辭。禹錫或從事于其間，仍依騷人之作，
為新辭，以教巫祝，故武陵溪洞間夷歌，率多禹錫之辭也。

（《舊唐書》卷 160）

　　憲宗元和九年（西元 814 年）十二月朝廷始有詔令召回劉禹錫、
柳宗元、元稹等人。劉禹錫次年正月由朗州赴長安，二月抵達長安。
三月，即因武元衡等人之排擠，復出為播州（今貴州遵義）刺史，
柳宗元因劉禹錫母老，願以柳州易播州，御史中丞裴度為禹錫奏請，
乃改為連州刺史（今廣東省連縣）。

　　禹錫離京赴連州，與柳宗元同行，至衡陽分手，二人途中有唱
和之作。五月，禹錫抵連州。劉禹錫在連州一待又是五年，至元和
十五年（西元 820 年）劉禹錫已 49 歲，在洛陽丁母憂，令狐楚再貶
衡州刺史，途經洛陽，曾與禹錫會面。穆宗長慶元年（西元 821 年）
劉禹錫 50 歲，是年冬，除夔州刺史。劉禹錫由洛陽赴任。次年正月
到夔州就任。穆宗長慶四年（西元 823 年）夏，劉禹錫已 53 歲，轉
任和州刺史。至敬宗寶曆二年（西元 826 年），劉禹錫 55 歲，於秋
日罷和州刺史，明年春返洛陽，從此復任京官。

　　綜觀劉禹錫自永貞革新失敗至還朝，貶謫時間長達二十三年。
清‧賀裳《載酒園詩話》又編謂：「夢得佳詩，多在朗、連、夔、和
時作，主客以後，始事疏縱，其與白傅唱和者，多老人衰颯之音。[6]」
可以說，流貶期間，正是劉禹錫一生中最重要之創作階段。

---

[6]　陳伯海編《唐詩論評類編》（山東教育出版社，1993 年 1 月），頁 1217。

（三）柳宗元：永州之貶與柳州之貶

　　在柳宗元的仕宦生涯中，也有兩次貶謫經歷。在元和文人中，其境遇最為悲慘。柳宗元於德宗貞元九年進士及第。十四年登博學鴻詞科，授集賢殿正字，從此躋身仕途。由於年少才高，「踔厲風發」，「名聲大振，一時皆慕與之交。」（韓愈〈柳子厚墓誌銘〉）。貞元十九年，自藍田尉拜監察御史里行。二十一年正月，順宗即位，擢為禮部員外郎，協助王叔文等力革弊政，為宦官、藩鎮及守舊派朝臣所反對。貞元二十一年（順宗永貞元年）（西元 805 年）九月，因永貞革新失敗，柳宗元貶為邵州刺史。十月，再貶為永州司馬。次年（西元 806 年），五月五日，母盧氏死於永州寒陵佛寺，享年 68 歲。是年凌准亦卒於連州，宗元為作弔詩墓志。

　　柳宗元在永州前後九年，居常鬱鬱，自謂「與囚徒為朋，行則若帶纆索，處則若關桎梏。」（〈問周君巢餌藥久壽書〉）「賢者不得志於今，必取貴於後，古之著書者皆是也。宗元近欲務此。」（〈寄許京孟容書〉）由於精神上承受極大壓力，其堙厄感鬱，一寓諸文，柳宗元在永州時期的作品甚豐。

　　憲宗元和十年乙未（西元 815 年）詔赴長安。劉禹錫原移播州（今貴州遵義）刺史，柳宗元因劉禹錫母老，願以柳州易播州，三月，柳宗元改貶為柳州刺史。在任能因俗施教，於庶政多所興革，尤以令婢贖身，惠民最多。元和十四年十一月八日（韓《志》作十月五日）卒於任所，遺稿由劉禹錫編集成書。柳宗元傳世一百三十八題，一百六十四首，絕大多數作於貶謫之後。誠如宋・蔡啟《蔡寬夫詩話》所評：「子厚之貶，其憂悲憔悴之歎，發於詩者，特為

酸楚。」[7]清‧沈德潛《唐詩別裁》亦謂:「柳州詩長於哀怨,得騷之餘意。」[8]永州、柳州兩次流貶經驗,對其詩歌風格與成就,影響極大。

(四)白居易:江州、忠州之貶

白居易於德宗貞元十六年登進士第。十八年,登書判拔萃科。次年授祕書校書郎。元和元年中「才識兼茂、明於體用科」,授盩厔尉。二年十一月任翰林學士。後歷左拾遺、京兆府戶曹參軍等職,仍兼翰林學士。以亢直敢言和寫作新樂府詩諷刺時政,為權貴所恨。六年丁母憂,服闋,召授太子左贊善大夫。憲宗元和十年乙未(西元815年)左贊善大夫白居易44歲,十年七月(《通鑑》作六月。)盜殺宰相武元衡,居易首上疏論其冤,急請捕賊以雪國恥,執政惡其越職言事,貶為江州(今江西九江)司馬。據《舊唐書‧白居易傳》,武元衡被殺事件發生:

> 宰相以宮官非諫職,不當先諫官言事。會有素惡居易者,掎摭居易,言浮華無行,其母因看花墮井而死,而居易作〈看花〉〈新井〉,甚傷名教,不宜置彼周行。執政方惡其言事,奏貶為江表刺史。詔出‧中書舍人王涯,上疏論之,言居易所犯狀跡,不宜治郡,追詔授江州司馬。
>
> (《舊唐書》卷166)

7　陳伯海編《唐詩論評類編》(山東教育出版社,1993年1月),頁1205。
8　清‧沈德潛《唐詩別裁集》(岳麓書社,1998年2月),頁91。

可見政敵的蓄意陷害才是白居易被貶謫的真正原因，白居易因此在江州待了三年。元和十三年（西元 818 年）白居易 47 歲，12 月 20 日代李景儉為忠州刺史，次年春赴忠州刺史任。至憲宗元和十五年庚子（西元 820 年）白居易 49 歲，夏自忠州召還。經三峽、商山路返長安。除尚書司門員外郎，十二月，充重考訂科目官。二十八日，改授主客郎中，知制誥。至穆宗長慶二年壬寅（西元 821 年）白居易 51 歲，以朝中朋黨傾軋、兩河再亂、國事日荒，以中書舍人請外任，七月除杭州刺史。敬宗寶曆元年乙巳（西元 825 年）白居易 54 歲，除蘇州刺史。次年九月因病罷官歸洛陽。大和元年徵為秘書監，次年除刑部侍郎。三年，以太子賓客分司東都，茲後定居洛陽。歷河南尹、太子賓客、太子少傅等職。栖心梵釋、淡泊自守，與裴度、劉禹錫、王起等詩酒相和。會昌二年，以刑部尚書致仕。白居易一生仕宦順達，惟江州之貶，為其一生最大的挫折。

（五）元稹：河南尉、江陵、通州之貶

元稹一生有三次貶謫經歷：第一次發生在元和元年（西元 806 年）：是年元稹 28 歲，在長安，與白居易居華陽觀，閉戶累月，揣摩時事。四月，登才識兼茂明於體用科。以制科入三等，授左拾遺。當年九月，元稹即因支持裴度等人密疏論權幸，為執政者所惡，被貶為河南縣尉。時裴度亦貶為河南府功曹參軍，元、裴同往貶所。是年元稹母鄭氏卒於長安靖安里第，以丁憂服喪得返長安。憲宗元和二年（西元 807 年）元稹 29 歲，二月，葬母於咸陽縣奉賢鄉洪瀆原。請白居易撰寫墓誌銘。憲宗元和三年（西元 808 年）元稹 30 歲，

是年十二月，母服除。積丁母憂期間，生計困難，白居易曾資助之。憲宗元和四年己丑（西元 809 年）元積 31 歲，妻韋叢卒於長安靖安里第，年甫二十七。韓愈為撰墓誌銘。

第二次發生在元和五年（西元 810 年）：是年元積 32 歲，召還長安，經敷水驛，與宦官爭宿驛站正廳，為所辱。時宦官勢盛，憲宗貶元積為江陵士曹參軍。憲宗元和六年辛卯（西元 811 年）元積 33 歲，春日由李景儉撮合安氏為妾。是年積在裴垍卒後感到朝中無知己，遂依附嚴綬、崔潭峻，以求進取。綬本裴垍政敵，積依綬乃其政治態度劇變之始。憲宗元和九年（西元 814 年）元積 36 歲，閏八月，淮西吳元濟叛亂，嚴綬移山南東道節度使，赴唐州，以招撫之。元積為從事。九月，元積姜安氏卒於江陵府，積自唐州回江陵府料理喪事。作〈葬安氏志〉。十月，嚴綬間充申、光、涵等州招撫使，崔潭峻為監軍，元積居戎幕，司章奏。

第三次發生在元和十年（西元 815 年）：是年，元積 37 歲，得詔書赴長安。二月在長安遊覽寺觀，又與白居易唱和。三月，因事再貶通州司馬。留新舊文二十六軸予白居易，是月末居易等送積至鄠縣浦池村。閏六月，元積至通州司馬任。

憲宗元和十一年（西元 816 年）元積 38 歲，在通州司馬任。春請假赴涪州，與裴淑成婚。五月，與裴淑同歸通州，夏，元積患瘧疾，曾赴興元醫治，時鄭餘慶為興元尹、山南西道節度史，積與之有詩歌往來。元和十三年（西元 818）冬，轉虢州刺史。翌年，入為膳部員外郎。穆宗即位，擢祠部郎中，知制誥。長慶元年，進中書舍人、翰林承旨學士。二年，由工部侍郎拜相。未幾，出為同州

刺史、浙東觀察使。大和三年，入為尚書左承。次年又出為武昌軍節度使，五年七月，卒於任所。

三、觀物角度與感情特質

　　唐代流配罪犯、貶謫官員的主要地區在嶺南瘴癘之地。此外則是今雲南、貴州、四川、湖南、福建等地。所謂嶺南，又稱「嶺表」、「嶺外」，指五嶺以南範圍涵蓋今廣東、廣西大部及越南北部地區。

　　其中具體地點又主要是崖州（今海南島瓊山東南）、潮州（治今廣東潮安）、驩州（今越南義安省南及河靜省）、峰州（今越南河西省山西西北）、古州（今越南諒山東北）、循州（治今廣東惠州市東）、欽州（治今廣西欽州東北）、賀州（廣西賀縣）、連州（今廣東連縣）、桂州（治今廣西桂林）、象州（今廣西象縣及其附近）、柳州（廣西今市）、端州（治今廣東肇慶）、振州（治今海南島崖縣）、瀧州（治廣東羅定縣）、黔州（治今四川彭水）、渝州（今四川重慶）、嶲州（今四川西昌）、姚州（今雲南姚安北，後陷入土蕃、南詔）、夜郎（今貴州桐梓西）、臺州（今浙江臨海）、汀州（今福建長汀縣）等地。此外，流放之地還有西北及西部地區西會州（今甘肅靖遠）、北庭（今新疆吉木薩爾北）、西州（今新疆吐魯蕃盆地）、靈州（今寧夏靈武）等地[9]。這些地點，距離長安短則千里，長者數千里，如何在最短的時程奔赴貶所，本身便是一種精神與肉體的雙重考驗。

---

[9]　以上流貶主要、次要地名，皆節錄自李興盛《中國流人史》（黑龍江人民出

　　據嚴耕望〈唐藍田武關道驛程考〉[10]，唐代由長安通往江淮至
嶺南諸地的道路有二：一為東出潼關經由洛陽南行（或經汴河水路
南行）的「兩都驛道」；一為東南出藍田、武關至鄧州而南行的「藍
武驛道」。前者為主幹道，寬暢易行，但是程途較遠，費時較多；後
者行程近捷，無稽滯之虞，卻狹窄艱險。沿線山高水深，舟橋頗少，
更增通行之困難與危險。從唐代流人行經道途之可考者來看，大多
走藍田武關驛道[11]。既踏上征途，首先遭遇到的是山高水深，道途
之艱困，因此，流貶文人的行旅詩中，最常描述的是旅況的艱困：

　　岧嶢青雲嶺，下有千仞溪。徘徊不可上，人倦馬亦嘶。

　　　　　　　　　　　　　　　　　　　　（元稹〈青雲驛〉）

　　朝經韓公坂，夕次藍橋水。潯陽僅四千，始行七十里。人煩
　　馬蹄阻，勞苦已如此。

　　　　　　　　　　　　　　　　　　（白居易〈初出藍田路作〉）

　　商山季冬行，冰凍絕行輈。春風洞庭浪，出沒驚孤舟。

　　　　　　　　　　　　　　　（韓愈〈赴江陵途中計贈王二十補闕李
　　　　　　　　　　　　　　　十一拾遺李二十六員外翰林三學士〉）

版社，1996 年 3 月），頁 183。
[10] 見嚴耕望〈唐藍田武關道驛程考〉(《中央研究院歷史語言研究所集刊》第 39
　　本下冊）。
[11] 由詩題不難察知大多數行走「藍武驛路」，如韓愈〈左遷至藍關示姪孫湘〉、
　　〈武關西逢配流吐蕃〉；白居易〈初出藍田路作〉、〈登商山最高嶺〉、〈商山
　　路驛桐樹昔與微之前後題名處〉；元稹〈青雲驛〉。

　　不覺離家已五千，仍將衰病入瀧船。朝陽未到吾能說，海氣
　　昏昏水拍天。

（韓愈〈題臨瀧寺〉）

天寒地凍，阻絕路途；滔天巨浪，驚悸行舟；馬倦人煩，勞苦不堪；
途中罹病，瘴氣襲人；這些都是貶謫途中，無可避免的磨難。劉禹
錫採用另一種方式表達遠謫之辛勞。在〈度桂嶺歌〉中說：

　　桂陽嶺，下下復高高。人稀鳥獸駭，地遠草木豪。寄言千金
　　子，知余歌者勞？

桂嶺，即騎田嶺餘脈，位於湖南省臨武縣境，韓愈貶陽山，途經臨
武抵連州，元和十年，劉禹錫任連州刺史，也道經臨武。末二句寄
慨，向當政者抱怨度嶺之辛勞，其實也是在表達強烈的憤慨。

　　然而，萬死投荒，抵達貶所，又被遠惡荒僻的狀態及前所未見
的風土景象所震懾。因此，流貶文人的行旅詩中有大量對於嶺南風
土的描述。如韓愈〈赴江陵途中寄贈王二十補闕李十一拾遺李二十
六員外翰林三學士〉說：

　　有蛇類兩首，有蟲群飛游。窮冬或搖扇，盛夏或重裘。颶起
　　最可畏，訇哮簸陵丘。雷霆助光怪，氣象難比侔。癘疫忽潛
　　邅，十家無一瘳。

這是陽山的情況：有兩頭蛇、蟲群飛游、氣候冷熱無定、颶風、雷
霆、癘疫、死亡種種恐怖的景象。這些景象，對於北人來說，全都
是陌生的。再如柳宗元〈柳州峒氓〉對於柳州，如下的描述：

> 郡城南下接通津，異服殊音不可親。青箬裹鹽歸峒客，綠荷
> 包飯趁虛人。鵝毛禦臘縫山罽，雞骨占年拜水神。愁向公庭
> 問重譯，欲投章甫作文身。

此詩由城外寫起，前半言郡城往南，是通達四方的水道；奇特的語言、怪異的妝扮，令人難以相親。峒人之飲食習慣更是大不相同：他們用青箬裹鹽返家，生意人用綠荷包飯趕集；後半述此地以鵝毛縫製山罽，以雞骨占年，崇拜水神，俗惡如此，不禁愁問傳譯：打算棄章甫之冠，作紋身之民。這首詩充分表現出一個文化出身較高的落難京官，面對貶所奇異的風土民情，內心萬般說不出的懊喪。

　　再如元稹〈酬樂天東南行詩一百韻〉以長篇排律之形式，大幅描述巴蜀風土，相當能代表流貶文人的觀察角度。首先是邑人的生活情態：

> 舞態翻戲鵠，歌詞咽鷗鶋。夷音啼似笑，蠻語繼相呼。江郭
> 船添店，山城木豎郛。吠聲沙市犬，爭食墓林烏。獷俗誠可
> 憚，妖神甚可虞。欲令仁漸及，已被瘧潛圖。

此述及邑人的舞容好比鸜鵒翻飛，歌詞有如鷗鶋嗚咽，啼哭如笑聲，交談似喧呼。在城外以船為店、以木為郛；沙市之犬猖狂而吠，墓林之鳥爭食噪鳴；這種圖景，對於中原人士來說，真是令人恐懼。面對獷悍的生活習俗、邪神的宗教信仰，極想以仁政化導，卻已瘧疾染身。〈酬樂天東南行詩一百韻〉又說：

> 楚風輕似蜀，巴地濕如吳。氣濁星難見，州斜日易晴。通宵
> 但雲霧，未酉即桑榆。瘴窟蛇休蟄，炎溪暑不徂。俟魂陰叫
> 嘯，鵬貌晝踟躕。

這是詳述巴蜀自然環境：氣濁低濕、日光短暫、雲霧不消，瘴窟之
中，經年有蛇虺出沒、溪水終年常溫；俟鬼叫嘯、誘人入水；山鵬
日間自由來去。在自然環境威脅外，民情的驃悍難馴，更令元稹感
到憂懼：

> 鄉里家藏蠱，官曹世乏儒。斂縮偷印信，傳箭作符繻。推髻
> 拋巾幗，鑽刀代轆轤。當心鞘銅鼓，背弝射桑弧。

從元稹生動的描述，為吾人不難理解：流貶之後，不僅是生活適應
的問題，也不僅是吏職勝任與否的問題，而是處身在一個令人惶懼
戰慄、隨時面臨死亡威脅的地方。韓愈在〈潮州刺史謝上表〉中說：
「年纔五十，髮白齒落，理不久長，加以犯罪至重，所處又極遠惡，
憂惶慚悸，死亡無日。」柳宗元兩次貶謫，親族皆不服水土，相繼
病故，自己也身染疾病，「行則膝顫，坐則髀痺」、「毛髮蕭條」、「魄
逝心壞」，痛苦莫明。加以訊息不通，友朋往來隔絕，益感孤獨。因
此「時時舉首，長吟哀歌，舒泄憂憤。」（柳宗元〈上李中丞獻所著
文啟〉）不僅必要，而且不難理解。「嗚呼！以不駐之光陰，抱無涯
之憂悔。當可封之至理，為永廢之窮人。聞弦尚驚，危心不定。垂
耳斯久，長鳴孔悲。」（劉禹錫〈上中書李相公啟〉）劉禹錫的處境，
使人同情，又何嘗不是元和流貶文人共同的悲哀？再因唐代重視京
官，地方官員尤其是司馬，地位卑微。誠如白居易所說：「昔游秦雍

間，今落巴蠻中；昔為意氣郎，今作寂寥翁。」（白居易〈我身〉）
今昔對照，不免萌生受拘囚、被棄置的感覺。而隨著時光流逝，益
感復官無望。儘管「嘻笑之怒，甚乎裂眥；長歌之哀，過乎慟哭。」
（柳宗元〈對賀者〉）這樣的作品，令人讀來不歡；詩文創作卻是流
貶文人在困窮至極、百無聊賴的謫居生活中，無可替代的要務。

四、創作用意與藝術特徵

　　在元和時期，不少文人作詩涉及流貶。但並非每一首「送流人」、
「送南遷客」之類的詩作者，都有流貶經驗。他們寫詩的用意，也
許是表達同情、也許是勗勉友人；有些意在慰問衰病、有些意在抒
發義憤。由於沒有親身經歷，減低了不少的感動人心的力量。元和
流貶文人則不同，他們的人生悲劇感受，隨著流貶生涯之持續，天
天在經受。因此，對於流貶苦難的哀歎、深切的思歸情懷、對家人
親友的眷戀，幾乎是共同的主題。

　　他們就算是行吟山間水涯，造訪園林舊居，或是參謁寺院宮觀，
流貶的愴恨，始終彌漫不去；同樣的，即使是詩友唱酬、抒懷寫志、
詠史懷古等無關乎「行旅」的作品中，也往往對貶謫履歷、流放途
程，一再提及，構成極為特殊的文學景觀。

（一）以**韓愈**為例。

　　韓愈兩次貶謫期間，都有行旅詩。貞元十九年十月，韓愈貶陽山令，「陽山，天下之窮處。」（〈送區冊序〉）但因張署同行，聯翩唱和，所以沿途行吟，如：〈寄張十一功曹〉、〈同冠峽〉、〈次同冠峽〉、〈貞女峽〉這些酬和、遊覽之作，尚能怨而不亂。如其〈答張十一功曹〉云：

> 山淨江空水見沙，哀猿啼處兩三家。篔簹競長纖纖筍，躑躅閑開豔豔花。未報恩波知死所，莫令炎瘴送生涯。吟君詩罷看雙鬢，斗覺霜毛一半加。

貶所之荒寒，寫來如畫。中二聯，一點景一抒情，似無怨懟，「寄悲正在興比處」（王夫之《唐詩評選》語）末聯寄意，須從「莫令炎瘴送生涯」來看，流貶對於政治生涯的遲滯已然形成，「霜毛半加」，更是流貶的生命代價。再如韓愈〈同冠峽〉：

> 南方二月半，春物亦已少。維舟山水間，晨坐聽百鳥。宿雲上含姿，朝日忽升曉。羈旅感和鳴，囚拘念輕矯。潺潺淚久迸，詰曲思增遶。行矣且無然，蓋棺事乃了。

詩本自述清晨維舟於山水之間，原是賞心樂事，不料百鳥的和鳴，卻使韓愈滋生羈旅之意；百鳥輕矯，卻使他萌生拘囚之感。流貶的惡靈，彷彿無處不在。再如〈次同冠峽〉：

今日是何朝？天晴物色饒。落英千尺墮，游絲百尺飄。泄乳
交巖脈，旋流搞浪標。無心思嶺北，猿鳥莫相撩！

天朗氣清，物色豐饒，正可遨遊。豈料猿鳥的撩撥，使人懷鄉。心在
嶺北，反說無心，幽憤處處可見。再如：「非懷北歸興，何用勝羇愁」
（〈洞庭湖阻風贈張十一署〉）、「如何連曉語，只是說家鄉？」（〈宿龍
宮灘〉）、都是如此。元和十四年貶潮州時，作〈左遷至藍關示姪孫湘〉：

一封朝奏九重天，夕貶潮陽路八千。欲為聖明除弊事，肯將
衰朽惜殘年？雲橫秦嶺家何在？雪擁藍關馬不前，知汝遠來
應有意，好收吾骨瘴江邊！

這首詩將政治的現實、家人的懸念、旅途的艱苦、死亡的預知、姪孫
的心意，全壓縮在短短八句之中。而首聯運用數量詞，突出流貶距離
之遼遠，生命沉淪之深。韓愈〈過始興江口感懷〉、〈路旁堠〉、〈次鄧
州界〉，都是恬澹之氣不存，惶懼之意，溢乎言表。何以如此？原因固
然很多，但年齡老大，卻遭受這樣重大的政治挫折，是一個最重大的因
素。因為貶陽山時，韓愈才 36 歲；貶潮州時，已 52 歲高齡。家人不但
被逐出京師，而且四女韓拏還病死途中。曾吉甫《筆墨閒錄》謂：「潮
州以後詩最哀深。」（錢仲聯集釋《韓昌黎詩繫年集釋》引）原因在此。

（二）劉、柳為例。

　　在元和流貶文人中，劉禹錫與柳宗元的政治挫折大，苦悶程度
也最深。貶永州之後，柳宗元有部份作品學陶，如〈冉溪〉、〈夏初

雨後尋愚溪〉蓄幽憤於閒適平淡之中。宋・曾季貍《艇齋詩話》云：
「柳子厚〈覺衰〉、〈讀書〉二詩，蕭散簡遠，穠纖合度，置於淵明
集中，不復可辨。」[12]柳宗元〈田家三首〉、〈首春逢耕者〉、〈遊石
角至小嶺過長烏村〉，都絕有淵明風味。

　　劉禹錫在貶朗州初期，也曾作〈游桃源一百韻〉抒發貶謫以來
人生閱歷。同時將注意力投注到當地民歌如〈採菱行〉、〈競渡曲〉，
這種寫作題材直到貶連州、夔州，皆無改變。〈竹枝詞〉、〈楊柳枝〉
之類的民歌樂府，也成為劉禹錫詩最有特色的部分。值得注意的是
像柳宗元〈南礀中題〉：

　　秋氣集南礀，獨遊亭午時。迴風一蕭塞，林影久參差。始至
　　若有得，稍深遂忘疲。羈禽響幽谷，寒藻舞淪漪。去國魂已
　　游，懷人淚空垂。孤生易為感，失路少所宜。索寞竟何事？
　　徘徊祇自知。誰為後來者，當與此心期。

此詩本來是學陶潛的，字句音節均佳，卻孤憤沉鬱，得不到陶詩的
風神。原因無他；正是流貶的苦難感受，持續作祟。王國安《柳宗
元詩箋釋・前言》[13]說：「宗元山水詩有二類：部份作品模山範水，
猶如明鏡映物，刻劃山容水貌，摩難狀之景如在目前；更多的作品
則情景相生，往往在描繪山水之同時，由外在世界而轉入內心探索，
或披露鬱結之悲憤，或抒洩思鄉之愁苦，〈南礀中題〉便是一首代表
作。」閉塞的生活，抑鬱的心境，隨著貶謫日久，政治打擊之持續

[12] 見宋・曾季貍《艇齋詩話》，丁福保編《歷代詩話續編》（台北：木鐸出版社，民國77年7月），頁295。
[13] 見王國安《柳宗元詩箋釋》（上海古籍出版社，1993年9月），頁4。

加重，終使詩人的性格產生變化。元和十年，柳宗元、劉禹錫受詔
返長安。柳宗元有一絕句表達內心的喜悅：

> 十一年前南渡客，四千里外北歸人。詔書許逐陽和至，驛路
> 開花處處新。
>
> 〈詔追赴都二月至灞亭上〉

劉禹錫亦有兩首絕句抒發感想：

> 雲雨江湘起臥龍，武陵樵客躡仙蹤。十年楚水楓林下，今夜
> 初聞長樂鐘。
>
> 〈元和甲午歲詔書盡征江湘逐客余自
> 武陵赴京宿於都亭有懷續來諸君子〉

> 紫陌紅塵拂面來，無人不道看花回。玄都觀裏桃千樹，盡是
> 劉郎去後栽。
>
> 〈元和十年自朗州承詔至京戲贈看花諸君子〉

所謂「看花諸君子」，即一起承詔回京的老友：柳宗元、韓泰、韓曄
等人。不料此詩引起執政武元衡之不悅，因此官雖進而地益遠，柳
宗元改為柳州刺史，劉禹錫改為連州刺史。這是劉、柳政治生涯中，
最為沉重的打擊。前賢對此有很多討論。大多認為關鍵不在此詩，
而是朝中官員「爭言不可」，更重要的是：憲宗本人根本不喜劉、柳
二人[14]。劉禹錫在〈謝門下武相公啟〉表達了極為深沉的失望：

---

[14]　見宋・司馬光《資治通鑑・唐憲宗元和十年》〈考異〉。

　　　某一坐飛語，廢錮十年。昨蒙徵還，重罹不幸。詔命始下，
　　　周章失圖。吞聲咋舌，顯白無路。

於是兩人同赴貶所，在衡陽作別。柳宗元〈衡陽與夢得分路贈別〉云：

　　　十年顦顇到秦京，誰料翻為嶺外行。伏波故道風煙在，翁仲
　　　遺墟草樹平。直以疏慵招物議，休將文字占時名。今朝不用
　　　臨河別，垂淚千行便濯纓。

十年顦顇，不為不久，既返長安，豈料如此結局？出為柳州刺史，
正是「顦顇」起頭重來。其實，劉、柳兩人既非因為「疏慵」招惹
物議，更不是「文字」占有時名取罪。正是這種似實又虛的情境，
情景具窮，使人莫可奈何，讀來落淚。劉禹錫〈再授連州至衡陽酬
柳柳州贈別〉云：

　　　去國十年同赴召，渡湘千里又分歧。重臨事異黃丞相，三黜
　　　名慚柳士師。歸目并隨回雁盡，愁腸正遇斷猿時。桂江東過
　　　連山下，西望長吟《有所思》。

十年重貶，實為仕宦生涯最大的顛躓。千里相隨，又將分道。劉禹
錫以循吏黄霸自喻，自喜不曾隕越。又以柳下惠之三黜，借指宗元，
曲折表意，更勝原唱。柳宗元後來又有〈重別夢得〉云：「二十年來
萬事同，今朝歧路又西東。皇恩若許歸田去，晚歲當為鄰舍翁。」
可惜這已是奢想。劉禹錫〈答重別〉云：「弱冠同懷長者憂，臨歧回
想盡悠悠。耦耕若便遺身世，黄髮相看萬事休。」兩人惺惺相惜，
交情之深，可見一斑。文宗太和二年（西元 828 年）又作〈再遊玄

都觀〉詩：「百畝庭中半是苔，桃花淨盡菜花開。種桃道士歸何處，前度劉郎今又來。」時已返京任主客郎中。可見十四年前的往事，仍然刻骨銘心。

元和十年之後，柳宗元的詩作，別有一種激切哀怨之音。金·周昂〈讀柳詩〉慨歎：「功名翕忽負初心，行和騷人澤畔吟。開卷未終還復掩，世間無此最悲音。[15]」不少憂思鬱結的作品：〈登柳州城樓寄漳汀封連四州刺史〉、〈別舍弟宗一〉、〈寄韋珩〉儘管是「滿紙涕淚」（清·賀裳《載酒園詩話》語）。卻已成柳宗元最被後世稱賞的代表作。而劉禹錫在日後的創作，更為精進；這位歷經德、順、憲、穆、敬、文、武七朝的大詩人，不僅以其多樣的形式、高妙的詞意，在當時「其鋒森然，莫敢當者。」（白居易《劉白唱和詩解》語）更被明·楊慎視為：「元和以後，詩人之全集可觀者數家，劉禹錫為第一」（《丹鉛總錄》卷 21 語）。

（三）最後以白居易為例。

相對於韓愈、柳宗元、劉禹錫之執著激切，元稹、白居易則顯得超越通達。元稹早在元和六年，即已調整心態。史稱：「初，稹以直道，遭逐久之。及得還朝，大改前志。」（《舊唐書》卷 168〈錢徽傳〉）白居易則因流貶時間相對較短，又受佛禪思想的影響，心性由剛正激切，改為是非同軌、見辱不驚；有「人生百年內，疾速如

---

[15] 見《中洲集》卷四，轉引自林明德編《金代文學批評資料彙編》（成文出版社，68 年 1 月），頁 60。

過隙，先務身安閑，次要心歡適。」（〈詠懷〉）之覺悟。在〈與元九書〉中，白居易聲言要在兼濟與獨善之間，隨緣自適。元和十年貶江州司馬以後作品來看，白居易心態轉變，日益明顯。

初抵江州時，白居易仍有：「遭時榮悴一時間，豈是昭昭上天意？」（〈謫居〉）之類的自憐自哀；仍有「三百年來庾樓上，曾經多少望鄉人？」（〈庾樓曉望〉）之類的思鄉情懷。既至忠州，也仍有「巴人類猿狖，矍爍滿山野。敢望見交親，喜逢似人者。」（〈自江州至忠州〉）之類的強烈失望，但因逐漸採取勘破世情的超越態度，其行旅詩歌也就顯現不出劉、柳一般的震撼力。例如〈春末夏初閑遊江郭二首〉，白居易自述在溢浦觀魚，剝青菱角，煎白茗芽，飲綠蟻酒，在酣暢之餘，竟有「故園無此味，何必苦思歸？」之感。在〈四十五〉一詩，表示自己行年四十五之後：「清瘦詩成癖，粗豪酒放狂。老來尤委命，安處即為鄉。或擬廬山下，來春結草堂。」更體會到：「天上繁華春有限，世間漂泊海無邊。榮枯事過都成夢，憂喜心忘便是禪。」（〈寄李相公崔侍郎錢舍人〉）由此看來，白居易的心態，已大不同於往昔。

在《白居易集》中，有一首〈送客南遷〉，描述南土風物，有相當的寫作成就。這一首詩，很適合拿來和上述韓愈、柳宗元、劉禹錫相關詩作對照。詩云：

> 我說南中事，君應不願聽。曾經身困苦，不覺語丁寧。燒處愁雲夢，波時憶洞庭。春畬煙勃勃，秋瘴霧冥冥。蚊蚋經冬活，魚龍欲雨腥。水蟲能射影，山鬼解藏形。穴掉巴蛇尾，林飄鴆鳥翎。颶風千里黑，藜草四時青。客似驚弦雁，舟如

委浪萍。誰人勸言笑？何計慰漂萍。慎勿琴離膝，長須酒滿瓶。大都從此去，宜醉不宜醒。

這一首詩作於穆宗長慶元年，當時白居易在長安任主客郎中。白居易自從歸朝，再也不曾遠貶。全篇詳述南中之苦及風土物產，並以過來人的姿態，描述流貶南方可能面臨的生活境遇；並且以自己的經驗，提示因應之道。元‧方回《瀛奎律髓》認為白居易：「殆以此為題，以誇筆端之富。」[16] 這種詩，其實與王建〈送流人〉：「且說長沙去，無親亦共愁。陰雲鬼門夜，寒雨瘴江秋。水國山魈引，蠻鄉洞主留。漸看歸處遠，垂白住炎洲。」[17] 張籍〈送南遷客〉：「去去遠遷客，瘴中衰病身。青山無限路，白首不歸人。海國戰騎象，蠻州市用銀。一家分幾歲，誰見日南春？」之類的慰勉之作，性質相同。至此流貶經驗已成為「回憶」、「觀照」的對象；流貶的感受，就不會像劉、柳那麼刻骨銘心。

五、結語

元和流貶文人，多屬穎異之士。胸懷大志，才情卓犖。許身為國，卻中道見黜，皆有錯愕不平之感。因此，他們都曾在奔赴謫地初期，不斷以詩作自我檢討、或以各種詩歌形態投訴友人。或在到任之後，謹小慎微，以詩文感恩、謝上，以期復官。因此，元和流貶文人的行

---

[16] 元‧方回《瀛奎律髓》（上海古籍出版社，1993 年 8 月），卷 43，頁 476。
[17] 元‧方回《瀛奎律髓》（上海古籍出版社，1993 年 8 月），卷 43，頁 474。

旅詩，不但是形式多樣，內涵也很複雜。如韓愈〈赴江陵途中寄贈王二十補闕李十一拾遺李二十六員外翰林三學士〉、白居易〈東南行一百韻寄通州元九侍御灃州李十二舍人果州崔二十二使君開州韋大員外庾三十二補闕杜十四拾遺李二十助教員外竇七校書〉、柳宗元〈寄韋珩〉之類的長篇敘事詩，都不僅是酬贈詩，也有行旅內容。其他詩人之作品也是如此，未必在詩題中，即出現「行旅」之字樣。

　　身為貶謫官員，遠離程度較高的上流社會，處身文化相對落後的地區，都曾以高妙的詩筆，摹寫謫居地的奇風異俗；或者藉土風俗謳，抒憂解懷。韓愈、元稹、白居易、劉禹錫、柳宗元部分的行旅詩，無異邊陲地區的「采風錄」，對於後人考察唐代邊陲地區風土民情，具有一定程度的價值。

　　流貶是對唐代文人肉體與心靈的雙重折磨，由京師至謫地，數千里的旅程、無從預知結果的流貶生涯，使他們處在一種進退維谷的境地。所謂：「一身去國六千里，萬死投荒十二年。」（柳宗元〈別舍弟宗一〉）絕非誇飾；「巴山楚水淒涼地，二十三年棄置身」（劉禹錫〈酬樂天揚州初逢席上見贈〉）事實確鑿；有如「饑搖困尾喪家犬，熱暴枯鱗失水魚。」（元稹〈酬樂天得微之詩知通州事因成四首〉其四），愁苦無告。而隨著政治苦難的持續，悲憤、屈辱、孤寂、恐懼、甚至自棄、自傷的感受，都曾在元和流貶文人的行旅詩中，反覆致意。一旦噴薄而出，富有強烈的悲劇精神。因此，這些詩札，對於考察元和文人流貶期間的生活情態，極有價值。元・方回《瀛奎律髓》卷二九說：「凡道中詩皆可入羈旅，但欣戚微不同耳。[18]」從

---

[18]　元・方回《瀛奎律髓》（上海古籍出版社，1993 年 8 月），卷 29，頁 389。

元和文人流貶期間所作的行旅詩，吾人可以看到堅守理念，頑強抗爭，至死不悔的心靈；也可看到榮枯事過，憂喜忘心，及早調整的軌跡。對政治現實的趨避，固然意味著心性的差別，更關乎詩人所擇取的人生哲學。無論如何，經受流貶經歷，是元和文人生命意義的深刻體驗；其世的行旅詩，也給予後人特殊的心靈旅遊。

（本文曾於八十八年三月十三日在東海大學主辦「中華文化與文學研討系列第五次會議：旅遊文學」，研討會上宣讀）

姚合在晚唐詩人體派地位之評議

一、前言

筆者有幸獲得國科會補助專執行「姚合詩集校注及詩歌研究」
（NSC-94-2411-H-005-012-）題研究計畫，在民國 94 年 8 月至民國
95 年 7 月間，比較密集研讀姚合作品。姚合在中晚唐之際，算是重
要的詩人。學界對於姚合的認識與研究議題，大致集中在「武功體」、
《極玄集》與「苦吟詩人典型」這幾個議題。筆者也曾在苦吟詩人
一領域下過功夫，先後發表《賈島詩集校注》（NSC-89-2411-H-005-006
及 NSC-89-2411-H-005-010，台北里仁書局，91 年 12 月出版）、《中
晚唐苦吟詩人研究》（台北秀威科技股份有限公司，94 年 7 月出版）
等書，也曾在若干單篇論文中對苦吟詩人的典型姚合、賈島有所
論列。

唐詩體派觀念經許總先生的倡導[1]，成為一種有效的研究視角，
本文之寫作，也從唐詩體派的角度出發。揆諸詩史，活躍於南宋時
期的「江西詩派」應是中國文學史上最早的詩人派別；但對於眾多
詩人作出區別與品第，則早在鍾嶸《詩品》即已開始。

---

[1] 參許總〈唐詩體派論〉，原載《文學遺產》（1995 年第 3 期），頁 32-42。又
收進許總《唐詩體派論》第一章（台北，文津出版社，1994 年 10 月）。

　　從唐詩體派的觀念出發，不少中晚唐重要詩人體派，都有學界同行投入研究。而且不論宏觀的考察或微觀的研析，都有深化的趨勢。舉例來說，謝海平、蔣寅對「大曆十才子」所寫的著作[2]，已是先行研究的要籍。張學松在相關論文中，已視之為「詩派意味濃厚」的流派[3]，元白詩人集團的研究，鍾優民的《新樂府詩派》[4]一書，堪稱權威，但晚進以來在朱我芯的博士論文及相關論著中，已不僅對中唐新樂府詩之特質，作更為精深的論析；即如「新樂府」能否成為一個文學運動？都已經有更深的看法[5]。再如以地區命名的詩派「睦州詩派」[6]、「吳中詩派」[7]，或與禪詩連結的詩派「沃州禪詩派」[8]；或者以人物為名的「咸通十哲」、「皮鹿詩派」[9]之類的詩人體派，都有一些更向前進的論著。

　　筆者深感從「唐詩體派」的角度研究姚、賈這兩位「苦吟詩人」的典型人物，較能見及姚、賈在中晚唐詩壇的成就與高度。雖然苦

---

[2] 詳參謝海平《唐代文學家及文獻研究》（高雄，麗文文化事業公司，1996 年 4 月）及蔣寅撰《大曆詩人研究》上下編（中華書局，1995 年 8 月）。

[3] 張學松〈大曆十才子詩派的形成〉《中天學刊》，第 14 卷第 1 期，1999 年 2 月。

[4] 鍾優民《新樂府詩派》（瀋陽，遼寧大學出版社，1997 年 7 月 1 版 1 刷）。

[5] 詳見朱我芯〈郭茂倩《樂府詩集》關於唐樂府分類之商榷〉，北京大學學報（訪問學者專刊）（學報），頁 111-119, 2002（0），2002。朱我芯《唐代新樂府與詩歌諷諭傳統研究》（東海大學博士論文）。

[6] 朱睦卿〈睦州詩派〉《人文匯要》，2000 年第 4 期，頁 155-160。

[7] 嵇發根〈顏真卿湖州聯句與中唐「吳中詩派」〉《湖州職業技術學院學報》，2005 年第 3 期。

[8] 參朱學東〈一個不應冷落的詩歌流派——從唐詩看沃州禪詩派的流播〉《衡陽師範學院學報》（社會科學）第 24 卷第 5 期，2003 年 10 月。

[9] 尹楚彬〈皮鹿詩派的形成〉《中國文學研究》，2001 年第 4 期（總第 63 期）。

吟詩人能否成為一個「體派」，眾說紛紜；而所謂苦吟詩人與其說是
一個結構緊密的文學集團，毋寧說是一群生活背景、創作態度、風
格體貌類似的詩人。這些詩人大致認同姚合清雅的詩風並形成自身
的風格。晚唐苦吟詩人與姚賈的承襲關係，學界漸有討論。筆者依
照晚唐苦吟詩人之交往關係，大致分為「賈島系」與「姚合系」兩
系加以論列。這些詩人的地位也許不高，相關資料也很少，但是從
他們與姚合的交往詩中，可以測度出姚合在晚唐詩壇份量。

二、唐詩體派之組成模式

　　論者對於詩人體派（或流派），應有嚴格之界定。郭英德在《中
國古代文人集團與文學風貌》一書說：

> 文學流派的基礎是文學的風格，而文學風格本於作家人格。
> 當一批作家的群體人格在文學創作上形成某種相同的或相似
> 的文學風格，並自覺地加以理論的體認和表述時，文學流派
> 才得以形成。[10]

揆諸詩史，則活躍於南宋時期的「江西詩派」應是中國文學史上
最早的詩人派別；但是對眾多詩人作出區別與品第，則始於鍾嶸
《詩品》。

---

[10] 參郭英德《中國古代文人集團與文學風貌》第六章（北京師範大學出版社，
　　1998 年 11 月出版），頁 183。

　　南宋嚴羽則在《滄浪詩話》對歷代詩體作出分辨。嚴羽在「以時而論」部分，分成十六體，而唐代即佔有五體；在「以人而論」部分，分三十六體，而唐代多達二十四體。其中「韓昌黎體」、「李長吉體」、「盧全體」、「賈浪仙體」、「孟東野體」、「杜荀鶴體」，均屬中晚唐之詩人體派。

　　唐人詩選，亦見構體之意識。例如殷璠《河嶽英靈集》以「風骨聲律始備」作為標準，選錄王維、王昌齡、儲光羲等二十四位開、天詩人作品，稱之為「皆河嶽英靈也」，實際上成為盛唐之音的集中展示，亦即宋人所謂「盛唐體」的主要內容。再如高仲武《中興間氣集》，品評作品優劣，大體以清雅、婉麗為標準。實際上也代表了大曆詩風的主要傾向。

　　姚合編纂《極玄集》，選入二十一家作品，除了以王維、祖詠開篇外，餘皆大曆詩人，所選基本上以五律為主，多清雋之作，則進而將大曆詩風主要傾向與開天詩歌清雅一路的聯結中，顯出清雅詩派流衍的軌跡。至於元結在編選時《篋中集》，意在矯正不良詩風，所選沈千運等七人二十四首詩，大抵皆為表現個人離別之悲或批判現實政治，體式皆為五言古體，風格質樸古雅。這些詩選涉及的詩人群，都有體派建構之意義[11]。

　　至於晚唐張為之《詩人主客圖》，則是唐詩派別理論之雛形，甚至也是後世詩派學說之濫觴。張為在《詩人主客圖》中，試圖對詩

---

[11] 以上所述，詳見許總〈唐詩體派論〉，原載《文學遺產》（1995 年第 3 期）頁 32-42。又收入許總《唐詩體派論》第一章（台北，文津出版社，1994 年 10 月），頁 4。

壇加以總體把握，明確將眾多詩人分門別類，從而歸納出整個唐代中後期詩歌創作的幾大流派來。其中「清奇僻苦」與「清奇雅正」二主及其「登堂」、「入室」諸詩人，正與中晚唐苦吟詩人群體相當。

　　根據許總對於唐詩體派之分類，可以大別為三大類型：首先，是指稱某一特定時期，帶有普遍性與傾向性的詩壇風氣與審美時尚之總概括。例如：嚴羽《滄浪詩話‧詩體》在「以時而論」中分唐詩為「唐初體」、「盛唐體」、「大曆體」、「元和體」、「晚唐體」，其所持之體派觀念，便是如此。其次，可以指稱若干趣味相投的個別詩人通過交遊、酬唱、社交應酬性聯繫，而聚合為規模或大或小的詩人群體。其中又有：「並稱當世型」（如「四傑」、「沈宋」、「大曆十才子」）；有「盟主聚納型」（如「韓門詩派」）；更有「後進吹捧型」，（如「上官體」、「元和詩體」）。此外，還可以指稱某些詩人，當他們在世時，並未意識到彼此在創作題材或藝術體性方面之類似，然而後世之研究者，卻將他們確認為一種獨特的體格或流派，例如文學史上所謂的「邊塞豪放派」、「山水田園派」皆屬之。而三大類型間，並非孤立絕緣，常常是互滲、互包、相互游移。比如「盛唐體」與「王孟」，即有風貌互包之情況；所謂「沈宋體」與「文章四友」也有成員交叉之情況；對於苦吟詩人群體而言，「韓門弟子」與「姚賈」也有交叉互包之情形[12]。

　　在中、晚唐時期有苦吟傾向之作家，見諸載籍者至少有二十餘人。晚唐，張為《詩人主客圖》「清奇雅正李益」下，即已列出：「上

12　詳見許總《唐詩體派論》第一章（台北，文津出版社，1994 年 10 月），頁1-14。

入室一人」：蘇郁；「入室十人」：劉畋、僧清塞、盧休、于鵠、楊洵
美、張籍、楊巨源、楊敬之、僧無可、姚合；「升堂七人」：方干、
馬戴、任蕃、賈島、厲玄、項斯、薛濤；「及門八人」：僧良乂、潘
誠、于武陵（鄴）、詹雄、衛準、僧志定、俞鳧、朱慶餘[13]。張為《詩
人主客圖》又在「清奇僻苦主孟郊」下，列出：「上入室二人」：陳
陶、周朴；「及門二人」：劉得仁、李溟。[14]由這一份名單來看，這
些詩人應有某種創作之關係；但因目前所能見到之《詩人主客圖》，
已是殘本[15]，所以看不出張為如此羅列詩人名單的理由。但既然兩
派皆有「清奇」之字眼，理應在創作上有若干類似性。

　　到了宋朝，方岳《深雪偶談》又提列：喻鳧、顧非熊、張喬、
張蠙、李頻、劉得仁六人，「皆於紙上北面（賈島）」[16]，南宋・計
有功《唐詩紀事》載錄僧尚顏〈言興〉詩謂：「矻矻被吟牽，因師
賈閬仙。」[17]可見晚唐僧人尚顏，也師承賈島。

　　元・辛文房《唐才子傳》卷六至卷十，所載苦吟詩人數目更多。
在《唐才子傳》中，凡是評及「苦吟」及「苦哦」、「苦思」、「苦嗜
篇韻」、「苦極于詩」等，其對象幾乎都是中、晚唐苦吟詩人；比如
卷六有清塞（即周賀）、無可、姚合、張祜、劉得仁。卷七有喻鳧、

---

[13] 見丁福保《歷代詩話續編》上冊（台灣，木鐸出版社，1988 年 7 月），頁 90。
[14] 同上，頁 95。
[15] 參王夢鷗〈唐「詩人主客圖」試析〉（載氏所著《傳統文學論衡》，時報文化
　　出版公司，1987 年 6 月），頁 204-215。
[16] 參見宋・方岳《深雪偶談》（廣文書局版《古今詩話叢編》第四冊，1971 年
　　9 月）頁 3-5，又（新文豐圖書公司版《叢書集成新編》第 79 冊，1985 年）。
[17] 參見王仲鏞《唐詩紀事校箋》下冊，卷七十七（成都，巴蜀書社，1989 年），
　　頁 2008。

雍陶、馬戴、顧非熊、方干、李頻。卷八有于鄴（于武陵）、司空圖。
卷九有許棠、鄭谷、李洞。卷十：張喬、張蠙、曹松、裴說、唐求、
李中等，合計二十二人。

　　清・李懷民在其《重訂中晚唐詩主客圖》確立賈島為：「五律
清真僻苦主」，並將受到賈島影響之詩人，鼇定如次：

> 五律清真僻苦主賈島：上入室李洞；入室周賀、喻鳧、曹松，
> 升堂馬戴、裴說、許棠、唐求；及門張祜、鄭谷、方干、于
> 鄴、林寬。[18]

李懷民承繼明代楊慎中晚唐詩兩派之說，將張籍列入「五律清真雅
正主」，旗下有上入室朱慶餘；入室王建、于鵠；升堂項斯、許渾、
司空圖、姚合；及門趙嘏；顧非熊、任翻、劉得仁、鄭巢、李咸用、
章校標、崔塗。李懷民所關注的張籍詩，不是古風樂府，而是張籍
的五律近體。他一方面將張籍、賈島分為兩派宗主，另一方面卻說：

> 學詩者誠莫如中晚，中晚人得盛唐之精髓，無宋人之流弊，
> 又恐晚唐風趨日下，而取晚之於近於中者，類為一家之言。
> 雖稱兩派，其實一家耳。學者潛心究覽，久久自入於初盛，
> 譬由門戶而造堂奧也[19]。

---

[18]　見李懷民《重定中晚唐詩主客圖》卷首〈清真僻苦主客圖〉，中央研究院歷
史語言研究所，借國立央圖書館藏清嘉慶（壬申）17 年刊本影印本。

[19]　詳見李懷民《重定中晚唐詩主客圖》卷首〈重定中晚唐詩主客圖說〉，中央
研究院歷史語言研究所，借國立央圖書館藏清嘉慶（壬申）17 年刊本影印本。

　　細察這一段文字，李懷民主要在提醒學者：「學詩誠莫如中晚」，由中晚唐入手，潛心究覽，有望「躋於初盛」，所以才有「兩派其實一家」之說。其實在中晚唐時期，苦吟作風明確，且有足夠作品可資考察者計有：孟郊、賈島、姚合、盧仝、馬異、劉得仁、方干、無可、喻鳧、李洞、張蠙、周賀、曹松、馬戴、裴說、許棠、唐求、雍陶、周朴、李中等人。由其生平行事、往來交遊、詩風表現、詩歌成就、後人評價各角度來看，在中晚唐時期，亦唯上述諸家堪稱「苦吟詩人」。

三、「姚賈體」之系譜

　　晚近以來，有更多學者關心中晚唐詩人體派分合之議題。余恕誠在〈晚唐兩大詩人群落與風貌特徵〉一文，提及晚唐兩大詩人群落：一為綺豔詩人群，一為窮士詩人群[20]。余氏其實是採南宋胡仔《苕溪漁隱叢話》前集卷十九引張文潛語：「唐之晚年，詩人類多窮士，如孟東野、賈浪仙之徒」所立的名號。因為余氏是以較為寬泛的角度所作的觀察，其目的只在勾勒晚唐時期的詩壇現象，所以並未詳列「窮士詩人」的名單。就其文中所涉及詩人，所謂「窮士詩人群」與晚唐「苦吟詩人」群大體疊合。

---

[20] 余恕誠〈晚唐兩大詩人群落與風貌特徵〉，載《安徽師大學報》，24 卷（1996年）第 2 期。

　　馬承五在〈中唐苦吟詩人綜論〉[21]一文中，從《全唐詩》中檢索整理出一個相互酬贈詩作之統計，由其密切往來關係以及鮮明的藝術標誌，列出：孟郊、韓愈、賈島、盧仝、馬異、劉叉、姚合七人，為「苦吟詩人」群體的成員。韓愈、孟郊在中唐苦吟詩人群中，位居領袖地位，不言可喻。馬承五是大陸學界較早關注「苦吟詩人」議題的學者，其〈中唐苦吟詩人綜論〉篇幅並不長，卻在中晚唐苦吟詩人研究史上，獨具開創地位。由於馬氏所關注的對象限於中唐詩人，所以文中所列的「苦吟詩人」成員，嚴格來說，仍不完整。

　　周衡在〈論姚合《極玄集》〉一文中，引錄鄭谷〈故少師從翁隱岩別墅亂後榛蕪感舊愴懷遂有追憶〉云：「近將姚監比，僻與段卿親。」自注：「姚秘監合主張風雅後，孤卿一人而已。」並且從這句話推論出：「鄭谷實視姚合為一時文壇風雅主。」當時向姚合投詩以求品評的人，的確十分眾多。從而在姚合周遭聚攏大批文士，如：賈島、馬戴、劉得仁、鄭巢、周賀、無可、朱慶餘、顧非熊、喻鳧、李頻等。周衡指出：「他們之間有著非常密切的詩歌往來和師承淵源，儼然為一個詩人群體。」[22]

　　筆者根據東吳大學中文系陳郁夫、許清雲等教授所製致作之《全唐詩全文檢索系統》[23]，在以李洞、清塞、曹松、馬戴、裴說、許棠、唐求、方干、雍陶、無可、喻鳧、劉得仁，姚合、賈島等人作

---

[21] 見馬承五〈中唐苦吟詩人綜論〉，文載《文學遺產》（京），1988年第2期，頁81-90。

[22] 參見周衡〈論姚合《極玄集》〉《江蘇大學學報》（社會科學版）第6卷第3期，2004年5月。

[23] 2000年3月16日，東吳大學百年紀念光碟，《全唐詩全文檢索系統》（發行人：劉源俊、撰作者：陳郁夫、校對者：許清雲、王國良）。

為檢索項，所進行之調查，其電子檔案顯示：從長慶至開成，李洞、清塞、曹松、馬戴、裴說、許棠、唐求、方干、雍陶、無可、喻鳧、劉得仁，與姚合、賈島來往互動，十分頻繁。吳汝煜《唐五代交往詩索引》[24]相關欄目資料，也可驗證。當韓孟、元白兩人詩人群體逐漸消歇，退出詩壇時，姚賈為首之苦吟詩人，已適時成為長安詩壇的生力軍。

筆者對這一群詩人略分兩大系列：李洞、清塞、曹松、馬戴、裴說、許棠、唐求在詩歌風格上，大體承繼賈島奇僻之風；謂之「賈島系」，亦無不可；至如方干、雍陶、無可、喻鳧、劉得仁，由於與姚合往來較為密切，大多承襲姚合清雅之格，因謂之「姚合系」。

（一）韓、孟到賈、姚

賈島以詩思苦澀、善於推敲、精擅五律，成為苦吟詩人之典型。就體派角度來看，賈島自始被視為韓孟集團一員；自創作風格考察，則賈島與韓孟實有區別。賈島詩既無韓詩之奇崛豪宕，亦乏孟詩之峭刻矯激，而另有其獨特風貌與造境。

賈島（西元 779-843 年）生於唐代宗大曆十四年，卒於唐武宗會昌三年。一生經歷德宗、順宗、憲宗、穆宗、敬宗、文宗、武宗諸朝，正值藩鎮、朋黨、宦官交相為禍、朝政由盛轉衰之時期。賈島早年為僧，法號無本。僧徒經驗，對賈島之創作絕非毫無影響。今傳《長江集》可確定為賈島親作之三百九十餘首詩中，涉及僧道

---

[24] 吳汝煜主編《唐五代詩人交往詩索引》（上海古籍出版社，1993 年 5 月）。

者即有九十餘首，數量幾佔全集四分之一。僧徒生涯之痕跡，幾乎處處可見。前賢盛稱賈島「衲氣終身不除」（陸時雍《詩鏡總論》）、「衲子本色」（王夫之《薑齋詩話》），揆之賈詩，實有見地。

　　僧徒生涯使賈島整體生活態度呈現消極避世之傾向，所謂「年長惟添懶，經旬祇掩關。」（〈張郎中過都原居〉）、「不得市井味，思嚮吾巖阿。」（〈遣興〉）、「有山來枕上，無事到心中。」（〈南齋〉）、「身愛無一事，心期往四明。」（〈宿姚合宅寄張司業籍〉）；這種遠離塵俗、對世事淡漠，企盼無思無為，以求解脫，皆與佛教之薰染有關。

　　若從賈島之生平來看，韓愈為其誼兼師友、多方提攜之恩人。早在憲宗元和五年（西元 810 年），賈島即曾攜詩至長安打算進謁韓愈，可惜未能如願。次年春天再赴洛陽，始與韓愈相識。「愈憐之，因教其為文，遂去浮屠，舉進士。」（《新唐書》卷一七六《韓愈傳》附傳）且於當年秋天隨韓愈赴長安，寓居於青龍寺，自此展開求舉生涯。然而賈島之考運似乎不佳，由「應憐獨向名場苦，曾十餘年浪過春。」（〈贈翰林〉）、「自嗟憐十上，誰肯待三徵。」（〈即事〉）等詩語，可見賈島連續應試十餘年，皆未能及第，備嘗場屋之苦。元和十四、十五年間，賈島還曾贈詩獻文給元稹，有干求之意，卻未得到元稹之回應。賈島在〈重酬姚少府〉一詩提及此事：「百篇見刪罷，一命嗟未及。」所謂「一命」，指最低階之命官。賈島獻詩獻文，連最低階之命官都不能得到推薦，因此有「一命嗟未及」之嘆[25]。

---

25 詳見李嘉言《賈島年譜》（台北，大西洋圖書公司，1970 年），頁 15，穆宗長慶元年條。

　　由於賈島終其一生，皆未得第，所以詩歌創作不但是仕途失意之慰藉，更成為安身立命之惟一道途。賈島之所以癡狂於詩歌寫作至「雖行坐寢食，吟味不輟。」之地步，實有其受挫之心理背景在。

　　孟郊與賈島在生活形態上，頗有相似之處。兩人均曾困於舉場、有志難伸。孟郊雖能進士及第，卻終其一生，無法擺脫貧困；賈島則無孟郊幸運，臨終之前始獲拔擢。孟郊晚年辟為節度參謀試大理評事，卻在赴任途中，溘然長逝。賈島也是晚年出任長江縣主簿，三年秩滿，方欲升遷普州司倉參軍，未及受任而卒。面對貧窮之衝擊，孟郊反覆吟詠寒苦，以獲致心理紓解；賈島則因受到較多佛教薰染，相對更能承受貧窮。雖然如此，貧病困頓不但是賈島詩中主要題材，也是決定賈島詩風之重要因素。

　　至於姚合與賈島，則不止是相濡以沫的詩友，更在詩歌創作理念與風格的形成，關係密切。大約在憲宗元和十二、三年，賈島遊荊州、鳳翔等地，始與姚合結識。姚賈交往近三十年，詩歌唱和未曾稍歇。元和十二、三年間，賈島有即〈寄武功姚主簿〉對姚合表示懸念，其後，賈島果然取道前往武功相聚，姚合有詩〈喜賈島雨中訪宿〉相迎。元和十五年，姚合罷武功縣主簿，暫居長安，窮窘不堪，有詩〈寄賈島〉，賈島也作〈酬姚少府〉寬慰其心。

　　穆宗長慶元年，姚合遷富平縣府，富平去長安不遠，諸友時相訪宿。賈島有〈宿姚少府北齋〉記之。長慶二年夏，姚合寄詩賈島，未獲報，復寄〈寄賈島浪仙〉[26]一詩，賈島有〈重酬姚少府〉和之。

26　《全唐詩》卷四九七，頁 5645。

　　敬宗寶曆元年拜監察御史，後又以殿中侍御史分巡東都。姚合〈寄賈島〉[27]及〈聞蟬寄賈島〉[28]兩首。前詩寫己分巡東都，猶念貧居荒原之賈島。後詩聞蟬心感，更起憶念友人之感。都是借景抒情，其友誼之深厚，昭然可見。賈島也作了〈丹陽精舍南臺對月寄姚合〉答之[29]。當年某日詩客燕集，姚合在酒盡夜闌之時，念及賈島，復有〈洛下夜會寄賈島〉相贈[30]，如此之寄詩往還，終未能一解懸念。

　　文宗大和元年賈島赴洛陽與姚合相聚，然後轉至黎陽。賈島有〈黎陽寄姚合〉詩。[31]由詩中所述賈島春日往訪，盤桓至入秋始返長安。對姚合齋中才子詩客之多，留下深刻印象。不禁對其新詩，千迴詠誦，杯酒愁懷，相和不分。文宗大和三年由洛陽赴長安，出任戶部員外郎。秋後出為金州刺史有〈別賈島〉[32]，此詩姚合以「懶作山人」謙稱遷官，以「月賃身」喻行止之不由自主。賈島得詩，曾在大和四年至金州探視。喻鳧有〈送賈島往金州謁姚員外〉詩可證。同時僧無可亦赴金州，回京轉致姚合之問訊，賈島有感於友情之深摯，因又有〈酬姚合〉一詩贈之[33]。

　　文宗大和六年，姚合出任杭州刺史，賈島仍居長安，有〈送姚杭州〉。姚合在杭一年，杭人尊為詩宗。賈島又有〈喜姚郎中自杭州迴〉[34]，

27　《全唐詩》卷四九七，頁 5641
28　《全唐詩》卷五〇二，頁 5707。
29　《全唐詩》卷五七二，頁 6635。
30　《全唐詩》卷四九七，頁 5641。
31　《全唐詩》卷五七四，頁 6684。
32　《全唐詩》卷四九六，頁 5632。
33　《全唐詩》卷五七四，頁 6682。
34　《全唐詩》卷五七二，頁 6649。

文宗大和七年由杭州回京，受命為諫議大夫。此後三年兩人皆居長安。開成二年姚合居京師，而賈島坐飛謗責授長江縣主簿。開成末武宗會昌初，賈島轉任普州司倉。姚合有〈寄賈島時任普州司倉〉一詩[35]。武宗會昌三年，賈島卒。姚合業已致仕，有〈哭賈島二首〉悼之謂：「名雖千古在，身已一生休。」「有名傳後世，無子過今生。」「從今詩酒卷，人覓寫應爭。」姚賈交往近三十年，詩歌唱和，不曾稍歇。就其詩體而言，以五律、五古居多。姚合早年宦途蹇塞，晚年貴為少監，而賈島始終匍匐下僚，然而兩人之友誼不曾少損，終始如一。患難之交，堪稱典型。

前賢論及賈島時，常舉孟郊作對照，有謂「郊寒島瘦」者、有謂「孟拙賈苦」者、有視孟賈為「草間吟蟲」者，有謂讀孟、賈詩如「嚼木瓜、食寒虀」者；其實吾人如持「賞奇花、品異酒」之態度面對賈島詩，反能別有會心。前賢苛刻之評價，不必視為當然。賈島與姚合近三十年的交往，以五律為主，交互影響，對彼此詩風之形成，肯定是一大助緣。

（二）「賈島系」成員

賈島死後，晚唐詩壇不少詩人對賈島的詩作，懷有極大興趣，並給與熱誠推戴。除哭輓、悼念之外，行經賈島舊居、遺跡、廳堂、陵墓，或讀其遺集都有題詩。屬於「經舊居抒感」者如：劉滄〈經無可舊居兼傷賈島〉、齊己〈經賈島舊居〉等詩。屬於「題賈島遺跡」

---

[35] 《全唐詩》卷四九七，頁 5640。

者如：薛能〈嘉陵驛見賈島舊題〉、張喬〈題賈島吟詩台〉、歸仁〈題
賈島吟詩臺〉等詩。屬於「過賈島舊廳堂者」如：李頻〈過長江傷
賈島〉、崔塗〈過長江賈島主簿舊廳〉等詩。「過其陵墓」者，如：
鄭谷〈長江縣經賈島墓〉、崔塗〈過長江賈島主簿舊廳〉、杜荀鶴〈經
賈島墓〉、李洞〈賈島墓〉、安錡〈題賈島墓〉等詩。屬於「哭輓」、
屬於「悼念」者如：李郢〈傷賈島無可〉、李克恭〈弔賈島〉、張蠙
〈傷賈島〉、曹松〈弔賈島二首〉、可止〈哭賈島〉等詩。「詠賈島事
蹟」者，如：李洞〈賦得送賈島謫長江〉等詩。屬於「閱讀賈島詩
作書感」者，如：李洞〈題晰上人賈島詩卷〉、貫休〈讀劉得仁賈島
集二首〉、貫休〈讀賈區賈島集〉、齊己〈讀賈島集〉等詩。

　　這批後學詩人，絕大多數認同賈島之創作理念，也以寒苦、奇
僻作為表現主軸。「事島如佛」的李洞，是個極端的例子。李洞雖是
王孫後裔，然已家道中落，卻仍苦吟不輟，以至廢寢忘食。齊己《覽
清尚卷》稱：「李洞僻相似，得詩先示師。鬼神迷去處，風日背吟時。
格已搜清竭，名還著紫卑。從容味高作，翻為古人疑。」[36]可見李
洞是中晚唐間深具苦吟色彩之詩人。

　　李洞工詩，酷慕賈島，曾鑄賈島銅像，事奉如神。常持數珠念
賈島佛，一日千遍。五代・王定保《唐摭言》卷十、計有功《唐詩
紀事》卷五八、孫光憲《北夢瑣言》卷七，皆有類似記錄。辛文房
《唐才子傳》卷九又謂：「人有喜賈島詩者，洞必手錄島詩以贈，叮
嚀再四曰：『此無異佛經，歸焚香拜之。』其仰慕一何如此之切也！」
又謂洞：「嘗集賈島警句五十聯，及唐諸人警句五十聯，為《詩句圖》，

---

[36] 見《全唐詩》卷八四〇，頁 9488。

自為之序。」古代論者，大多譏其僻澀，不貴其奇峭。雖然如此，李洞之詩作，富於琢鍊，頗多佳句。明‧胡震亨《唐音癸籤》卷八稱其：「雖學賈島，要為自具生面，所恨刻求新異，艱僻良苦耳。〈終南〉一篇，中葉來長律僅覯。恐閬翁亦未辦也。」其說甚是。

「詩造玄微」的清塞（周賀），也是賈島系的一員。大約敬宗大和八、九年（西元 834-835 年）間，姚合出任杭州刺史，清塞曾攜卷投謁；姚合聞其哭僧詩[37]，大加賞愛，命加冠巾，自此還俗為文士。其還俗之因緣，頗類賈島。周賀與賈島都曾有僧徒經歷，因此作風與賈島十分相似，喜歡選擇僧徒生活題材。雖然存詩不到百首，確有高達二十五首寄贈僧徒、或者留僧、宿寺之作。如〈贈胡僧〉：「瘦形無血色，草履著行穿。閒話似持咒，不眠同坐禪。背經來漢地，袒膊過冬天。情性人難會，遊方應信緣。」短短數語，即能掌握胡僧之狀貌、穿著、言語、行止，寫得生動傳神；〈休糧僧〉：「一齋難過日，況是更休糧？養力時行道，聞鐘不上堂。惟留煨藥火，豈寫化金方？舊有山廚在，從僧請作房。」寫僧徒絕食修行，非有僧徒經驗，不易寫出此類題材。唐‧張為《詩人主客圖》在「清奇雅正主」李益下「入室」者十人，其二為僧清塞；其九為僧無可，其「升堂」者七人，其四正是賈島。

「五老榜上苦吟人」曹松，在五律之寫作，同樣效法賈島。曹松，字夢徵，舒州（今安徽潛山）人，生平資料不多[38]。曹松深得

---

[37] 按：此詩即〈哭閑霄上人〉。詩云：「林逕西風急，松枝講鈔餘。凍髭亡夜剃，遺偈病時書。地燥焚身後，堂空著影初。弔來頻落淚，曾憶到吾盧。」《全唐詩》五〇三，頁 5724。

[38] 曹松事蹟，僅見於《唐詩紀事》卷六五、《郡齋讀書志》卷一八、《唐才子傳》

賈島為詩訣竅，可由其煉字功夫，窺得端倪。像：「林殘數枝月，髮冷一梳風。」（〈晨起〉），其用字之凝鍊，頗涉艱澀；而僻冷之性、閒闃之境盡出，都是賈門功夫。再看「異夜天龍蟄，應聞說葉經。」（〈觀山寺僧穿井〉）兩句十分奇險，卻極平實，只有賈島之門，才擅長這種寫法。後世論者對曹松詩頗多摘句評述，例如明‧楊慎在《升菴詩話》卷十摘述：「華嶽影寒清露掌，海門風急白潮頭。」一聯，認為有「中唐之意」。而「白浪吹亡國，秋霜洗太虛。」、「吸回日月頓千頃，鋪盡星河剩一重。」、「城頭早角吹霜盡，郭裏殘潮蕩月回」等句，更獲得胡震亨之賞識，謂其：「致語似項斯，壯言似李洞。」，並云：「點綴未遠，賴此名場一叟。」（《唐音癸籤》）。

「體澀思苦」的馬戴，在中晚唐苦吟詩人中，際遇較佳，官望較高。賈島、姚合與馬戴年輩相近而稍長，均為重要詩友。明、清論者對馬戴詩寫景成就，往往歸因於取法王維。甚至於認為：「晚唐之馬戴，初唐之摩詰也。」（清‧葉矯然《龍性堂詩話》初集語），可是如果詳讀馬戴詩，不難發現：馬戴無論在胸襟氣度或詩歌境趣，都與王維有很大的差距。

馬戴〈早發翠微寺〉、〈送人遊蜀〉、〈灞上秋居〉、〈送皇甫協律淮南從事〉諸詩，都以造語工細、涵情入景聞名於世。如〈早發故國〉：「曙鐘寒出岳，殘月迴凝霜」寫景目前，卻意在言外。〈鸛雀樓晴望〉：「鳥道殘虹挂，龍潭返照移。」寫河中府鸛雀樓警，風調殊高。〈送朴山人歸新羅〉：「雲山過海半，鄉樹入舟中。波定遙天出，

沙平遠岸窮。」為行人設想，以海景取勝，然而都是精雕細琢、擁有姚、賈格調。清・李懷民《中晚唐詩主客圖》云：

> 虞臣詩，今昔咸推為晚唐之最。馬與賈、姚同時，其稱晚唐，
> 猶錢、劉之稱中唐也。詩亦近體多於古體，短律富於長律。
> 筆格視賈氏稍開展，而體澀思苦，致極幽清，誠亦賈門之高
> 弟也。斷為升堂第一。[39]

對於馬戴詩歌成就講得十分精確，如果從中晚唐苦吟詩人的體派角度來看，李懷民「體澀思苦，致極幽清，誠亦賈門之高弟。」洵為定論。

至於「詩病難醫」的裴說，善以夸飾之筆，寫苦吟之狀。裴說為詩苦吟，在〈洛中作〉即有所表白：

> 莫怪苦吟遲，詩成鬢亦絲。鬢絲猶可染，詩病卻難醫。
> 山暝雲橫處，星沈月側時。冥搜不可得，一句至公知。[40]

按此詩以夸飾之筆描述苦吟之狀。略謂：莫怪得詩太遲，詩成鬢髮亦已成絲。鬢絲雖可染黑，詩病卻難醫；山暝雲橫之處，固不停鞁；星沈月側之時，僶勉依舊。苦思冥搜，常不可得，苟得一句，亦必相贈，以使公知。此詩為係投贈曹松之作，故有如此坦率之語。此外《唐詩紀事》卷六五，還記錄裴說苦吟之斷句，如：「苦吟僧入定，

---

[39] 參見陳伯海編《唐詩論評類編》（山東教育出版社，1993 年 1 月），頁 1331，又見中央研究院歷史語言研究所，借國立央圖書館藏清嘉慶（壬申）17 年刊本影印。

[40] 《全唐詩》卷七二〇收錄此詩，題名〈寄曹松〉。詳見《全唐詩》，頁 8261。

得句將成功。」、「因攜一家住，贏得半年吟。」、「是事精皆易，唯
詩會卻難。」宋・胡仔《苕溪漁隱叢話》也載錄裴說之斷句：「讀書
貧裏樂，搜句靜中忙。」從這些詩句，可知裴說之「詩病」，的確難
醫！由於裴說執著於創新，不免時出「意外句」。總體而論，律度謹
嚴，詩格清奇，在晚唐詩人中，實為姚、賈一派之支與流裔。

　　「吟詩似有魔」之許棠，也沿承姚賈之風。《唐才子傳》卷九謂
許棠：「苦於詩文，性僻少合。」許棠在〈言懷〉一詩坦言：「萬事
不關心，終朝但苦吟。」在〈冬杪歸陵陽別業五首〉第一首以：「鷗
鳥猶相識，時來聆苦吟。」自我解嘲；其三以：「學劍雖無術，吟詩
似有魔。」誇張表述自己對於詩歌創作之執著。許棠遊食求仕期間，
馬戴適巧在太原軍幕府任職，許棠曾往謁見，兩人一見如故，留連
累月。其後許棠漸有詩名，與鄭谷、李頻、薛能、林寬等人往來唱
和。並與張喬、俞坦之、劇燕、任濤、吳宰、張蠙、周繇、鄭谷、
李栖遠、溫憲、李昌符等並稱「咸通十哲」[41]。許棠的詩歌創作成
就，雖曾獲得時流之讚譽，然而許棠詩篇格局不夠開闊，也是事實。
清・賀裳《載酒園詩話・又編》就曾批評：許棠以〈洞庭〉詩得名，
然讀其全集，數篇以外，皆枯寂無味，不惟不及李、劉，並非鄭匹
也。」[42]尤其是許棠詩之體式僅有五律、七律，他體皆付諸闕如，
的確有其侷限。然由於他在作風與技法，與賈島相似，所以李懷民

---

[41] 轉引自鼎文書局版《欽定古今圖書集成・理學彙編・文學典》第六十卷，文
　　學名家──列傳四十八。按：「咸通十哲」，又名「芳林十哲」，周勛初先生
　　有〈「芳林十哲」考〉，載《唐代文學研究》第二輯（桂林，廣西師範大學出
　　版社，1990 年出版），頁 213-224。
[42] 清・賀裳《載酒園詩話》又編，見郭紹虞《清詩話續編本》上冊，頁 381。

在《中晚唐詩主客圖》在稱讚許棠「沈著刻入,略與馬戴相等」之
餘,次之「升堂」第三。僅就許棠之五律成就言,堪稱公允。

　　再如味江山人──唐求,性放曠疏逸,隱居於味江山,出處悠
然。每入市,騎一青牛,至暮醺酣而歸。世稱之「味江山人」。求好
苦吟,每有所得,或成聯,或片語,不拘長短,即撚為丸,投入大
瓢中,數日後,方補足成詩。這種寫詩方法與苦吟態度,與李賀、
姚合、賈島都十分相似。其後臥病,投瓢於錦江,望而祝曰:「茲文
苟不沉沒,得之者方知吾苦心耳。」瓢至錦江,有識者曰:「此唐山
人詩瓢也。」[43]其詩遂為人所競傳,可見唐求在晚唐苦吟人中,十
分特立獨行。李懷民在《中晚唐詩主客圖》中說:

> 隱君負性高古,詩冷峻,得賈生骨。觀其不苟傳於後世,詩
> 志可知。矣惜瓢中之詩,大半為屈正則所收,流傳人間者,
> 如食罕味,忽忽欲盡耳。特附賈氏升堂之後,以褒其志。

李懷民基於唐求之精神特性與詩歌成就,繫附在賈島一系「升堂者」
之後,如就中晚唐苦吟詩人群之創作活動言,誠有其卓識。

　　至於「奇僻為詩」的喻鳧以詩馳名於文宗開成(西元 836-840
年)、武宗會昌(西元 836-840 年)間,與當時詩壇名家都有交往。
今本《賈長江集》雖未收存賈島致贈喻鳧之作,然而喻鳧卻有〈送
賈島往金州謁姚員外〉[44]留存,可以驗證喻鳧與賈島之往來關係。

---

43 有關唐求「詩瓢」之記述,分見於《茅亭客話》、《古今詩話》、《唐詩紀事》、
　《唐才子傳》,所記內容大致相同。
44 按:姚合於敬宗寶曆中(西元 825-827 年)為監察御史,其後歷任戶部員外
　郎,出為金、杭二州刺史(見《唐才子傳》)。李嘉言《賈島年譜》將本詩繫

喻鳧為詩，以苦吟推敲著稱。《全唐詩》卷五四三編其詩為一卷，多屬五言律詩。喻鳧在〈獻知己〉自憐：「大谷非無暖，幽枝自未春。昏昏過朝夕，應念苦吟人。」[45]正是以「苦吟人」自居。在其儕輩中，最早論及喻鳧者，正是方干。方干在〈贈喻鳧〉中說：「纔吟五字句，又白幾莖髭。……沉思心更苦，恐作滿頭絲。」可見喻鳧在詩友之間，正顯現出典型「苦吟詩人」之形象。前賢論及喻鳧時，大多認定喻鳧步武賈島，得其「奇僻」。宋・計有功在《唐詩紀事》卷五一引孫光憲《北夢瑣言》稱：「鳧體閬仙為詩」[46]，清・賀裳《載酒園詩話・又編》也說：「喻鳧效賈島為詩，人稱之『賈喻』。」[47]如就二者詩歌內容來考察，喻鳧多尋僧、訪寺、宿寺之作，取材方向與賈島極為相近；如就作詩態度而言，其苦吟推敲，執著於詩，更與賈島不相上下。喻鳧詩雖以研鍊詩句，知名於宋世，卻較缺渾灝之氣。辛文房《唐才子傳》卷七即曾指出：「晚歲變雅，鳧亦風靡，專工小巧，高古之氣掃地，所畏者務陳言之是去耳。」《唐詩品》也說：

坦之凤尚幽深，身多野寄，故其詩意清遠，興象殊越，雖在開成間而音調頗閒。惜非大家，故寥寥短韻，不足逞其長步。

於大和八年甲寅（西元834年）時賈島五十六歲。
[45] 見《全唐詩》卷五四三，頁6276。
[46] 今本孫光憲《北夢瑣言》已無此條。引見王仲鏞《唐詩紀事校箋》卷五十一（成都，巴蜀書社，1989年8月），頁1393。
[47] 清・賀裳《載酒園詩話》又編，詳見郭紹虞編《清詩話續編》（木鐸出版社，民國72年（1983年）12月）上冊，頁380。

張為《詩人主客圖》納入「清奇雅正主」李益「及門」八人之一，李懷民《重定中晚唐詩主客圖》推為「入室」二人之一。揆諸喻鳧詩集，當以李懷民之說，較為貼近事實。

（三）「姚合系」成員

姚合早年以〈武功縣中作〉三十首知名。姚合為詩，詩刻意苦吟，善於點綴小景，搜求新意。因此成為苦吟詩人的典型人物。姚合創作〈武功縣中作〉三十首時大約四十歲上下，與此性質相近的詩組尚有〈閒居遣懷〉十首、〈遊春〉十二首，這些表現「多歷下邑、官況蕭條、山縣荒涼、風景凋蔽」生活與感想之作，後世論者概以「武功體」稱之。

明・胡震亨《唐音癸籤》卷七謂：「姚祕監詩洗濯既淨，挺拔欲高。得趣於浪仙之僻，而運以爽亮；取材於籍、建之淺，而媚以蒨芬：殆兼同時數子，巧撮其長者。但體似尖小，味亦微體，故品局中駟爾[48]。」精確點出姚合「洗濯既淨，挺拔欲高」之創作企圖，也連結了姚合與賈島、張籍、王建詩風之影響關係。姚合在〈武功縣中作〉所呈現的隱逸趣尚、閒適之境、蕭散達觀諸特質，構成極為獨特之詩歌風貌。

姚合晚年仕履騰達，對於晚唐後輩詩人不吝提攜與啟導，發揮極大影響力，使他有機會扮演「詩家射鵰手」之角色。〈武功縣中作〉中，那種寓雕琢於閒淡之作法，還是對於眾多期艱辛求仕之文士產

---

[48] 見明・胡震亨《唐音癸籤》卷七（世界書局，1985 年 11 月），頁 60-61。

生極大吸引；而所謂「武功體」詩也成為寫作典範，在晚唐苦吟詩人間流傳，而且在一定程度上影響到他們的創作取向。當時投謁姚合，與之唱和的詩人不少，大多與姚合之詩風相近，以淡雅、深細為表現主軸。

「鏡湖詩人」方干，堪稱詩風最近姚合的苦吟詩人。方干（西元809-886？年），字雄飛，睦州桐廬（今屬浙江）人。[49]幼富詩才，受到睦州詩人徐凝之青睞，親自授以詩律。方干在青年時期，頗有事功理想，多次往來兩京，雖得公卿大夫延納，然而連應十餘舉，都無法登第。原來方干相貌不全，有缺唇之憾，無法立身廊廟。所以三十五歲左右，便已隱居鏡湖，蕭然於山水間，以詩自放。方干雖不得志於仕途，足跡卻遍及商州、廣州、婺州、越州，並以傑出詩作，在廣明、中和年間，贏得「句滿天下口，名聒天下耳」（吳融〈贈方干處士〉）之盛名，江東人謂為「玄英先生。」[50]晚唐詩人李群玉、吳融、喻鳧、鄭谷、羅鄴、崔道融、曹松諸人都是方干詩友；李頻、孫郃等人，更以方干為師。

姚合、賈島是方干之前輩，更是他學習的對象。方干與賈島來往時，賈島已屆晚年；《賈長江集》並無贈詩方干之紀錄，而方干之酬和，也僅存〈寄賈司倉島〉一首。此詩寫作時間，大約是會昌三年（西元843年），而賈島即在當年七月二十八日卒於官舍。就交往

---

[49] 生平事蹟見諸孫郃〈方玄英先生傳〉、《唐摭言》卷四、卷一〇、《唐詩紀事》卷六三，《嘉泰會稽志》卷一五、《唐才子傳校箋》卷七。吳在慶先生撰有〈方干之生平與詩歌系年〉文載於《固原師專學報》1999年第2期，頁8-11。又吳在慶之專文，另刊於《集美大學學報》2卷1期，1999年3月版，頁111-115。

[50] 黃永年、陳楓校點本《王荊公唐百家詩選》（遼寧教育出版社，2000年版），頁273。

關係言，方干與姚合之往來，不僅時間較長，姚合對方干之影響，也遠比賈島為深。早在文宗太和六年（西元 832 年），方干二十二歲，就已作了〈送姚合員外赴金州詩〉投贈姚合，但直至三年後，姚合任杭州刺史，始有機會面謁。據孫郃〈方元英先生傳〉（《全唐文》卷八二〇）所載：「始謁錢塘守姚公合，公視其貌醜，初甚侮之。坐定覽卷，駭目、變容而嘆之。」自從此以門客相待，登山臨水，皆得同行。一直到姚合辭世，方干還作了〈哭秘書姚少監〉、〈過姚監故居〉等詩悼念姚合，方干與姚合之往來，不僅起始甚早、因緣特殊，而且情誼敦篤。

在所有詩體中，方干最擅律體，而且七律多於五律。其內容多投贈、應酬、流連光景之內容。王贊《王元英先生詩集序》謂其詩：「鎪肌滌骨，冰瑩霞絢。嘉肴自將，不吮余雋。麗不葩紛，苦不棘癯。當其得志，倏與神會，詞若未至，意已獨往。」（《全唐文》卷八六五）。似有過譽之嫌，不過「麗不葩紛，苦不棘癯」兩句，還是十分能夠傳述方干詩歌之主要風格。宋・葛立方《韻語陽秋》極為讚賞方干詩之「清潤小巧」。

方干之七律，清人雖有「淺弱」[51]、「圓整而乏新意」[52]之評，其實仍有很高成就。方干在詩學淵源上雖屬於姚賈一派，具體的詩歌創作表現，卻不同於賈島之「刻意求奇」，而是步武姚合之「刻意

---

[51] 此紀昀語。見清・紀昀《四庫全書總目提要》卷一五一《別集類》四有云：「其七言淺弱，較遜五言。〈郝氏林亭〉而外，佳句無多，則又風會之有以限之也。」

[52] 此胡壽芝語。見清・胡壽芝《東目館詩見》卷一云：「方干自云苦吟，只五律整緊，七律圓婉而並乏新異。」

求味」。方干以敏銳之悟力，深入事物實境，以「苦吟」手段，極力追求自然情味，卻毫無刻露跡象，這是方干詩歌成就之所在。

「矜負好奇」的雍陶，是姚合系另一重要人物。雍陶，字國鈞，成都（今屬四川）人。約生於德宗貞元十二年（西元 796 年），卒年不詳。少時貧賤，家於荊楚（一說江南），長慶、寶曆、大和中，求名於兩京，旅況蕭索。曾遊於白居易之門，與賈島、殷堯藩、徐凝等詩人往來友善，試進士屢下第，約於文宗大和元年（西元 827 年），移家成都。大和八年（西元 835 年），雍陶接近四十歲時，終於進士及第。據《唐才子傳》卷七所載，雍陶在大中六年（西元 852 年）以五十七歲之齡，方從外府召為國子《毛詩》博士[53]。又據宋・計有功《唐詩紀事》卷五六載：「大中八年，自國子《毛詩》博士出刺簡州。」[54]此當為雍陶一生仕途之高峰。

雍陶工詩善賦，亦晚唐苦吟詩人，賈島在〈送雍陶及第歸成都寧親〉稱其：「不唯詩著籍，兼又賦知名。議論于題稱，《春秋》對問精。」推許可謂甚高。但是作品但是作品大多散佚，詩作存世僅一卷。詩體多為律詩與絕句，內容多屬記遊、題詠、寄贈、送別之題材。略病淺狹，廣度深度具嫌不足，但是雍陶為詩，不故作艱深，而能妙契人情事理，故當時詩人如賈島、姚合、殷堯藩、無可、徐凝、章孝標等人，都樂與之遊。

---

[53] 辛文房《唐才子傳》卷七：「（宣宗）大中六年，授國子博士。」詳見傅璇琮主編《唐才子傳校箋》第三冊，（中華書局，一九九〇年九月），頁 248。

[54] 宋・計有功《唐詩紀事》卷五六載：「大中八年，自國子《毛詩》博士出刺簡州。」見王仲鏞校箋《唐詩紀事校箋》下冊（成都，巴蜀書社，1989 年），頁 1532

雍陶五律之風格，與姚合極為接近。尤其〈和劉補闕秋園寓興〉[55]六首，情景俱到，清雅可玩；無論就題材選擇、寫作手法、觀物角度觀之，無不與逼肖姚合，即使置諸姚合詩集，亦難分辨。此六首詩，也被方回全數選入《瀛奎律髓》卷十二「秋日類」中。方回評曰：「六首皆工而可觀，荊公所取者。劉補闕為諫官，而家園有山水之樂，唐人之仕於東、西都者皆然。」[56]明・胡震亨曾指出雍陶「矜負好奇」、「工于造聯，奈屡于送結，落晚調不振。」「矜負好奇」是許多苦吟人之通病，往往使篇章出現瑕疵。所謂「屡於送結」者，無後勁也。即結語與前言不相稱，這大概是才力不足之故。晚唐諸家，不能盡免。然通讀雍陶詩，七絕之中，自有可誦之作。唐・張為《詩人主客圖》將雍陶列入「瑰奇美麗主武元衡」之「及門者」，不無商榷餘地。因為雍陶性格，有「求奇」傾向；雍陶詩風，又步武姚合之清雅，如就詩壇「交往關係」與「詩風類似性」而言，雍陶比較貼近姚賈，宜列入姚賈一派較符實際。

「持律能詩苦吟僧」無可上人，也應列入姚合系。無可是賈島從弟[57]少年出家[58]，嘗居長安僧寺，又曾居鄠縣（今陝西）圭峰草堂

---

[55] 參見《全唐詩》卷五一八，頁5912-5913。

[56] 參見李慶甲集評、點校《瀛奎律髓彙評》上冊（上海古籍出版社，1986年4月），頁433。

[57] 無可有〈寄從兄賈島〉、〈弔從兄島〉、〈客中閒從兄島遊蒲絳因寄〉等詩，可證彼此從兄弟關係。詩見《全唐詩》卷八一三，頁9152、9164、9165。無可生平資料不多，散見《唐詩紀事》卷七四、《直齋書錄解題》卷十九、《唐才子傳》卷六等書。

[58] 姚合〈送無可上人遊越〉云：「清晨相訪立門前，麻履方袍一少年。懶讀經文求作佛，願攻詩句覓昇（一作成）仙。」由此不難知無可年少即出家。見《全唐詩》卷四九六，頁5623。

寺，後雲遊越州、湖州、廬山等地。大和年間，為白閣僧（《金石萃
編》卷六十六〈僧無可書幢〉）。宋代原有《僧無可集》流傳，已散
佚。《全唐詩》收錄其詩兩卷，存詩近百首[59]。姚合在〈送無可上人
遊邊〉提到無可：「出家還養母，持律復能詩。」[60]、在〈送無可上
人遊越〉也說：「今日送行偏惜別，共師文字有因緣。」[61]就《全唐
詩》收錄詩作來看，與無可有過「文字因緣」者，計有姚合、賈島、
張籍、朱慶餘、顧非熊、雍陶、馬戴、厲玄、喻鳧等詩人。此外，
也有李騎曹、田中丞（田群、田早）、李司空（李聽）、宋明府（宋
渤）、段著作（段成式）、厲侍御（厲玄）、崔駙馬（崔杞）等官宦顯
要。可見在當時，無可不僅是一位高僧，更是活躍於文壇的詩人。

　　早在姚合擔任京兆萬年尉時，無可就已是姚合座上客。賈島、
朱慶餘、無可、馬戴經常會宿於姚合宅邸；而姚合、雍陶、賈島、
劉德仁等人也曾會集於無可駐錫之寺院；馬戴在會集時，最期待無
可上人前來；賈島的名言：「獨行潭底影，數息樹邊身」，正是〈送
無可上人〉詩中之語；劉得仁會宿無可上人寺院時，總是「忘機於
世久，晤語到天明」，可知無可在苦吟詩人中，也受到同儕高度之
推重。

---

[59] 據陶敏之察考，無可現存之作品雖有 101 首，然而，頗多贗作。如：〈寄姚
　　諫議〉、〈書事寄萬年厲員外〉乃劉得仁詩；〈和賓客想國詠雪詩〉乃許渾詩；
　　〈中秋江驛示韋益〉、〈中秋台看月〉、〈中秋夜南樓寄友人〉、〈中秋月君山腳
　　下看月〉、〈中秋月彩如畫寄上南海從翁侍御〉五詩乃李群玉作。詳見傅璇琮
　　主編《唐才子傳校箋》第五冊（北京；中華書局，2000 年 2 月第二次印刷），
　　頁 287。
[60] 姚合〈送無可上人遊邊〉詩，見《全唐詩》卷四九六，頁 5620。
[61] 同註 2。

　　無可苦吟為詩，其作品內容，以酬贈為多；就形式而言，則以五律見長。篇局雖然不大，卻獨具僧徒特有之清雅詩風。無可與其他苦吟詩人一般，以律詩寫作為要事。嫻於構句，因此名聯紛出，美不勝收。信手拈來如：〈同劉秀才宿見贈〉說：「共恨多年別，相逢一夜吟。既能持苦節，勿謂少知音」雖寫得淒苦，卻脫灑高妙；再如〈寒夜過叡川師院〉：「絕塵苔積地，棲竹鳥驚燈。語默俱忘寐，殘窗半月稜。」也是情境淒苦，卻充滿佛禪義蘊；又如〈宿西嶽白石院〉說：「瀑流懸住處，雛鶴失禪中。」構句奇特，用意令人讚嘆；又如〈送僧〉說：「四海無拘繫，行心興自濃。百年三事衲，萬里一枝筇。」寫僧徒之行持，若非親身經歷，很難說得如此簡括而有深度；再如〈送贊律師歸嵩山〉說：「清貧修道苦，孝友別家難。雪路侵溪轉，花宮映嶽看。」寫佛徒本具孝友天性，不易抹除；出家既已不易，苦修更為難能。在這些地方，吾人不難看出無可之詩歌，處處與賈島同調。其為苦吟詩人之支與流裔，十分明顯。

　　宋・晁公武《郡齋讀書志》卷四謂無可：「多五言，與賈島、周賀齊名。」揆諸無可作品，實為知言。三人皆曾有僧徒經歷，詩作自有共具之特質。清・賀裳《載酒園詩話》又編說得好：「無可詩如秋澗流泉，雖波濤不興，亦自清泠可悅。」[62]也許受限於僧徒身分與生活環境，使無可之詩歌題材上受到一定程度之限制，其思想也難掙脫佛禪觀點之影響，然而，他廣結善緣，苦吟為詩，與賈島、清塞（周賀），組成一支突起之異軍，在苦吟詩人群體之中，綻放異彩。

---

[62] 清・賀裳《載酒園詩話》又編，詳見郭紹虞編《清詩話續編》（木鐸出版社，民國 72（1983）年 12 月），頁 383。

　　「白衣貴冑」劉得仁，也當列名姚合系。劉得仁生卒年不詳里籍不確知，相傳為貴主之子[63]。五代‧王定保《唐摭言》卷十「海敍不遇」載：「得仁自開成至大中三朝，昆弟皆貴仕，而得仁苦於詩，出入舉場三十年，竟無所成。嘗自述曰：『外家雖是帝，當路且無親。』[64]既終，詩人爭為詩以弔之。[65]」

　　劉得仁在詩壇活動之年代，約在文宗、武宗、宣宗之際。交往之詩友甚多，與姚合、雍陶、顧非熊、無可、盧肇都有唱和。劉得仁致姚合之交往詩計有：〈寄姚諫議〉、〈送姚合郎中任杭州〉、〈上姚諫議〉四首。此時正當開成元年（西元 836 年），姚合自杭州回經任諫議大夫。

　　劉得仁在晚唐之詩名頗著，司空圖在〈與王駕評詩書〉中論及當代詩人，即包括賈島、孟郊與劉得仁，並認為三家作品：「時得佳致，亦足滌煩。[66]」唐‧張為在《詩人主客圖》「清奇僻苦主孟郊」下有「即門」二人，其中即包括劉得仁。宋‧晁公武《郡齋讀書志》卷四下亦謂得仁：「五言清瑩，獨步文場。[67]」誠如所言。

---

[63] 劉得仁之生平資料極少，事蹟僅見諸《唐摭言》卷一〇、《唐詩紀事》卷五三、《郡齋讀書志》卷一八、《唐才子傳校箋》卷六之零星記錄。「貴主」非指「公主」，據《舊唐書》卷四《職官志》：「王之女，封縣主。」詳見陳尚君之查考，載傅璇琮主編《唐才子傳校箋》第五冊，頁 321。

[64] 本詩原題為〈上翰林丁學士〉，是其落第之後所作。見《全唐詩》卷五四五，頁 6302。又詩中之「丁學士」，為丁居晦，詳見陳尚君之查考，載傅璇琮主編《唐才子傳校箋》第五冊，頁 321。

[65] 引見王定保《唐摭言》卷十「海敍不遇」，詳江漢椿《唐摭言校注》（上海社會科學院出版社，2003 年 1 月），頁 200。

[66] 此司空圖〈與王駕評詩書〉中語。見祖保泉、陶禮天箋校《司空表聖詩文集箋校》（合肥，安徽大學出版社，2002 年 10 月），頁 190。

[67] 見晁公武《昭德先生郡齋讀書志》卷四下，《四部叢刊》三編（北京書同文

　　劉得仁為詩，喜自鳴哀苦，嘗自言：「刻骨搜新句，無人憐白衣。」、「永夜無他慮，長吟畢二更。」（〈陳情上知己〉）、「吟興忘飢凍，生涯任有無。」（〈夜攜酒訪崔正字〉）。如此苦吟為詩，作風的確類似孟郊；然其詩聯用字，奇僻深細，則又逼近賈島。就現存作品來看，劉得仁的確對於詩聯之經營，下了不少苦功，因此留下了不少精之名句，例如：

　　　岸幘棲禽下，烹茶玉漏中。行骸忘已久，偃仰趣無窮。
　　　　　　　　　　　　　　　　　　　　　　　〈夏夜會同人〉

　　　北行山已雪，南去木猶青。夜嶽禪銷月，秋潭汲動星。
　　　　　　　　　　　　　　　　　　　　　　〈送知全禪師南遊〉

　　　生人居外地，塞雪下中秋。雁舉之衡翅，河穿入虜流。
　　　　　　　　　　　　　　　　　　　　　　　　〈塞上行作〉

　　　水聲翻敗堰，山翠溼疏籬。綠滑莎藏徑，紅連果壓枝。
　　　　　　　　　　　　　　　　　　　　　　　　　　〈西園〉

　　　首垂聽樂淚，花落待歌杯。石路尋芝熟，柴門有鹿來。
　　　　　　　　　　　　　　　　　　　　　　〈送姚處士歸亳州〉

　　　僧同池上宿，霞向月邊分。渚鳥棲蒲立，城砧接曙聞。
　　　　　　　　　　　　　　　　　　　　　　〈秋日同僧宿西池〉

數字化科技公司，2001 年）據北京圖館藏上海涵芬樓景印《四部叢刊》電子版 V1.0。

吟興忘飢凍，生涯任有無。慘雲埋遠岫，陰吹吼寒林。

〈夜攜酒訪崔正字〉

無才堪世棄，有句向誰誇。老樹呈秋色，空池浸月華。

〈池上宿〉

漏微砧韻隔，月落斗杓低。危葉無風墜，幽禽並樹棲。

〈秋夕即事〉

賢能資壽考，健不換公卿。藥圃妻同耨，山田子共耕。

〈贈陶山人〉

從上列些詩例來看，劉得仁確曾努力揣治聲病，不厭磨淬，雖然使詩句深刻有味，卻也不免過度研磨，以致呆頓失靈。胡震亨《唐音癸籤》曾譏評劉得仁：「詩思深合處盡可味，奈筆笨難掉」所指大概就是此一弊病。清‧李懷民在《重定中晚唐詩主客圖》上卷，將劉得仁納入張籍一派，顯然失察。李懷民曰：

> 得仁詩亦水部派也。前輩見其愁苦呻吟，擬之賈氏，其實唐末淒厲之音。大半相似，要自各有宗承，不相混。惜得仁三十年苦功，齎志以歿。後世並亦無能知者，引為司業門人，或有傳焉[68]。

---

[68] 見清‧李懷民《重定中晚唐詩主客圖》上卷〈劉得仁傳〉，中央研究院歷史語言研究所，借國立央圖書館藏清嘉慶（壬申）17 年刊本影印。

如就其詩歌風格表現，則石桐先生之見，猶可商榷。中唐孟郊寒苦
之作發之在先，晚唐淒厲之音，應宗承自孟郊。相較之下，張為將
劉得仁納入「清奇僻苦主孟郊」作為其「及門」者，似較符合實情。
從劉得仁之例子來看，最能看出苦吟詩人賈島系與姚合系之交叉、
互包之狀況。筆者評估前賢之論述，基於劉得仁之詩風深細，姑列
之姚合系。

四、姚合在苦吟體派之地位

　　從詩壇環境來看，自穆宗長慶至文宗大和時期，吳越與洛陽詩
人十分活躍，長安詩壇的確相當冷落。因為韓愈於穆宗長慶四年（西
元 824 年）卒於長安靖安里第。白居易於長慶二年以中書舍人請外
任，除杭州刺史，並在敬宗寶曆元年除蘇州刺史，其後居洛陽。元
稹於長慶初出為同州刺史、長慶三年任浙東觀察使。所以元和時期
大詩人，在長慶初年，都已退出長安詩壇。

　　然而當時無可為僧，常居長安，賈島在京幽居、應舉，朱慶餘、
顧非熊亦曾在京任職。姚合擔任校書郎之後，曾在魏博幕短暫停留，
在長慶二、三年（西元 822、823 年）之際，先後任武功主簿、萬年、
富平縣尉，此三地皆屬京兆府，為長安近郊。姚合約在長慶二年（西
元 823 年）作〈武功縣中作〉三十首，在長慶三年春初罷武功縣令，
閒居長安。其後姚合雖曾在文宗大和二年（西元 828 年）以祖蔭任
監察御使分司東都洛陽、大和四年（西元 832 年）秋出任金州刺史、
大和八年（西元 834 年）任杭州刺史，但都為時甚為短暫，自文宗

開成元年（西元 836 年）已入朝為諫議大夫，姚合大多數的時間仍在長安活動。

　　自穆宗長慶至文宗開成間，也是姚合詩歌成就最受時人肯定之時段，詩壇地位尊崇，齊己在〈還黃平素秀才卷〉謂：「冷澹聞姚監，精奇見浪仙。如君好風格，自可繼前賢。」[69]可見已將姚合、賈島並列。

　　姚合杭州刺史任內，在詩壇尤為活躍，一些後輩詩人，如韓湘、劉得仁、顧非熊、賈島有詩贈之；周賀、方干、李頻、鄭巢，皆曾得其提攜。最有名的例子是李頻在文宗開成四年（西元 839 年）謁見姚合，有詩上之，姚合頗為嘉賞，並以女妻之[70]。更值得注意的是姚合在文宗開成二年（西元 837 年）秋初，在朝任諫議大夫時，選取王維、祖詠、李端、耿湋、盧綸、司空曙、錢起、郎士元、韓翃、暢當、皇甫曾、李嘉祐、皇甫冉、朱放、嚴維、劉長卿、靈一、法振、皎然、清江、戴叔倫等詩人作品，裒成《極玄集》。姚合自序云：「此皆詩家射鵰手也。合於眾集中，更選其極玄者，庶免後來之非，凡二十一人，共百首。」[71]至於為何在眾多詩作中，僅檢取百首？元朝學者蔣易在《極玄集》後序中說：「唐詩數千百家，浩如淵海。姚合以唐人選唐詩，其鑑識精矣。然所選僅若此，何也？蓋當是時以詩鳴者，人有其集，製作雖多，鮮克完美，譬之握珠懷璧，豈得悉無瑕纇哉。武功去取之法嚴，故其選精，選之精，故所取

[69] 齊己〈還黃平素秀才卷〉《全唐詩》卷 839，頁 9470。

[70] 按《新唐書‧李頻傳》載：「給事中姚合為詩，士多歸重。頻走千里，丐其品，合大加獎揠，以女妻之。」時當姚合由給事中出為陝虢觀察使，無可也有詩寄之。

[71] 見傅璇琮編撰《唐人選唐詩新編》（陝西人民教育出版社，1996 年 7 月），頁 532。

僅若此。」[72]可見姚合鑑取之嚴。另據《新唐書》知姚合尚有《詩例》[73]一卷行世。從《極玄集》及《詩例》之編撰目的來看，姚合一方面揭示詩學淵源，另一方面也有「垂範後昆」之意。晚唐詩人鄭谷在〈故少師從翁隱岩別墅亂後榛蕪感舊愴懷遂有追憶〉云：「近將姚監比，僻與段卿親。」自注：「姚秘監合主張風雅後，孤卿一人而已」考鄭谷此詩寫作年代，已是姚合擔任秘書少監時；姚合任秘書少監約當開成五、六年間，年齡已屆六十六、七，可見姚合晚年主張風雅，地位十分尊崇。

雖然晚唐苦吟詩人都同時與姚、賈都有往來唱和，細分雖為姚、賈兩系，其實有交叉、互包之現象；如欲評比兩人文學地位之高低，也僅係相對而言。但是姚、賈的際遇大有不同，賈島晚年窮窘潦倒，武宗會昌三年（西元 843 年）死於普州，姚合則晚年位望崇高，文學活動較久，實際影響比賈島大。尤其姚合編選《極玄集》，既提供後學詩範例，同時也實際扮演詩家「射雕手」的角色。姚賈雖然都代表晚唐體，但是姚合的清雅詩風，與晚唐詩壇的主流風格同步，對宋詩影響也比較大。

五、結語

本文從體派角度，檢視活躍在穆宗長慶至文宗開成時期之苦吟詩人群體，細分為兩系，就其交往關係與相似的文學風貌，嘗試說

---

[72] 見傅璇琮編撰《唐人選唐詩新編》（陝西人民教育出版社，1996 年 7 月），頁 568。
[73] 參見《新唐書》卷六十《藝文志》第五十，中華書局版，頁 1625。

明與姚賈的承襲關係。從韓孟到姚賈，勾勒的系譜，雖非十分精確，大體已是學界的共識。但對於眾多晚唐貧士而言，賈島系與姚合系的分立，則為筆者的新嘗試，無可否認，仍需更多證據與背景說明。

　　姚合編選《極玄集》，收詩雖僅百首，卻深具體派意識。不僅因為《極玄集》收錄的諸家作品風格，與大曆時期的主流詩風相合；從《極玄集》的編選，也可窺測姚合主盟詩壇的用意。姚賈雖然齊名，但是賈島求奇，姚合求味；姚合淡雅、深細的詩風，對眾多晚唐窮士來說，毋寧更具典範意義。從文學史的角度言，姚合的體派地位及其對並世詩人之影響，也就遠比賈島更為重要。

（本文曾於 2006 年 11 月 25 日在國科會、彰化師範大學文學院國文系、台灣文學研究所主辦「國科會中文學門 90 至 94 研究成果發表會」宣讀）

元好問及其《論詩三十首》

一、元好問之生平行實

　　元好問字裕之，號遺山，太原秀容（今山西忻縣）人。生於金章宗明昌元年（西元 1190 年），卒於元憲宗七年（西元 1257 年），是金朝詩文成就最高之作家，《金史》卷一百二十六有傳。據《金史・元德明傳》，元好問出生於名門之家，先祖鮮卑族，系出拓跋氏，隨北魏孝文帝遷都洛陽，改姓元。遠祖元結（字次山），為唐代開元、天寶間著名之文人。祖父元滋善曾任金朝銅山令，父元德明隱居不仕，以詩文知名於世，著有《東岩集》。元好問出生七月即過繼叔父元格為子，元格為地方官，自元好問四歲起，就給與完備的教育，據說元好問七歲能詩，十一歲元格移官冀州，延聘學士路鐸教他為文，十四歲又隨繼父移官陵川，受業於當時大學者郝天挺（字晉卿，元代知名學者郝經之祖父）更奠定了堅實之學術基礎。

　　元好問二十歲時學問已有小成，卻不急於科舉功名。二十一歲時叔父病逝隴城任所，他才結束遊走各地之生活，扶柩返回忻州原籍。二十五歲那年，蒙古兵南下，家鄉秀容受到兵火蹂躪，其兄慘遭殺害。他和家人只得遠離家鄉，避亂於河南。在此期間，寫下不少描述戰亂及抒發悲憤之詩作，引起禮部尚書、本身亦為著名詩人

的趙秉文之青睞，推崇他的〈琴台〉、〈箕山〉詩：「少陵以來無此作。」於是元好問聲名大噪。

　　金宣宗興定五年（西元 1221 年），中進士，三年後在趙秉文、楊雲翼力勸之下應選宏辭科，從此展開仕宦生涯。先後做過權國史院編修、鎮平（今河南鎮平）、內鄉（今河南內鄉）、南陽（今河南南陽）等地縣令。金哀宗開興元年（西元 1232 年）官至尚書省左都司事。是年蒙古兵攻陷汴京，哀宗出亡，元好問身陷危城，備嘗艱辛，次年自立為鄭王的崔立投降蒙古，天興三年（西元 1234 年）金哀宗自殺，金朝滅亡，元好問四十五歲。元好問自此不仕，返回故鄉秀容，發憤著述，傾全力於金朝史料之編纂。他鑑於金朝之史實不可湮滅，曾編著《壬辰雜編》，又鑑於中州詩人作品若不輯錄，將隨兵火而毀亡，於是發憤編成《中州集》十卷，採錄二百四十九家詩人作品。此書不但被脫脫編寫的《金史》所採用，後來清人郭元釪編《全金詩》也以此書為藍本。就連清人錢謙益《列朝詩集》，也是仿效《中州集》之體例編成。

　　他為了編著金朝國史，曾奔走河南河北各地，採集金朝君臣言行事蹟，完成稿本百餘萬言，後來《金史》雖未寫成，他收集之史料，卻成為元朝脫脫修《金史》最主要之根據。元好問在史學與文學之著作外，也樂於獎掖後進。元朝著名的文人郝經、王惲、許楫，都出自門下，劉因、吳澄更是深受影響的私淑弟子。

二、元好問之創作成就

　　元好問以詩文崛起於金朝，在十三世紀初期成為北方文壇的代表人物。關於他的創作成就，《金史・文藝傳》云：

> 為文有繩尺，備眾體。其詩奇崛而絕雕劇，巧縟而謝綺麗，五言高古沉鬱，七言樂府不用古題，特出新意。歌謠慷慨，挾幽、并之氣。[1]

元・杜仁傑在中統本《文集・後序》云：

> 今觀其文集，又是天生爐鞴，比古人轉身處，更覺省力。不使奇字，新之又新；不用晦事，深之又深；但見其巧，不見其拙；但見其易，不見其難[2]。

　　就各體文章來說，他的碑銘文字，繩尺嚴密，雄奇自肆，錢基博在《韓愈志》之中，認為可以直追韓愈。元好問身遭亡國之恨，隱忍蘊蓄所發的文章，悲歌慷慨，有「《詩》人傷周，《騷》人哀郢」之遺意。他的敘記文字，簡約樸直，情致深厚，許多寶貴之文學批評觀點，都散見其間。

　　元好問的詩歌作品，數量甚多，約一千三百六十餘首，大概可分為兩個階段來考察。仕金時期為第一階段，此時的詩歌，崇尚風

---

[1] 見元・脫脫《金史》卷一百二十六《列傳》第六十四〈元德明傳〉。
[2] 見清・施國祈《元遺山詩集箋注》〈序例〉引自（台灣中華書局版四部備要本）。

華，不脫才子習氣。金亡之後，為第二個階段，此時的詩風大變，悲壯蒼涼，有「亡國之音哀以思」之慨。元好問的詩歌取材，深受時事之影響，因此相當程度地反映了金元之際的史實。他的詩，和杜甫一般，可以從中考察政治和社會變動之風貌。像〈岐陽三首〉、〈癸巳五月三日北渡〉、〈雁門道中書所見〉、〈續小娘歌〉，都是典型的例子。像「野蔓有情縈戰骨，殘陽何意照空城」、「白骨縱橫似亂麻，幾年桑梓變龍沙。」、「雁到秋來卻南去，南人北渡幾時回。」之類的名句，都是只用白描的手法，就把戰爭的慘烈「人民饑寒交迫的痛苦，描寫得怵目驚心。他的寫景詩、紀遊詩、抒情詩甚至應酬之作，都有情真語切的特色。此外，元好問還有一百八十餘首題畫詩，或直寫畫中景物、或記述畫題故事、或借景物抒境遇、或借題畫發時議、或兼論畫家畫技，都能作到「以詩意發揮畫意，以詩境開擴畫境」的最高境界。

　　如果分從各體詩歌來考察，他的五古作品「高古沉鬱」（《金史‧文藝傳》），「以五言雅為正」[3]（郝經《遺山先生墓銘》），除了對杜詩和蘇詩下了極深功夫之外，陶潛、柳宗元的五言古詩都對他有很大的影響。他的七古作品，「構思窅渺，十步九折，愈折而意愈深，味愈雋。」[4]（趙翼《甌北詩話》），至於長短句雜言，更是極盡夭矯變化之能事。至於他的五七言近體詩，更是人所共喻。其沉鬱悲涼，自成聲調的詩格，完全在七言律詩中表現無遺。清‧陳衍在《石遺

3　見元‧郝經《遺山先生墓銘》，轉引自曾永義編《元代文學批評資料彙編》
　　上集（台北：成文出版社有限公司，67 年 7 月），頁 109。
4　見清‧趙翼《甌北詩話》郭紹虞《清詩話續編》（台北：木鐸出版社，1983
　　年 12 月）。

室詩話》中就曾提及清乾嘉時期許多詩人都有元好問七律的風格，其中尤以鄭孝胥的成就最大。此外，他有八十幾首樂府詩，大都「不用古題，特出新意，以寫怨思。」（《遺山先生墓銘》）論才調、論筆力，幾乎可以和李白、杜甫、白居易的新題樂府相匹敵。

　　元好問詩文作品的整體成就，受到後人極高的評價。元‧郝經在《遺山先生墓銘》云：

> 當德陵之末，獨以詩鳴。上薄風雅，中規李杜，粹然一出於正，直配蘇黃氏……汴梁亡，故老皆盡，先生遂為一代宗匠，以文章伯獨步三十年[5]。

清‧施國祁《遺山詩集箋註‧例言》云：

> 遺山先生詩文大家，傑出金季，為一代後勁。上接杜韓，中揖歐蘇，下開虞宋，其精光浩氣，有決不可磨滅者，是以歷朝傳刻不絕[6]。

清‧劉熙載《藝概‧詞曲概》更以為：「金元遺山詩兼杜韓蘇黃之勝，儼有集大成之意。[7]」當然，也有一些詩評家從另外的角度批評元好問，例如：清‧趙翼《甌北詩話》云：

> 元遺山才不甚大，書卷亦不甚多，較之蘇陸自有大小之別。然正惟才不大，書不多，而專以精思銳筆洗鍊而出，故其廉

[5]　同註3
[6]　同註2。
[7]　見清‧劉熙載《藝概》卷四〈詞曲概〉（台北：金楓出版有限公司版，1986年12月），頁154。

悍沉摯處，較勝於蘇陸，蓋生長雲朔，其天稟本多豪健英傑
之氣，又直金源亡國，以宗社邱墟之感，發為慷慨悲歌，有
不求而自工者，此固地為之也，時為之也[8]。

總而言之，當金朝詩壇仍無法擺脫夸多鬥靡、苦吟雕琢，及抄書用
典之風氣，元好問卻以獨特之才學、氣質與時地背景，發為「興象
深遠，風格遒上。」(《四庫全書簡明目錄》)的作品，獨踞詩壇，扭
轉沉滯，使他不僅成為金朝文學的宗匠，即在中國文學史上，也是
傑出之詩人。

三、元好問之文論要旨

元好問在文學理論方面也有相當明確的文學創作觀點，《論詩三
十首》固是代表性的詩學著作，在《楊叔能小亨集序》、《陶然集詩
引》、《杜詩學引》、《東坡詩雅引》也充分顯示了他的文論祈向。茲
分三點說明：

（一）在《楊叔能小亨集序》中，元好問提出「文貴真實」之
主張。他認為「詩」、「文」同屬使用語言為媒介之產物，因此，「詩
與文特言語之別稱也。」以記述為主者稱為「文」，以吟詠情性為主
者稱為「詩」。而唐詩所以在《三百篇》之後猶能顯現特異姿彩，原
因在於「知本」，而所謂「本」者，就是「誠」，用當今之觀念來理

---

[8] 同註4。

解，就是「真實」。他認為詩歌之創作歷程是「由心而誠，由誠而言，由言而詩，三者相為一，情動於中而形於言，言發乎邇而見乎遠。」真實之情感自詩人之心靈發出，基於人類情感的共通性，必能感染他人；以真實之情感完成之詩篇，自然也能傳諸久遠。因此在《楊叔能小亨集序》中他說：

> 同聲相應，同氣相求，雖小夫賤婦、孤臣孽子之感諷，皆可以厚人倫、美教化，無他道也。故曰：不誠無物[9]。

他認為唐詩最能「知本」，學者當引為「指歸」。唐詩最富於「溫柔敦厚」風格以及「含蓄不露」之技巧。唐代詩人「憂幽憔悴，寒饑困憊，一寓於詩；而其阨窮而不憫，遺佚而不怨者，故在也。」就算是對現實不滿，在詩中表達傷讒嫉惡的不平之氣，也能「責之愈深，其旨愈婉；怨之愈深，其詞愈緩。」因此元好問對唐詩深致讚嘆之意。為了「知本」，達到溫柔敦厚之要求，他說：

> 初予學詩，以數十條自警，云：無怨懟、無謔浪、無驚狠、無崖異、無阿媚、無傅會、無籠絡、無銜鬻、無矯飾、無為堅白辨、無為聖賢癲、無為妾婦妒、無為讎敵謗傷、無為聲俗哄傳、無為瞽師皮相、無為鯨吞醉橫、無為黠兒白捻、無為田舍翁木強、無為法家醜詆、無為牙郎轉販、無為市娼怨恩、無為琵琶娘人魂韻詞、無為村夫子《莵園冊》、無為算沙

9　見元好問《楊叔能小亨集序》，轉引自林明德編《金代文學批評資料彙編》（台北：成文出版社有限公司，1979年1月），頁177。

　　　僧因義學、無為稠梗治禁詞、無為天地一我今古一我、無為
　　　薄惡所移、無為端人正士所不道。信斯言也，予詩其庶幾乎[10]？

當然這數十條用以自警之戒律，可能會限制詩人之思想內容，元好
問如此條列清規，也強烈反映了他對雅正風格和溫柔敦厚詩教之
嚮往。

　　（二）在《陶然集詩引》中，元好問曾就詩歌創作應該超越雕
琢，達到平淡自然提出看法。他認為上古時代許多膾炙人口之詩篇
皆出於「小夫賤婦肆口而成」。舉例來說，像《詩經》中「自伯之東，
首如飛蓬。」、「愛而不見，搔首踟躕。」等句，都是著名的例子。
可是今人若照章模擬，卻只是污染簡牘而已，原因何在？元好問認
為是「秦以前，民俗醇厚，去先王之澤未遠，故肆口成文，不害為
合理。」時代環境既已改變，自不能一味復古，誠如元好問所言：「文
字以來，詩為難；魏晉以來，復古為難；唐以來，合於規矩準繩
為難。」（《陶然集詩引》）經過南宋以來，江西詩社力求雕琢，到了
金朝大概都以「脫棄凡近，澡雪塵翳」、「籠絡今古，移奪造化為工。」
而以「鈍滯僻澀、淺陋浮躁、狂縱淫靡、詭誕瑣碎為病。」但是元
好問雖肯定杜甫、貫休、王安石等人對詩歌字斟句琢的甘苦談，卻
認為詩歌的最高境界並不在這些文字技巧之上。他說：

　　　雖然，方外之學有「為道日損」之說，又有「學至於無學」之
　　　說，詩家亦有之。子美夔州以後、樂天香山以後、東坡南海以
　　　後，皆不煩繩削而自合，非技進於道者能之乎？詩家所以異

---

[10]　同註9。

於方外者，渠輩談道不在文字，不離文字；詩家聖處，不離
文字，不在文字。唐賢所為，情性之外，不知有文字云耳[11]。

在這一段話中，元好問認為杜甫、白居易、蘇軾諸家詩藝皆能超越
文字技巧，達到出神入化之境界，這種境界與佛教禪宗不立文字之
境界同其奧妙，而文末「情性之外，不知有文字」正指這種創作的
化境。

（三）以杜甫、蘇軾為學習對象。在《杜詩學引》一文中，指
出唐以來註解杜詩者六七十家，發明奧隱者不可謂之無功，但是，
旁引曲證，反成蕪累者亦復不少。他指出杜詩之妙，妙在於「學至
於無學。」在《杜詩學引》一文中說：

今觀其詩，如元氣淋漓，隨物賦形；如三江五湖，合而為海，
浩浩瀚瀚，無有涯涘。如祥光慶雲，千變萬化，不可名狀。
固學者之所以動心而駭目。及讀之熟、求之深、含咀之久，
則九經百氏古人之精華所以膏潤其筆端者，猶可彷彿其餘
韻也[12]。

雖然杜詩的風格如此多樣，杜詩的思想內容如此豐富，但是這一切
得之於傳統的詩材，都已經過杜甫的融合渾化，成為自己作品的血
肉。元好問以藥物為喻，加以說明：

---

[11] 見元好問《陶然集詩引》轉引自林明德編《金代文學批評資料彙編》（台北：
成文出版社有限公司，1979 年 1 月），頁 180-181。

[12] 見元好問《陶然集詩引》轉引自林明德編《金代文學批評資料彙編》（台北：
成文出版社有限公司，1979 年 1 月），頁 172。

> 夫金屑丹砂、芝朮參桂、識者例能指名之；至於合而為劑，其
> 君臣佐使之玄用，甘苦酸鹹之相入，有不可復以金屑丹砂芝朮
> 參桂而名者。故謂杜詩為無一字無來處亦可也；謂不從古人中
> 來亦可也。前人論子美用故事，有著鹽水中之喻，固善矣[13]。

可知杜甫選擇性地接受前代文學遺產，沉浸醲郁含英咀華，並且揚棄糟粕，推陳出新，因此，能開創出令人眩目之文學成果，達到神乎其技的創作境界。至於蘇軾，元好問以為：「東坡一出，情性之外，不知有文字。[14]」(《新軒樂府引》) 又說：「東坡聖處，非有意於文字之為工，不得不然之為工也。」(《新軒樂府引》) 又說：「近世蘇子瞻絕愛陶柳二家，極其詩之所止，誠亦陶柳之亞也。」(《東坡詩雅引》)[15] 蘇軾胸襟超曠，有若洪爐，金銀錫鉛，皆歸鎔鑄，但總是出以無窮清新真醇之面目。杜甫以學贍見長，蘇軾以才雄見長，二者同臻於「學至於無學」之境地，因此成為元好問崇仰及學習之對象。

四、《論詩三十首》絕句之析釋

　　《論詩三十首》絕句是元好問最有系統之論詩著作，自注：「丁丑歲三鄉作。」據清・施國祁《元遺山全集年譜》及清翁方綱《石

---

[13] 同上。
[14] 見元好問《陶然集詩引》，轉引自林明德編《金代文學批評資料彙編》(台北：成文出版社有限公司，1979 年 1 月)，頁 179-179。
[15] 見元好問《陶然集詩引》，轉引自林明德編《金代文學批評資料彙編》(台北：成文出版社有限公司，1979 年 1 月)，頁 173。

洲詩話》所載，是在金宣宗興定元年（西元 1217 年）作。按翁方綱
《石洲詩話》卷七云：

> 金宣宗興定元年丁丑，先生年二十八歲。自貞祐三年乙亥，
> 蒙古兵入金燕都，四年丙子，先生自秀容避亂河南，至是歲
> 寓居三鄉，在其登第之前四年[16]。

因此為青年時期之作品。以絕句形式論詩，自來都推杜甫《戲為六
絕句》為嚆矢，其後李義山《漫成五章》、蘇東坡《次韻孔毅父》、
戴復古（石屏）《論詩七絕十首》、韓駒、吳可的《學詩詩》都是著
名的論詩絕句。元好問之後，當推清代王士禎（漁洋）《戲仿元遺山
論詩絕句三十二首》、袁枚《傚元遺山論詩三十八首》比較富於文學
價值和理論意義[17]。

　　元好問的《論詩三十首》承繼了杜甫「別裁偽體親風雅」的詩
學觀點，以彰顯「正體」為經，以評論歷代詩人為緯，交織成篇。
全詩涉及的時代自漢開始，歷經魏、晉、劉宋、北魏、齊、梁、唐、
宋八個朝代，涉論之作家，始於曹植，終於南宋陳師道（后山）。正
面討論其詩者二十五人，分別是曹植、劉楨、張華、阮籍、劉琨、
陶潛、謝靈運、沈佺期、宋之問、陳子昂、李白、杜甫、韓愈、柳
宗元、劉禹錫、盧仝、孟郊、李商隱、溫庭筠、歐陽修、梅聖俞、
蘇軾、黃庭堅、秦觀、陳師道（無己、后山）。附論其詩者一人，是

---

[16] 見清・翁方綱《石洲詩話卷七》，《清詩話續編》本（台北：木鐸出版社 1983
年 12 月，頁 1495。
[17] 參見王師禮卿《遺山論詩詮證》（台北：國立編譯館[中華叢書編審委員會]，
1976 年 4 月），頁 3。

王安石。附論其論詩意見者一人，是元稹。借其文以論其詩者兩人，是潘岳、陸機。借其言論以論詩者二人，分別是元結、陸龜蒙。借其所論之詩句以論詩者兩人，分別是王敦、斛律金。借其人品以論詩者一人，是華歆。總共涉及三十四人。全詩對這批作家採取分論、合論、或互見之體例來論述。而且針對他們在詩歌發展史上的份量高低而有輕重祥略之別[18]。雖然元好問在行文之間並未嚴格遵守時時代之秩序，整體看來，還是完整表現了古代詩歌發展覽輪廓。以下即逐首試為析釋：

> 漢謠魏什久紛紜，正體無人與細論。
> 誰是詩中疏鑿手，暫教涇渭各清渾。（之一）

按前半兩句謂：自漢魏迄今，詩體繁多，究竟誰是正體，誰是偽體，始終無人細加評論。後半二句謂：不知誰為鑿通山川之巨手，能暫時判分詩壇之清濁。這是全詩之總起，以下所論，正為疏鑿之內容。由詩意看來，元好問不但以「詩中疏鑿手」自任，而且表明全詩之目的在彰顯詩之正體，別裁詩之偽體。詩之正體，淵源甚遠，就中國之詩歌源流言，《詩經》當為一切正體之源頭。而元好問所論，則自漢、魏起。

> 曹劉坐嘯虎生風，四海無人角兩雄。
> 可惜并州劉越石，不教橫槊建安中。（之二）

---

[18] 同上，頁 10。

按《詩品》序嘗謂:「曹劉殆文章之聖。」這是元好問論詩由曹植、劉楨起的原因。《詩品》論曹植:「骨氣奇高,詞采華茂」;論劉楨:「仗氣愛奇,動多振絕。真骨凌霜,高風跨俗。」故本詩前半兩句謂曹植、劉楨坐嘯詩壇,虎虎生風,四海之內眾多俊才,竟無人能與相敵。後半兩句謂:西晉永嘉時期,擔任并州刺史的劉琨(越石),猶有漢魏風骨,可惜生之太晚,未能並列建安詩壇,和曹劉一起橫槊賦詩。劉琨詩「善敘喪亂,多感恨之詞。」不但同為北人,其詩風且與元好問十分接近,因此得到元好問之推崇,可知他論詩以氣骨為宗旨,賞識雄偉剛健之詩風。

> 鄴下風流在晉多,壯懷猶見缺壺歌。
> 風雲若恨張華少,溫李新聲奈爾何。(之三)

本詩元好問〈自注〉曰:「鍾嶸評張華詩,恨其兒女情多,風雲氣少。」可知是借《詩品》之論見出發。在元好問觀念中,晉初之詩格高出齊、梁。故前半兩句認為:建安詩壇之流風餘韻,在晉朝仍留存甚多,以王敦為例即可概見晉人之壯懷。據《晉書・王敦傳》所載,王敦酒後好以如意敲擊唾壺為節,吟詠曹操之樂府,往往擊缺壺口。後半兩句謂:張華之詩,往往巧用文字,託興不高,似乎缺乏風雲之氣。然而,持其詩與晚唐時溫庭筠、李商隱言情之作相比,又將為之奈何?雖然本詩為張華開脫,其實仍舊主張作詩不宜「風雲氣少,兒女情多。」

> 一語天然萬古新,豪華落盡見真淳。
> 南窗白日羲皇上,未害淵明是晉人。(之四)

本詩元好問〈自注〉曰：「柳子厚，唐之謝靈運；陶淵明，晉之白樂天。」在〈繼愚軒和黨承旨詩〉末章云：「君看陶集中，飲酒與歸田。此翁豈作詩，直寫胸中天。天然對雕飾，真贗殊相懸。」可知元氏激賞陶淵明。蕭統〈陶集序〉謂淵明：「語事理則指而可想，論懷抱則曠而且真。」鍾嶸《詩品》謂陶詩：「文體省淨，殆無長語。」蘇軾謂：「古今賢之，貴其真也。」故元好問指出陶詩謂詩語自然卻萬古常新，繁華落盡而顯現真淳。陶淵明之胸懷朗若白日，儼然羲皇上人。淵明的詩風如此真淳自然，雖生於晉朝，無傷其為淑世之人。本詩意在表彰陶詩之自然真淳，顯示元好問以「氣骨」為正體之外，亦以「天然」為正體。

　　縱橫詩筆見高情，何物能澆塊壘平。

　　老阮不狂誰會得？出門一笑大江橫。（之五）

按《詩品》謂阮籍詩：「厥旨淵放，歸趣難求。」宋・嚴羽《滄浪詩話》：「黃初之後，惟阮籍詠懷之作，極為高古，有建安氣骨。」本詩前半則指出詩人之所以用傲詭之詩筆，寄寓淵放之情懷。實因為已無其他東西能夠澆平胸中之塊壘。後半兩句謂：以晉人之詩才來說，被世人視為狂誕的阮籍，實際並不狂。只是這種真況誰能領會？阮籍之作風，一如黃庭堅（山谷）詩句所示：「面對橫在面前之大江，縱聲大笑。」只不過以傲視萬物的姿態發為曠放的吟詠而已。這是論「曠放」的詩風，和「氣骨」、「天然」同為元好問最欣賞的正體。阮籍處身亂世，為保全性命，故作狂誕，逾越禮教，他的詩傲詭不羈，興寄無端，其實是寄託無限的沉痛和難言的志節在其中。因此，

阮籍的「曠放」，與曹劉的「氣骨」，有其內在的共通性，皆為真情
之流露。

> 心聲心畫總失真，文章寧復見為人？
> 高情千古《閑居賦》，爭信安仁拜路塵。（之六）

按揚雄謂：「言，心聲也。書，心畫也。」遺憾的是心聲心畫常常失
真，因此，僅看表現於外的文章，豈能論斷作者真實的人格？後半
兩句指出晉人潘岳（安仁）當年寫的《閑居賦》，顯現高逸的情操，
足以名垂千古；誰能相信他為了求官，見到賈謐出門，竟望著路塵
而屈膝下拜呢？此詩主要在譏諷潘岳文行不一，並指出文章本於性
情，性情之真假，直接影響到文章品致之高低。此與《文心雕龍‧
情采篇》云：「志深軒冕，而汎詠皋壤；心纏幾務，而虛述人外；真
宰弗存，翩其反矣。」所言，相互印證。

> 慷慨歌謠絕不傳，穹廬一曲本天然。
> 中州萬古英雄氣，也到陰山敕勒川。（之七）

按前半兩句謂：漢魏歌謠中那種慷慨任氣之風格，到了六朝已經斷
絕不傳，只有北齊斛律金所唱之《敕勒歌》猶有此風。後半兩句謂：
大概是中原地區萬古以來之英雄氣慨，也傳到陰山的敕勒川。本詩
提及之《敕勒歌》原文如下：「敕勒川，陰山下。天似穹廬，籠蓋四
野。天蒼蒼，野茫茫，風吹草低見牛羊。」是敕勒族舊有之歌謠，
極為豪莽。本詩舉一實例，用以說明北朝文學的特質。唐‧李延壽
《北史‧文苑傳論》曾指出：「江左宮商發越，貴於清綺；河朔詞義

貞剛，重乎氣質。氣質則理勝其詞，清綺則文過其意。」顯然元好問讚賞北方文學之主於氣質豪壯，意在對照南方文學之流宕綺靡。

　　沈宋橫馳翰墨場，風流初不廢齊梁。
　　論功若準平吳例，合著黃金鑄子昂。（之八）

按《新唐書》卷一○七〈陳子昂傳〉云：「唐初，文章承徐、庾餘風，天下祖尚，子昂始變雅正。」此為全詩之所本。元好問於唐初詩人，僅推崇陳子昂。此因沈佺期、宋之問縱橫馳騁於詩壇，猶不能滌除齊、梁綺靡之風。必待陳子昂承接六代風會，紹繼傳統，獨開新途，始振起一代詩風。故後半兩句謂：若論唐詩恢復正體之功勞，應依句踐平吳為范蠡鑄像之往例，也為陳子昂鑄一座黃金塑像，以表彰他追復漢魏風骨之功。本詩指出六朝綺靡之詩風，至唐初仍然存在，始變綺靡，恢復漢魏風骨，當推陳子昂。

　　鬥靡誇多費覽觀，陸文猶恨冗於潘。
　　心聲只要傳心了，布穀瀾翻可是難。（之九）

按前半兩句謂：綴辭行文，鬥靡誇多，徒增閱覽之勞。以潘岳、陸機相較，陸機之文章，猶有較潘岳冗蕪之遺憾。後半兩句謂：詩文為心靈之聲音，但能完整傳述心意，目的已達。倘如布穀鳥之瀾翻啼叫，豈有何難？《世說新語・文學》云：「孫興公云：潘文淺而淨，陸文深而蕪。」《文心雕龍・體性篇》云：「安仁輕敏，故鋒發而韻流；士衡矜重，故情繁而辭隱。」此當為本詩之所本。然全詩之主眼並不在比較潘、陸之詩文，而是就潘、陸以針砭晉、宋諸家詩文之鬥靡夸多。

排比鋪張特一途，藩籬如此亦區區。

少陵自有連城璧，爭奈微之識碔砆。(之十)

按唐·元稹於〈唐工部員外郎杜君墓係銘〉之中，對杜甫詩之鋪陳、排比、詞氣、風調、屬對，深致贊歎之意。元好問則謂：鋪陳終始，排比聲律，但為詩歌創作之一途而已，推許杜甫，若局限於此，則其藩籬未免太窄。後半兩句指出：杜甫自有曠世無匹之連城璧，怎奈元稹識見短淺，只識其中之碔砆？杜詩之奧妙，元好問在《杜詩學引》已有說明，此詩重申杜詩為詩中之集大成，要妙難言，即如元稹，亦不能識。繼前詩針砭晉、宋諸家之「鬥靡誇多」，本詩又間接指斥「排比鋪張」。

眼處心生句自神，暗中摸索總非真。

畫圖臨出秦川景，親到長安有幾人？(之十一)

前半兩句謂：眼目所及，必生心象，就此心象以文句表達，自能傳神。若未親臨其境，只是暗中摸索，總是無法寫真。清人查初白所謂：「見得真，方道得出。」正是此意。後半兩句謂：杜甫在長安，秦川景物盡入題詠，真切入神，恰似張張摩寫出來的《秦川圖》，只是，像杜甫這樣親到長安，身歷其境，刻劃寫真的詩人，古來能有幾人。本詩指出詩歌寫作，貴在身臨其境，親自體驗，方能傳神寫真。

望帝春心託杜鵑，佳人錦瑟怨華年。

詩家總愛西崑好，獨恨無人作鄭箋。(之十二)

按前半兩句謂：望帝的春心，託附在杜鵑鳥的悲鳴中；佳人的錦瑟，激起對逝去年華的悵惘。後半兩句謂：晚唐詩人李商隱詩旨的難以明瞭，大體與此相類。而詩家總是喜愛西崑之美好，唯獨遺憾的是無人像鄭玄箋註《毛詩》般，一一闡述他的義旨。按所謂「西崑」，眾說紛云。宋・劉攽《中山詩話》云：「祥符天禧中，楊大年、錢文僖、晏元獻、劉子儀以文章立朝，為詩皆宗李義山，號西崑體。」宋・釋惠洪《冷齋夜話》云：「詩到義山，謂之文章一厄。以其用事閟晦，時號西崑體。」宋・嚴羽《滄浪詩話》云：「西崑體，即李商隱體。然兼溫庭筠及本朝楊劉諸公而名之也。」本詩似乎沿襲釋惠洪《冷齋夜話》之觀點，視李商隱詩為「西崑體」，然其所論之重心，在李商隱詩「用事深僻」，以致「詩意晦澀」也。

> 萬古文章有坦途，縱橫誰似玉川盧。
> 真書不入今人眼，兒輩從教鬼畫符。（之十三）

玉川盧指中唐詩人盧仝。其詩以鬼怪趨險見稱於後世。就元好問〈小亨集序〉來看，元氏對於鬼怪一派，必然深惡痛絕。因此前半兩句指出：自古以來，詩文創作皆有正當途徑，誰像盧仝那樣，恣意運筆，險怪作詩呢？後半兩句謂：正規的詩像楷書，往往不能讓今人看入眼；別尋險徑的怪詩，好比小孩塗鴉，有時反而受到世人之激賞。本詩旨在斥責盧仝詩，別尋險徑、刻意鬼怪，實非詩之正途，不足為訓。

> 出處殊途聽所安，山林何得賤衣冠。
> 華歆一擲金隨重，大是渠儂被眼謾。（之十四）

按前半謂：人的出處進退，有種種不同，大抵聽憑個性所安。幽居
山林的人，那能賤視廊廟裡的衣冠士呢？後半兩句謂：華歆見到片
金，擲去不取，隨即受到時人的尊重，其實不過偽裝清高，以便求
官覓侯。而那些崇敬華歆清高的人，結果都被自己的雙眼所瞞騙。
詩文之偽飾，正與此相類。這是對刻意作偽之指責。前論潘岳之「言
行不符」，此則更進一步論「刻意作偽」之失，拈出華歆之故事，目
的不在批判華歆之人品，而是借此說明詩歌創作不能作偽。

> 筆底銀河落九天，何曾憔悴飯山前。
> 世間東抹西塗手，枉著書生待魯連。（之十五）

按前半兩句謂：李白詩筆灑落，境格曠遠，正如其詩所示：「好比銀
河灑落九天。」何嘗作過「飯顆山前」譏誚杜甫之劣詩？後半兩句
謂：世間還有一些東抹西塗的論者，批評李白在中原擾攘之際，欲
借永王璘之力量以建奇功。這又一種書生功利之見，誣枉像魯仲連
這一流的高士。本詩評論李白詩境格曠遠。世俗失察，竟以不實之
作相誣，書生功利之見相枉。

> 切切秋蟲萬古情，燈前山鬼淚縱橫。
> 鑑湖春好無人賦，岸夾桃花錦浪生。（之十六）

按前半兩句謂：自古抒哀傷之情，皆淒切如秋虫之悲鳴；寫苦境之
作，亦若燈前山鬼之落淚。實因哀苦易於撼動人心，比較討好。此
蓋針對晚唐李賀所作之評論。後半兩句謂：像太湖春景的朗麗，就
鮮少有人能寫得好，只有李白：「岸夾桃花錦浪生」，堪稱古今獨步。

此又進一步引李白詩為例，暗示李賀「幽冷哀激」之詩格，不及李白之「高華俊偉」也。

> 切響浮聲發巧深，研磨雖苦果何心；
> 浪翁《水樂》無宮徵，自是雲山《韶》、《濩》音。（之十七）

按前半兩句謂：沈約「前有浮聲，後須切響」之說，的確深入發掘詩歌聲律的奧秘，其研究創發之工夫，固然應予肯定，但是，這種人為聲律果真值得用心嗎？後半兩句謂：試看唐‧元結《水樂說》：本無宮徵之音響，卻也自成雲山間自然的雅樂。這是元好問反對人為聲律之主張，因為他論詩主天然，詩歌中本有天然的聲調，比起人為刻意之聲律，更為可貴。

> 東野窮愁死不休，高天厚地一詩囚。
> 江山萬古潮陽筆，合在元龍百尺樓。（之十八）

按前半兩句謂：孟郊喜歡以窮困愁苦作為詩歌題材，至死如此。處身在高天厚地之間，卻自囿於苦吟，不啻詩中囚徒。後半兩句謂：試看韓愈自潮州還朝後之文章，與江山同其不朽。韓孟相比，韓愈應居陳元龍高臥的百尺樓上，高下豈可同日而語？本詩指出韓、孟雖齊名，孟郊之窮愁實不堪與韓愈雄奇相提並論。

> 萬古幽人在澗阿，百年孤憤竟何如。
> 無人說與天隨子，春草輸贏較幾多。（之十九）

按本詩前半謂：萬古以來，不知多少高士幽居澗阿，未能顯揚於世。其一生的孤憤，如何抒解？唐代詩人陸龜蒙〈自遣詩〉云：「無多藥

圃在南榮，合有新苗次第生。稚子不知名品上，恐隨春草鬥輸贏。」
曾以名品藥草和一般青草作喻，謂稚子不知珍惜，恐將明品藥草持
與一般春草共鬥輸贏。後半二句惋惜無人告知陸龜蒙：詩之品秩何
獨不然？高低之比較，能有幾多差別？亦惟務實略名而已。本詩指
出詩名之高下，無關乎詩之實質。如陶詩不為六朝人所貴，卻大重
於後代，即為實真名虛之例證。是以高人才士，勵品為詩，應以實
質為重，無須措意於聲名品秩之高低。

> 謝客風容動古今，發源誰似柳州深。
> 朱絃一拂遺音在，卻是當年寂寞心。（之二十）

元好問自注：「柳子厚，宋之謝靈運。」前半兩句謂：謝詩之風神，
映照古今。淵源於謝靈運之詩人很多，然而誰能比柳宗元所得更為
深切呢？以柳詩接謝詩，清人查初白譽為「千古特識。」又謝靈運
〈齋中讀書詩〉前四句云：「昔余遊京華，未嘗廢丘壑；矧迺歸山川，
心跡雙寂寞。」最能突顯謝客之心境。而柳宗元自王叔文黨失勢，
貶邵州、永州、柳州，竄逐荒癘，自放山澤，悲惻抑鬱，一寓於山
水詩文。其寂寞不遇，實與謝靈運相同。故後半兩句謂：柳詩正如
拂動朱絃的瑟，一唱三嘆的遺音彷彿猶在。這種冷寂的詩境，正象
徵謝靈運當年的心境。

> 窘步相仍死不前，唱酬無復見前賢。
> 縱橫正有凌雲筆，俯仰隨人亦可憐。（之二十一）

按前半兩句謂：作詩若窘束步履，一仍舊貫，至死不敢超越，就如
後世的唱酬之作，見識不到前賢作詩的真性情。後半兩句謂：作詩

應秉持凌雲之筆自創新格，若只能俯仰步趨，那也未免太可憐了。
本詩指出詩人應自創新格，不當窘步因襲。都穆《南濠詩話》云：「東
坡云：詩須有為而作。山谷云：詩文惟不造空強作，待境而生，便
自工耳。予謂今人之詩惟務應酬，無怪其語之不工。」古人和詩，
初不拘體制，後有「用其韻」，「次其韻」，雕鏤過甚，扭曲性情，毫
無情趣可言。由此可知，本詩旨在譏議宋人唱醻之風。皮述民先生
另有一說，認為是論宋初西崑館閣諸公。[19]

　　奇外無奇更出奇，一波纔動萬波隨。
　　只知詩到蘇黃盡，滄海橫流知是誰？（之二十二）

按前半兩句謂：詩歌寫作之出奇變化，往往是在似乎無奇可變之處，
竟然更出奇筆。這種狀況有若波濤流動，一波才動，萬波騰湧。後
半兩句謂：從過去歷史來看，只知詩歌發展報到蘇軾、黃庭堅，變
化之妙，已臻極致，後世隨風而靡，變本加厲，馴致如滄海之橫流。
始作俑者，豈非蘇黃？本詩是論詩歌出奇變化之妙，至蘇黃已臻極
致；末流無此才調，效其放逸，不免逾矩。

　　曲學虛荒小說欺，俳諧怒罵豈詩宜？
　　今人合笑古人拙，除卻雅言都不知。（之二十三）

按前半兩句謂：正如鄉曲之學，虛誕不實；小家珍說，往往欺人。
以俳諧的態度、怒罵的口吻作詩，難道適宜？以俳諧作詩，杜甫、
李商隱、蘇軾皆所不免。《滄浪詩話》嘗云：「學詩先去五俗：一曰

---

[19] 見皮述民〈元好問論詩絕句析論〉，《南洋大學學報》第三期，1969 年。

俗體，二曰俗意，三曰俗句，四曰俗字，五曰俗韻。」又論進代諸
公詩云：「其末流甚者，叫噪怒張，殊乖忠厚之風，殆以罵詈為詩。」
可見宋人不乏俳諧怒罵之作。後半兩句謂：當代卻不乏如此寫詩者，
難怪會取笑古人迂拙，認為古人除了雅言之外，其他一概不知。則
進一步指出當代不辨古雅，步趨俚俗之失。

> 「有情芍藥含春淚，無力薔薇臥晚枝。」
> 拈出退之《山石》句，始知渠是女郎詩。（之二十四）

按前半逕引秦觀（少游）《春日》詩原句。元好問〈擬栩先生王中立
傳〉云：「予從先生學，問作詩當如何。先生舉秦少游〈春雨詩〉（應
作〈春日詩〉，下同）。云：『有情芍藥含春淚，無力薔薇臥晚枝。』
此詩非不工，若以退之「芭蕉葉大梔子肥」之句校之，則〈春雨〉
為婦人語也。破卻工夫何至學婦人」則好問此論襲自王中立。本詩
指摘秦觀纖巧靡弱之作，與韓愈豪雄奇崛之作相比，簡直是女子詩。
前面已指出張華之風雲氣少，溫、李之兒女情多，至秦觀之纖巧靡
弱，真可謂每下愈況，故懸為詩家之大戒。

> 亂後玄都失故基，看花詩在只堪悲。
> 劉郎也是人間客，枉向春風怨兔葵。（之二十五）

此針對劉禹錫兩首題詠玄都觀桃花之作而發。按劉禹錫〈元和十一
年自朗州召至京戲贈看花諸君子詩〉云：「紫陌紅塵拂面來，無人不
道看花回。玄都觀裏桃千樹，盡是劉郎去後栽。」對此，元好問的
評論是：戰亂之後的玄都觀，已失舊有的規模，劉氏題詠的看花詩
雖在，卻只能抒發官場後進皆已貴顯之悲怨。又劉禹錫大和二年又

作〈再游玄都觀詩〉云：「百畝庭中半是苔，桃花淨盡菜花開。種桃道士今何在？前度劉郎今又來。」對此，元好問的評論是：劉禹錫自己也是一個人間過客，卻昧於代謝之理，重遊玄都觀發現已無桃樹，只有兔葵等物搖曳於春風之時，他二度題詠，則是枉向春風怨刺兔葵了。從整體詩意來看，元好問旨在提出：「怨刺之作要切當事理，不可漫無限制」的看法。

> 金入洪爐不厭頻，精真那計受纖塵。
> 蘇門果有忠臣在，肯放坡詩百態新。（之二十六）

蘇軾才雄氣逸，胸襟超曠，所作若不經意而出，而淳潔精真，兼備眾長。元好問以為：蘇軾之作，有如金入洪爐，冶鍊不厭其繁，精真方止，不允纖塵污染，故能如是。後半兩句謂：蘇詩取材極博，不免變眩百怪。蘇門弟子，果有忠直之臣，豈肯聽任東坡百態俱備，萬古常新，卻無一人能嫡傳光大。按蘇門之中，無論是張耒、晁補之、秦觀、黃庭堅號「蘇門四學士」；或合陳與義、晁沖之為「蘇門六學士」，皆本其才學體性，各擅所長，終與蘇詩不盡相類。因此，本詩論及蘇軾及蘇門弟子，謂蘇詩如百鍊純金，備俱眾美，門下難以紹繼。

> 百年纔覺古風迴，元祐諸人次第來。
> 諱學金陵猶有說，竟將何罪廢歐、梅。（之二十七）

詩謂宋初詩壇沉溺於「西崑體」，漸失本真；百年之後，始覺醒而回復古風；於是元祐諸家次第興起，這是歐陽修、梅堯臣倡始的功勞。按歐陽修作詩步武韓愈，以氣格為主，善用古文章法，氣格情韻，皆有足觀。梅堯臣覃思精微，深遠閒淡，自成一家。就詩論詩，歐

梅具為古雅正體，不可輕廢。而王安石詩用意深切，律度精嚴。雖健拔有奇氣，然至暮年方妙。歐、王同為宋代慶曆以後之大家，然元好問似較擁歐，故後半兩句謂：後人諱學王詩猶可理解，何以歐、梅一并毀廢呢？本詩指出歐、梅恢復古雅之正體，為蘇、黃之前導，其功不可抹殺。

　　古雅難將子美親，精純全失義山真。
　　論詩寧下涪翁拜，未作江西社裡人。（之二十八）

按前半兩句謂江西派之詩作，論古雅難謂與杜甫相近，論精純又全失李商隱之精真。玩詩意，乃以「古雅」稱頌杜甫；以「精純」稱頌李商隱。而江西詩社中人已難望其項背。故後半兩句謂：論詩至此，寧對黃庭堅下拜，亦不願作江西社中人。按江西詩派是宋朝南渡之後的大宗派，以上追古雅力避凡近為主要目標。但因承繼黃庭堅奇崛拗勁之詩格，運用奪胎換骨之手法，刻意於字句之奇，隸事用典之巧。於是人工過深，澗損天趣，盡失古雅精真，此乃元好問批判江西詩社的原因。但是黃庭堅詩源自杜、韓，別創奇崛之詩格，於詩仍為正體，故元好問願意下拜，以示崇敬。

　　池塘春草謝家春，萬古千秋五字新。
　　傳語閉門陳正字，可憐無補費精神。（之二十九）

「池塘生春草，園柳變鳴禽。」是謝靈運〈登池上樓〉詩之名句。描寫春意駘蕩，卻不假繩削，自然成文。此五字雖經萬古千秋，仍然光景常新，故元好問特地徵引，稱許一番。然而謝靈運之作風，其實十分重視雕鏤，《文心雕龍・明詩篇》所謂：「儷採百字之偶，

爭價一句之奇。情必極貌以寫物，辭必窮力而追新。」正可一字不
易，移以論謝。至宋代，陳師道作詩重視人巧，渾忘天然。尤其臥
思呻吟，閉門覓句，被後世引為趣談。其為詩之刻意，與謝靈運實
有若干相似之處。因此後半兩句謂：假使陳師道起死回生，一定要
傳話給他：閉門覓句的苦吟，對於詩道毫無助益，可憐他只是徒耗
精神。元好問論詩主自然，故以謝靈運清新自然之詩句相對照，彰
顯陳師道之缺失。

> 撼樹蚍蜉自覺狂，書生技癢愛論量，
> 老來留得詩千首，卻被何人較短長。（之三十）

前半兩句謂：評論古人詩作優劣得失，猶如蚍蜉想要撼動一棵大樹，
自覺十分狂妄。原因總是書生技癢，喜歡論量高下。按韓愈〈調張
籍〉云：「李杜文章在，光燄萬丈長；不知群兒愚，那用故謗傷，蚍
蜉撼大樹，可笑不自量。」可見元好問用韓詩，自嘲猖狂。後半兩
句謂：等到老死之後，或許留下千首詩歌，則不知將由何人校論短
長。本詩是全篇總結，以為自作亦將為後人所論量。

五、《論詩三十首》絕句之文學批評

（一）「正體」與「偽體」之判分

在《論詩三十首》第一首，元好問提出「正體」一詞，又以詩
體的「疏鑿手」自居，可知他不但承襲了杜甫《戲為六絕句》以詩

論詩之形式，也實踐了杜甫「別裁偽體親風雅」的詩學觀點。從《論詩三十首》整體來考察，他確實作到詩歌「正體」的疏鑿判分之工作。其所謂「正體」有三：一是開始於建安時代的曹植「劉禎，強調「氣骨興寄」的傳統。從他論及的詩人來看，晉代張華、劉琨、阮籍、唐代的陳子昂、杜甫之作，皆屬於此一系統。另一是從晉朝陶潛開始強調「天然」的傳統，從他所論及的詩人來看，南朝謝靈運、唐代李白、柳宗元都屬於此一傳統。另外，元好問認為杜甫是集大成的詩人，自是正體。而由杜甫所開出的「奇變」的傳統，也是正體，唐代韓愈、宋代蘇軾、黃庭堅的作品都屬於此一系統。

至於元好問心目中所謂「偽體」，則採列舉之方式。例如：晉・潘岳的「文行不一」、陸機的「鬥靡誇多」、初唐沈佺期、宋之問的「不廢齊梁綺靡之風」、晚唐李商隱的「用事深僻，流於晦澀」、唐・盧仝的「別尋險徑，流於鬼怪」、唐「孟郊的「窮愁苦吟」、唐・陸龜蒙的「重名輕實」、宋・秦觀的「纖巧柔靡」、宋・陳師道的「閉門覓句」、以及南宋江西詩派的「盡失古雅精真」都是屬於偽體。

（二）崇尚雄渾健勁之風格與真淳自然的美感

在《論詩三十首》第一首，元好問在敘及魏代曹植、劉禎的獨尊地位之後，對「善敘喪亂」的晉朝詩人劉琨出生太晚、未能比肩建安詩壇表示惋惜。在第三首，引王敦醉後擊唾壺詠曹操古風為例，說明漢魏風骨，尚存在於晉朝文士。第七首拈出北齊斛律金所唱《敕勒歌》，說明中州慷慨激昂的英雄氣，也廣泛傳佈北方。在第八首，提到唐代陳子昂始變初唐綺靡詩風，追復漢魏風骨，甚至建議為陳

子昂鑄一尊黃金塑像。從元好問徵引的詩人與詩歌，可知他崇尚的是雄渾健勁之風格。

再看第四首，揭示了晉代陶潛詩風的自然真淳之後，稱道：「陶潛雖生於晉朝，卻無傷於其為叔世之人。」在第十五首，說李白下筆如「銀河落九天」，第十六首又說李白也善寫「朗麗高華」的景致。在第五首，說阮籍以縱橫不羈之詩筆，寄託高遠之情志，其實並不「狂誕」。第二十首自註說：「柳子厚是宋之謝靈運。」說柳宗元詩簡淡幽深之神境是淵源於南朝的謝靈運。由以上之詩人與詩例，顯示元好問對於表現「自然真淳」、「曠放高華」或「簡淡幽深」之美，也十分嚮往。

（三）對歷代詩人作成恰如其分的批評

《論詩三十首》絕句凌跨八代，論及三十四位詩人，不論是正面價值之肯定，或負面病疵之指摘，都顯現相當程度的客觀性。先就唐代詩人來說，元好問指出：晉代詩人張華已被認為「兒女情多，風雲氣少。」揆諸晚唐溫庭筠、李商隱的側詞豔曲，豈不愈於張華？再看宋代秦觀的某些詩句，他的作品簡直柔靡得像是「女郎詩」。

再如唐代元稹〈杜工部墓係銘〉對杜詩「鋪陳終始，排比聲律」大加讚揚，元好問則加以糾正，認為杜詩兼俱眾美，成就遠不止於此。而譏以：「少陵自有連城璧，爭奈微之識碔砆」。再如批評孟郊的窮愁苦吟，至死不休，是一個侷促在高天厚地之的「詩囚」。再如批評盧仝的險怪之作是「鬼畫符」。提到劉禹錫〈看花詩〉和〈再遊玄都觀〉等作品不能了然於人事代謝，卻漫加譏刺，因此，批評劉禹錫為：「枉向春風怨兔葵」，都是立場鮮明，一針見血之批評。

再看元好問對宋代詩人之批評。在第十二首謂「詩家總愛西崑好，獨恨無人作鄭箋」，可知元好問是把李商隱詩當作「西崑體」。但是，元好問對宋初西崑體的態度究竟如何？皮述民曾有一個頗富創意之看法。他認為第二十一首就是論宋初之西崑體的。宋初館閣諸公，如楊億、劉筠「錢惟演喜好唱和、次韻，還編成一部《西崑酬唱集》。因此，元好問以「竄步相仍死不前」、「俯仰隨人亦可憐」等語加以譏評。

在第二十八首說：「論詩寧下涪翁拜，未作江西社裡人。」又在第二十八首對陳師道作詩「閉門覓句」譏為「可憐無補費精神」可見元好問對江西詩派中人，素無好感。因為江西詩派鉤章棘句的作風，既失古雅，又失精真，早已逾越詩歌奇變創新之規範。那麼，元好問對黃庭堅的觀感如何？在第二十二首說：「只知詩到蘇黃盡，滄海橫流卻是誰？」可見元好問對蘇黃的奇變創新持正面肯定態度，但也指出使後代的末流逾越奇變的規範，也肇自蘇、黃。

（四）強調真實傳神之創作態度與自然諧和的聲律

元好問認為創作的歷程是：「由心而誠，由誠而言，由言而詩」已如前述。因此，他無法相信寫過《閑居賦》的潘岳會為了求官，望著賈謐的路塵而拜。同樣地，他對華歆偽裝清高，以求令名也感歎「大是渠儂被眼謾」。他認為詩歌創作不應「鬥靡誇多」（第九首）、不應「排比鋪張」（第十首）、不應「深僻晦澀」（第十二首）、不應「窮愁苦吟」（第十八首）、不應「重名輕實」（第十九首）、不應「纖巧柔靡」（第二十四首）、更不應「曲學虛荒」、「徘諧怒罵」（第二十三首）。

在第四首他說：「一語天然萬古新」，在第二十六首他說：「肯讓坡詩百態新」，在第二十九首他說：「萬古千秋五字新」，可見他多次對創新的詩語、詩境申致讚歎之意，元好問論詩力主創新，不言可喻。在第十一首他說：「眼處心生句自神，暗中摸索總非真」，惟有向杜甫那樣，親到長安，才能隨物賦形，窮形盡相，真實而傳神地描繪出秦川景物。寫詩固然應該像第二十六首所說：「金入洪爐不厭頻，精真那計受纖塵。」可是，也不應把研磨的功夫放在「浮聲切響」的人工音律，而應追求像浪翁（元結）《水樂》般和諧的自然音律。

六、結語

元好問以短短三十首絕句，評論了歷代重要的詩人，眼光銳利，立場鮮明，抉微闡幽，頗多慧見，因此，成為金源最為重要的文學批評文獻。限於絕句體制，文字精簡，對歷代詩人之評騭，僅能一語中的，無法暢述原委。元好問在《論詩三十首》絕句所持之批評觀點，亦有不是元氏所首創者；吾國文學史上重要詩人，亦非網羅無遺。但因詩學批評，貴在判分流變；詮衡論量，貴在慧心妙悟。元好問《論詩三十首》絕句啟迪後學，綿延詩統，功不可沒，在中國文學批評史的地位確是十分崇高的。

（原載：中興大學中文系主編《國立中興大學文史學報》，第 23 期，頁43-61,1993 年 3 月）

試論李懷民《重訂中晚唐詩主客圖》

一、前言

　　中國古代詩文批評，向有摘句批評之風氣，其形式除了常見的詩話外，尚有「詩格」、「詩句圖」、「主客圖」等名目。唐代褚亮《古文章巧言語》、元兢《古今詩人秀句》、王起《文場秀句》諸作，無論是為詩文酬唱而編，或者為科舉考試而撰，其實都屬於這一類作品。唐昭宗光化年間，張為撰作《詩人主客圖》，分五層、六主、摘句評論中晚唐詩人八十四人，不止是摘句批評之創舉，同時也發展出區別流派之功能[1]。

　　唐宋以來，雖不乏其他的「主客圖」作品，然唯清代乾隆、嘉慶間，高密李懷民所作《重訂中晚唐詩主客圖》一書，最具學術意義，堪與張為之作相提並論。此書意在修正張為《詩人主客圖》之錯謬，並重訂中晚唐詩人體派；民國以後，凡中晚唐詩之研究者，皆常引用此書之論見。據高小夫所撰《重訂中晚唐詩主客圖》〈校記〉，可知李懷民之《重訂中晚唐主客圖》，也曾於民國 24 至 25 年

---

[1]　參見王運熙、楊明《隋唐五代文學批評史》第三章「詩句圖、本事詩和詩格」。（上海古籍出版社，1994 年），頁 723。

間，一度列入金陵大學國學研究班之研究課程[2]。然而有關此書之探討，則迄今未見。筆者不揣淺陋，收集相關資料，草成此文，或能對此空缺，略作補白。

二、《重訂中晚唐詩主客圖》之作者、版本與編纂 動機

李懷民（生卒年不詳），原名憲噩，字懷民，以字行，號石桐，又號十桐、敬仲；山東高密人，乾隆諸生，生活年代約當清高宗乾隆、仁宗嘉慶間。早孤，與弟憲暠（字叔白，號蓮塘）、憲喬（字子喬、義堂，號少鶴）相互切磋，同以詩名。時有「三李」之目。著有《石桐詩鈔》十六卷、《石桐先生詩鈔》不分卷、《十桐草堂集》等集。另有《二客吟》，則為與二弟李憲喬之合集。

李懷民之詩歌作成就，可以從流傳之《石桐先生詩鈔》略窺端倪。是書不分卷，有清光緒丙戌（12）年（西元1886年）西安郡齋刊本，目前台北中央研究院傅斯年圖書館藏有線裝本一冊。據張維

---

[2] 李懷民《重訂中晚唐詩主客圖》，遍尋全台各大圖書館，皆無藏書。僅中央研究院傅斯年圖書館藏有一件影印本。此影印本為中央研究院歷史語言研究所，借國立中央圖書館藏清嘉慶（壬申）17年刊本影印。然而複查目前國家圖書館之館藏，已無嘉慶刊本之收藏記錄。中研院之影本，書前附有高小夫所作校記手稿，略謂：「今年秋，廬東師為金陵大學國學研究院講授是圖，苦無善本，因假得鄘君衡三所藏劉氏本寫印百部，行款圈點，悉如原式，唯其中不無缺頁蟲蝕之處，則據廬東師舊鈔本補成之，而抄寫之誤，亦所不免，故為校記云爾。民國24年8月高小夫識。」可知李懷民《重訂中晚唐詩主客圖》曾列為金陵大學國學研究班之課程。

屏《國朝詩人徵略初編·聽松廬詩話》云：「石桐先生於漁洋、秋谷
之後，而能自闢町畦，獨標宗旨，可謂岸然自異不隨人步趨者。其
五言樸而腴、淡而永，苦思而不見痕跡，用力而歸於自然。五字中
含不盡之意，五字外有不盡之音。」[3]清·袁潔《蠡莊詩話》亦云：
「山左李石桐輯《中晚唐詩主客圖》，分張水部、賈浪仙為兩派，登
萊一帶，言詩者多宗之，謂之『高密派』。」[4]可見李懷民於乾隆、
嘉慶間，在山東高密一帶，享譽甚隆。《清史列傳》卷七十二有〈李
懷民傳〉，生平創作資料另見《清詩紀事》乾隆卷。

　　《重訂中晚唐詩主客圖》一書，大約完成於乾隆 39 年（西元 1774
年），然而卻遲至三十一年後，始有刻本。就目前載籍著錄之情況言，
有「嘉慶乙丑劉氏刻本」、「嘉慶壬申李氏刻本」及「嘉慶甲戌趙氏
刻本」三種刊本傳世，其中趙刻本所據為李懷民之未定稿。

　　嘉慶乙丑劉氏刻本《重訂中晚唐詩主客圖》之倡印人劉大觀（字
松嵐），邱縣人。嘗與李懷民之弟李憲喬（字少鶴）同官粵西，偕臨
川李秉禮（字松圃），學詩於憲喬，而憲喬又學詩於李懷民。劉大觀、
李秉禮、李少鶴皆善詩，有「嶺南三友」之稱。劉大觀於清仁宗嘉
慶乙丑（10）年（西元 1805 年），刊刻《重訂中晚唐詩主客圖》，以
示感念。至於嘉慶甲戌趙氏刻本之倡印人為萊陽趙擢彤，生平履歷
不詳。

---

[3]　張維屏輯《國朝詩人徵略初編》（台北：明文書局 1985 年 5 月）。
[4]　清袁潔撰《蠡莊詩話》十卷，有嘉慶二十年巾箱本，（民國 66 年，台灣廣文
　　書局）影印本，在《國學珍籍彙編》中。

　　有關此書之寫作動機，據李懷民〈重訂中晚唐詩主客圖說〉（以下簡稱〈圖說〉）所言，其實是因為張為而起。按張為《主客圖》一書傳本雖已不全[5]，然而宋・計有功《唐詩紀事》卷六十五所引錄屬於較早版本，因此可以作為參證[6]。張為在《主客圖》中以白居易為「廣大教化主」、以孟雲卿為「高古奧逸主」、以孟雲卿為「高古奧逸主」、以為孟郊為「清奇僻苦主」、以鮑溶為「博解宏拔主」、以武元衡為「瓌奇美麗主」，其中：

1. 廣大教化主白居易，有上入室一人，為楊乘。以下續列入室三人，分別是：張祜、羊士諤、元稹。以下列出升堂三人，分別是：盧仝、顧況、沈亞之。最後列出及門十人，分別是：費冠卿、皇甫松、殷堯蕃、施肩吾、周元範、祝元膺、徐凝、朱可名、陳標、童翰卿。

2. 高古奧逸主孟雲卿，有上入室一人，為韋應物。以下列出入室六人，分別是：李賀、杜牧、李餘、劉猛、李涉、胡幽貞。以下列出升堂六人，分別是：李觀、賈馳、李宣古、曹鄴、劉猛、孟遲。最後列出及門兩人，分別是：陳潤、韋楚老。

3. 清奇雅正主李益，有上入室一人，為蘇郁。以下列出入室九人，分別是：劉畋、僧清塞、盧休、于鵠、楊洵美、張籍、楊巨源、楊敬之、僧無可、姚合。以下列出升堂七人，分別

5　詳見王夢鷗〈唐「詩人主客圖」試析〉，見氏所著《傳統文學論探索》（台北，時報文化事業有限公司，民國 76 年 6 月），頁 204-215。又參見胡玉蘭〈張為《詩人主客圖》的詩學理想及其意義〉《西安電子科技大學學報》（社會科學版），第 14 卷第 2 期，2004 年 6 月。

6　見王仲鏞《唐詩紀事》卷六十五，（成都，巴蜀書社，1989 年版），下冊，頁 1751。

是：方干、馬戴、任蕃、賈島、厲玄、項斯、薛濤。最後列
出及門八人：僧良乂、潘誠、于武陵、詹雄、衛準、僧志定、
喻鳧、朱慶餘。

4. 清奇僻苦主孟郊，有上入室二人，分別是：陳陶、周朴。以
下及門二人，分別是：劉得仁、李溟。

5. 博解宏拔主鮑溶，有入室一人，為李羣玉。以下二人，分別
是司馬退之、張為。

6. 瓌奇美麗主武元衡，有上入室一人，為劉禹錫。以下室三人，
分別是：趙嘏、長孫佐輔、曹唐。以下列出升堂四人，分別
是：盧頻、陳羽、許渾、張蕭遠。最後列出及門五人，分別
是：張陵、章孝標、雍陶、周祚、袁不約。

對此，李懷民作了以下之評論：

> 余嘗讀其詩，皆不類所立名號，亦半強攝，即如元、白、張、
> 柳，當時總謂之「元和體」，為乃獨以元稹屬白居易，而張籍、
> 劉禹錫、更分承之李益、武元衡，誠不知其何所見？以韋應
> 物之沖虛，獨步三唐，宋人論者，惟柳宗元稍可並稱，而乃
> 僅入孟雲卿之室且與李賀杜牧比肩，何其不倫耶？其他不可
> 勝舉，至其所標目，適如司空表聖二十四品，但彼特明體之
> 不同，非謂人專一體，且即六者，亦不能盡體矣。是蓋出奇
> 以新耳目，未為定論也。[7]

---

[7] 以下所引李懷民論詩諸語，並見之於中研院藏清嘉慶壬申《重訂中晚唐詩主客圖》刊本之影印本，不再另註出處。

可見李懷民是因為對張為《主客圖》所做之體派分合,感到「不能盡體」、「出奇以新耳目,未為定論」,所以才發憤編撰《重訂中晚唐詩主客圖》。有關張為《主客圖》之缺失,早在李懷民之前,陳振孫《直齋書錄解題》、胡應麟《詩藪》外編卷三、、胡震亨《唐音癸籤》卷三二、李調元《涵海》已經提出批評。綜括其批評意見,不外:「要皆有未然」(陳振孫)、「義例迂僻」(胡震亨)、「妄分流派」(胡應麟)、「所引諸人之詩,非其集中之傑出者」(李調元)。李懷民雖也不同意張為對中晚唐詩人所做的體派分立,但與眾多前賢不同的是:李懷民仍接受張為的體例,並針對中晚唐詩人之體派,重作檢討。

三、〈重訂中晚唐詩主客圖說〉之論詩要旨

李懷民之論詩資料不多,然而在《重訂中晚唐詩主客圖》一書附有〈重訂中晚唐詩主客圖說〉(以下簡稱〈圖說〉),可以從中略知論詩要旨,以下即據以歸納為七點:

(一) 重申「中晚唐詩兩派」之主張

由於李懷民不滿張為在《詩人主客圖》將中晚唐詩人分作六派,乃依其體製重新訂定,將中晚唐詩人分成兩派。李懷民在〈圖說〉,開宗明義地說:

余讀貞元以後近體詩，稱量其體格，竊得兩派焉：一派張水
部，天然朗麗，不事雕琢，而氣味近道；學之可以除躁妄、
袪矯飾，出入風雅。一派賈長江，力求險奧，不吝心思，而
氣骨凌霄；學之可以屏浮靡，卻熟俗，振興頑懦。二君之詩，
各有廣大、傲逸、宏拔、美麗之妙，而自成一家，一緒所延，
在當時或親承其旨，在後日則私淑其風，昭昭可考，非余一
人之私見。

　　　　　　　　　　　　　　　　　　　　　〈圖說〉

早在南唐時期，張洎即嘗言：「元和中，張水部為律格，字清意遠，
唯朱慶餘一人親受其旨。沿流而下，則有任蕃、陳標、章孝標、司
空圖等，咸及門焉。」張洎在〈項斯詩集序〉又說：「吳中張水部為
律格詩，尤工於匠物，字清意遠，不涉舊體，天下莫能窺其奧。」[8]
可見李懷民為張籍詩「天然朗麗，不事雕鏤」之評，其實前有所承。，
以張籍為主，名之曰「清真雅正」，而以朱慶餘、王建、于鵠等十六
人為客；對於承受張籍影響的系列詩人而言，是十分確當。至於另
一派，以賈島為主，詩風力求險奧、不吝心思，名之曰「清奇僻苦」，
而以李洞、周賀、喻鳧、曹松等十四人為客。檢辛文房《唐才子傳》
卷六至卷九，論及清塞、無可、喻鳧、馬戴諸人，即可知其賈島一
系，辛文房早已提及。即以明代而言，楊慎在《升菴詩話》卷十一，
也提出「晚唐之詩分兩派：一派學張籍……，一派學賈島……。」
兩派之說，實非創見。誠如李懷民所言：「昭昭可考，非余一人之私

---

[8]　詳見清・陸心源《唐文拾遺》，卷四十七。

見。……古人派別，依然具在。特在不肯降心一尋耳」。只是，李懷
民對於楊慎之貶抑晚唐律詩，頗不以為然。

（二）肯定張為以《主客圖》論詩之功

雖然李懷民對於張為六派分立之說，有所不滿，但是對於張為
所創的體例，則十分激賞。他說：

> 予每欲聚集諸家，分承兩派，訂成一書。嫌於創始，或驚俗
> 目，喜得張為《主客圖》，本鍾氏孔門用詩之意，而推廣之，
> 雖所用不當，而取義良佳。僅依其制，尊水部、長江為主，
> 而入室、升堂、及門以次及焉，庶學者一脈相尋，信所守之
> 不謬，且由淺入深，自卑至高，可以循序漸進，不至躐等也。
> 〈圖說〉

有關孔門用詩之意，起自《論語・先進篇》：「子曰：由也升堂矣，
未入室也。」其後，揚雄在《法言・吾子篇》之中，用為文學批評
術語，略謂：「如孔門之用賦也，則賈誼升堂、相如入室。」，然後，
鍾嶸《詩品》繼稱：「如孔氏之用詩，則公幹升堂，思王入室，景陽、
潘、陸，自可坐於廊廡之間矣。」到了張為，將詩人分為六主，各
主之下，又分上入室、入室、升堂、及門，這是對孔門用詩之說，
做了更進一步之推擴。

李懷民認為張為「雖所用不當，而取義良佳」因為：「學者一脈
相尋，信所守之不謬，且由淺入深，自卑至高，可以循序漸進，不
至躐等」；其實，張為之創意還不止於此，李懷民還沒有看到的層次

是：張為就詩人與宗主間關係之親疏遠近、風格的異同，建立一套
分類辦法，藉此說明詩人淵源關係，這樣的分類，對於文學體派研
究，其實具有極高的價值。

（三）論「學詩當自五律始」

　　李懷民《重訂中晚唐詩主客圖》，所選全為五言律詩，與明清時
期常見的詩選集大為不同。明清時期之唐詩選集，不僅數量繁多，
而且力求各體兼備、今古並收。清代文士若就五言與七言詩相較，
無不矜尚七言。李懷民卻認為：「七言律詩，唐人不輕作」並以統計
數字，說明其理由。他說：

> 余嘗考唐詩王楊盧駱，絕無七言近體，燕許稱大大手筆，張
> 止十二篇，蘇僅十三篇，沈宋律體之始，沈七言十六首，宋
> 止三首而已。崔司勛〈黃鶴樓〉，千古絕唱，然此篇及〈行經
> 華陰〉一首，合生平才兩首耳。其他如王龍標，亦止二首。
> 李東川八首、高達夫七首、岑嘉州十一首，凡初盛名家，具
> 各寥寥。杜工部、王右丞、劉長卿Ⅳ七律最多，然合五言對
> 較，曾不能及其半。由此觀之，唐之不輕作七言明矣。
>
> 　　　　　　　　　　　　　　　　　　　　　　〈圖說〉

初唐時期之律詩，尚處於形成階段，五律之數量多於七律，自屬常
態；盛唐詩人處於唐代國力之顛峰，士人之精神氣度，昂揚上升，
漸漸染指七言，然數量雖多，仍不及五言。李懷民之統計數字，自
不夠精確，其目的不過藉此說明「唐之不輕作七言」，並且與後世好

為七律之風氣作一對照。李懷民對於後世「匝街遍市，無非七律填滿」不以為然；甚至懷疑當時強調七律之作者「約其意、降其格，而為短章，則並不能成語矣。」

在李懷民心目中，短律是長律之基礎，他說：「不學短律而為長律，猶不學步而趨也。」更何況「唐以此制科取士，例用五言排律」，這也是大唐二百八十年間，士子「鏤心刻骨，研煉五字」之主因。他甚至以玩笑語氣說：「不然，不謂『吟成七個字，撚斷數莖鬚』耶？」時人略五言而學七言，正是棄其長而用其短，其為不智，不辯自明。

當然，李懷民也深知七言也是唐詩重要體式，《重訂中晚唐詩主客圖》之所以專論五言，其深層的用意是想矯正時人「但重七言、輕忽五言」之弊病。何況由五言上探七言，三唐之七言詩具在，欲得其宗主，也非難事。至於古體詩，因別有支派，非可專取唐人，自然不是本書之關注重點。

（四）主張「由中晚唐以造盛唐之堂奧」

李懷民檢討明朝以來宗奉盛唐之風，競相寫些表面渾淪宏闊，其實偽冒高華的作品，其中又以前後七子最為嚴重。他說：

> 余讀其詩，貌為高華，內實鄙陋。其體不外七言律，其題半屬館閣應酬；更可笑者，大半仗「中原紫氣」、「黃金風塵」等字，希圖大聲。宜袁氏兄弟譏「明三百年無詩。可存者，〈掛真兒〉、〈銀柳絲〉，小令而已。」此論誠過當，然盛唐實不易學，前輩謂學選體者讀初唐、學盛唐者看中晚唐、學唐人者讀宋詩。
> 〈圖說〉

就李懷民之觀察，盛唐實不易學，學唐詩當由中晚唐入手。理由是：
「初唐之與六朝、永貞元和之與開寶，北宋之與五代，時相近、人
相接。其心相授屢降而不離其本。」詩壇氣運之變遷，使原有的高
華變為低俗，原有深刻變為淺漏；格調由高變低，涵蘊由深入淺，
渾淪氣象，逐漸說破。明代人更認為中晚唐詩淺卑顯露，亟欲透過
模擬手段，使其作品渾淪高深。對此，李懷民頗不以為然，他說：

> 後學徒厭其淺卑，而務為高深渾淪，是未下學而驟上達也。
> 吾謂淺卑者，實與人以可近；顯露者，正與人以可尋；升其
> 堂，不患不入室，故宋人不可輕也。但宋自西崑紛擾，以後
> 詩體頗難辨，又多雜五代之習，流為尖酸粗鄙，學者未能得
> 其骨骼，而襲其皮貌則敗矣。
>
> 〈圖說〉

李懷民提出的解決之道是由中晚唐詩入手。他認為：「中晚人得盛唐
之精髓，無宋人之流弊。」（〈圖說〉）他擔心晚唐風氣，境趣過於趨
下，所以在《重訂中晚唐詩主客圖》中，凡是晚唐人作品，其時代大
半接近中唐。學者潛心究覽，由門戶而造堂奧，自能進入唐詩之勝境。

（五）批駁楊慎對中晚唐五律之譏誚

　　李懷民雖主張「學詩者誠莫如中晚」，起初猶不敢自信；其後得
到龔半千之《中晚唐詩紀》[9]，間載原本傳序，書中所稱「張賈弟子」，

---

[9]　原名龔賢，江蘇崑山人，寓南京清涼山。一名巖賢，字半千，號野遺、柴丈

與其見解相合，益覺此說之不可移易。其後又見到明・楊慎《升菴詩話》對於張籍、賈島兩派詩之批評，雖採用其兩派之說，卻深憾楊慎詩論，充滿偏見。按楊慎《升菴詩話》卷十一謂：

> 晚唐之詩分為二派：一派學張籍，則朱慶餘、陳標、任蕃、章孝標、司空圖、項斯其人也；一派學賈島，則李洞、姚合、方干、喻鳧、周賀、「九僧」其人也。其間雖多，不越此二派，學乎其中，日趨於下。其詩不過五言律，更無古體。五言律起結皆平平，前聯俗語十字，一串帶過；後聯謂之頸聯，極其用工。又忌用事，謂之點鬼簿。惟搜眼前景而深刻思之，所謂『吟成五個字，撚斷數莖鬚』也。余嘗笑之，彼視詩道也狹矣，三百篇皆民間仕女所作，何嘗撚鬚？今不讀書而徒事苦吟，撚斷筋骨亦何益哉？……彼學張籍賈島者，真處禪之虱也。……彼學張籍賈島者，真處禪中之蟊也。[10]

楊慎論詩之措辭，一向不避尖酸刻薄，在這一段詩話中，批評晚唐五律「起結平平」、「忌於用事」，的確十分苛刻。尤其引盧延讓〈苦吟〉之句，挖苦一番，最惹人訾議。李懷民不得不針對「苦吟」與「忌於用事」兩方面，提出駁正。他說：

人、半畝。明末曾參加復社。擅畫山水，師法董源、吳鎮。以南京山水為本，師法造化，自成一家。其論畫主張師造化、與傳統筆墨相結合，而自發胸臆，嘗言：「心窮萬物之源，目盡山川之勢，取證於晉、唐、宋人則得之矣！」為「金陵八家」之一。善書法，能詩文。有《中晚唐詩紀》。

[10] 參見楊慎《升庵詩話》，（載丁福保輯《歷代詩話續編》下冊，木鐸出版社，1988 年 7 月），頁 851。

據用修此論，真是粗心浮氣耳。雖聞二派之名目，實未覩二派之實也。《三百篇》民間仕女，不曾撚鬚作詩，亦曾切合平仄、較量詩律乎？且如文公多才，演成雅頌，其國風所陳，不盡出文人。凡變風淫辭，悉可由而效之乎？

〈圖說〉

有關中晚唐人好「苦吟」，李懷民認為凡是追求卓越之詩人，無不如是。他列舉「杜工部詩苦致瘦」、「孟浩然眉毛盡脫」、「王右丞走入醋甕」這些盛唐大家「苦吟」入神的事證為例，反問楊慎：這些大家，「且謂獨不撚鬚乎？」甚至楊慎所最反感的：「前聯俗語十字，一串帶過」，李懷民非但不以為意，反倒認為是「中晚善學初盛處。」

李懷民認為：「初盛人平舉板對，而氣自流動，總提渾括，而意無不包。」中晚唐人在詩聯的創造上，「化平板而為流走，變深渾而為淺顯，乍看似甚易能，細按始驚難到。」（〈圖說〉）此外，中晚唐人體會物理，發揮人情，更有獨到之處。由於中晚唐人之律詩創作，特別著意於詩聯之間的意匠經營，尤其著意於頷聯之營構；至若頸聯，雖也屬對精工，其實意不在此。楊慎看不到這一層面，所以李懷民不免喝責楊慎：「不暇致謀，而顛倒說來，真負古人苦心。」

至於楊慎譏笑晚唐律詩「忌用典」，李懷民一方面認同鍾嶸「直尋說」，另一方面提出辯解：

中晚人惟知力量不逮初盛，深恐用事，則意為所用，反成疵累；而或意之必須，借事以發者，然後用之。用則其事不必從乎其舊，而翻新之。又或其事不必與吾詩相符，而巧合之，其中神妙又自難言。若止如後人之用事，徒事跨多鬥靡，即

　　　極切合妥當，豈免為點鬼簿哉？

〈圖說〉

亦即中晚唐詩人，並非忌於用事，而是審慎用事；如果詩中必需用
事，也往往不肯依從舊典，而是以翻用、巧用之手法行之，其神妙
自難言說；更與俗稱之「跨多鬥靡」不可相提並論。天地間文章，
祇在當前搜得出，便成至文，中晚唐人所追求的理想，其實與梅堯
臣的名言：「狀難寫之景如在目前，涵不盡之意見於言外。」相去
不遠。

（六）論「俗關性情，非關語句」

　　自來對整體中唐詩之批評，有一種說法，即認為中晚唐詩普遍有
「淺俗」之病。對此，李懷民也有所辯駁，他援引王士禎論老杜、高
啟詩，間有不能免俗之句，藉以說明「俗關性情，非關詩句」。他說：

　　　吾鄉阮亭先生，為詩不能盡脫時蹊，其論俗字甚精，即如老
　　　杜，詩中之聖，阮翁指稱其「綠垂風折笋，紅綻雨肥梅」等
　　　句為俗；明高季迪[11]梅花詩，三百年無異辭，阮翁謂其「雪滿
　　　山中高士臥，月明林下美人來」為真俗，是真巨論也。

〈圖說〉

---

[11] 高啟（西元 1336-1374 年）字季迪，長州（江蘇蘇州）人。元末隱於吳淞青
　　丘。洪武二年召入修《元史》，授翰林院編修，三年堅辭戶部侍郎，退隱青
　　丘，朱元璋認為他不肯合作，借故腰斬於南京。死時年方三十九歲，著有《青
　　丘高季迪詩文集》。

按：「綠垂風折筍，紅綻雨肥梅」一聯，在老杜〈陪鄭廣文遊何將軍
山林十首〉第五首。清・仇兆鰲《杜詩詳注》云：「本是風折筍而綠
垂，雨肥梅而紅綻，乃用倒裝句耳。」（詳見該書卷二）。宋人頗為
欣賞，范成大之「梅肥朝雨細，茶老暮寒煙」即由此脫化而來。至
於「雪滿山中高士臥，月明林下美人來」一聯，則為明・高啟〈詠
梅九首〉（其一）之名句。二者看似偶然出手，實非隨意之作。然而
王士禛統謂之「俗」，其故安在哉？對此，李懷民有以下之論析：

> 按工部以「垂」字形容風竹，以「綻」字刻繪雨梅，時人所
> 謂工於匠物也；季迪以「高士」方梅之品，以「美人」比梅
> 之質，又時人所謂妙於品梅也；而阮翁總斷曰俗，彼豈好翻
> 案哉？良謂詩之忌俗、猶詩之貴清，在神骨、不在皮膚。果
> 其不俗，雖亂頭粗服，無礙其為美女；而苟俗也，雖荷衣蕙
> 帶，終不得謂之仙人。

〈圖說〉

前者「工於匠物」，後者「妙於品梅」，兩聯如就「格律聲色」之角
度看，實在沒什麼瑕疵；但是王士禛要求的更高，他強調的是「神
理氣味」層面之清遠、脫俗；就此而言，老杜、高啟的確未能免俗。
李懷民認為：亂頭粗服，不失其美，荷衣蕙帶，卻不脫俗氣，關鍵
即在風神。

　　復次，李懷民談到中晚唐詩人「好以俗情入詩」的問題，亦不
認為是中晚唐詩人之弊病。他說：

世之論者不及見此，而惧以元輕白俗（原注：按四字東坡亦帶言甚輕，非如今人所論。）之俗為俗。樂天為詩，八十老嫗亦解，彼固好以俗情入詩者，而曰：「十首秦吟近正聲」是則大不俗矣。陶元亮曰：「相見無雜言，但道桑麻長」，王摩詰曰：「五帝與三王，古來稱天子」，宛肖不讀書人口吻，是俱謂之俗乎？

〈圖說〉

東坡「元輕、白俗、郊寒、島瘦」之評，各以一字，罵倒四位中晚唐詩人，使後世詩論者只要談及中晚唐四家，動輒評以「淺俗」、「僻澀」。其實這是極大的誤會。郊島的部分，李懷民暫置不論，先就後世對中晚唐詩人「淺俗」之誤解，提出辨正。他說：

俗在骨、不在貌；俗關性情、不關語句。王鳳洲謂：「擬騷賦不可使不讀書人一見便曉」，此等見識，正萬俗之源也。後世人大半為此等論所誤，故為辨俗如此。

〈圖說〉

李懷民的見解其實很清楚：俗與不俗，關鍵在詩人之性情，非關詩作之語句；否則陶淵明、王維詩既不乏淺俗語，豈能獨免於「淺俗」之罵名？細按李懷民之論見，詩中之俗情、俗語，並不構成淺俗之病；類似王世貞這種矯情、扭捏，刻意在詩文中掉書袋的人，才真是「萬俗之源」。

　　再次，李懷民舉張籍為例，說明後世論者但知張籍以樂府詩聞名於世，卻不知張籍近體詩，也是獨標律格，應與樂府並重；又舉

賈島為例，認為計有功《唐詩紀事》論賈島：「獨變格入僻，以矯浮豔於元白」，根本是個誤解。他說：

> 元白誠無可矯，遂啟後人妄訾，乃謂元白郊島，總病一俗字。
> 元白譬若袒裼裸裎，郊島等之，囚首垢面。無論所譬不當，
> 即如所言，亦非俗也。吾故云：今人錯認俗字！
>
> 〈圖說〉

正因後人錯認「俗」字，以致衍生出許多錯誤的見解。可見不僅詩之雅俗，關鍵不在言語，更非關題材。張籍「以俗情入詩」，作淺俗的樂府、賈島「變格入僻」，作清峭的五律、孟郊自鳴寒苦，蒙受「詩囚」之誚，其實他們都是各本性情、苦心孤詣。後世論者動輒評以「淺俗」、「僻澀」，皆非站在文學之立場，就詩論詩，所作評價，自難公允。

（七）就詩論詩，不泥執時代先後；強調「為詩先求為古之豪傑」

由於明代詩論家經常纏夾主觀論點，無法就詩論詩，因此李懷民特別在〈圖說〉提到鍾嶸《詩品》之論詩方法。《詩品》分從國風、小雅、楚辭推源漢、魏、晉詩人；又借「九品中正」之法，將詩人分判為上中下三品。在甄辨詩人源流方面，鍾嶸的確出現不少差誤，以致不能完全服人；但鍾嶸能針對詩人體格之相近，就詩論詩，並據以辨明源流關係，在這一方面，還是很有見地。

李懷民並不認為鍾嶸所論，一定客觀公允，但對於鍾嶸論詩之精闢處，例如：「陳思為建安之傑，公幹仲宣為輔；陸機為太康之英，

安仁景陽為輔」、「孔門如用詩，則公幹升堂，陳思入室，潘陸諸子，
自可坐於廊廡間矣」則是完全認可，視為千古不刊之定論。李懷民
的《重訂中晚唐詩主客圖》雖與鍾嶸《詩品》之體例存在極大差異，
但就詩論詩的態度，則是完全一致。他說：

> 余選主客圖，初非敢如記室之尚論其淵源所自。俱有明徵，
> 特效裒輯焉耳。至圖中所列及門，不斷以己意，要皆會昌以
> 後人。又據升菴「晚唐兩派」之說，即有不盡然者，或亦非
> 古人所深罪也。（原注：耳目不廣，姑就所見引列，其有遺賢，
> 後當補入。）

〈圖說〉

至於中晚唐詩人創作活動之先後、或隸屬時代應如何分判？李懷民
除了在〈主客圖人物表〉中依詩人創作時代之先後，列出所有全書
收錄之名單。又特別舉劉長卿為例，說明劉長卿是開元進士，論者
卻將常將他派入中唐；而馬戴與賈島、姚合同時，卻被列入晚唐。
至於朱慶餘之格律與張籍相同，卻不免列為晚唐；僧清塞（周賀）
詩風之僻澀，一如李洞，卻無礙其為中唐。李懷民特別提醒讀者：
以年代區分詩人，必有不夠精確處。他所能作的，只是就詩人體格
之相近，分別先後，無法嚴格遵守詩人實際生活之先後倫序，因此，
特別要求讀者不要泥執。

　　李懷民畢竟是個傳統文人，深信性理之學，雖知宋人所談的理
學觀念不能入詩，但卻認為：詩人言情，便是「正心之學」；詩句匠
物，也與「格物」相通。李懷民從儒教的角度說：

> 唐詩儒教不純，或雜佛老。然王仲初曰：「君子抱仁義，不懼
> 天地傾。」固已知孔氏之教矣。李太白思復雅樂，杜工部自
> 比稷契；元白張王、韓文公、孟夫子各出其讜言正論，以維
> 世教。是知唐詩雖小道，實與三百篇之義相通，但其間遇有
> 隆替，才有大小，其升之廊廟而揮其才，則為樂府、為雅頌；
> 非然，即一室嘯呼，而約其才苦吟、為孤索，要皆得性情之
> 正，而不流淫哇。

〈圖說〉

換言之，唐代雖然三教同流，思想多元。但從李、杜、張、王、韓、
孟之詩篇與讜論來看，同樣是懷仁抱義、亟思裨益世教。就此而言，
李懷民認為「唐詩雖小道，實與三百篇之義相通」。當然，詩人在世
之日，際遇不一，雖不能升之廊廟，發展長才，然而嘯聚一室，苦吟
孤索，也大體維持著君子應有的分際。不論處身盛世或衰世，詩人對
自己出處行藏，都有深細的甄辨與抉擇，近於孔門狂狷之士。他說：

> 故余定中晚唐以後人物，有似於孔門之狂狷。韓退之、盧仝、
> 劉叉、白樂天，狂之流也；孟東野、賈島、李翱、張水部，
> 狷之流也。後世人不識，或指其言為俗劣、為粗鄙、為真率、
> 為妄誕。嗚呼！是皆浮沈世故、居心不正，徒以香情麗質為
> 雅耳。

〈圖說〉

當然，詩人既已擇定人生道路，多少會對自己的人生遭遇，有一番
認知。例如賈島在〈寓興〉一詩就說：「今時出古言，在眾翻為訛。

有琴含正韻，知音者如何。」又方干〈贈喻鳧〉也說：「所得非眾語，眾人哪得知？纔吟五字句，又白幾莖髭。」李懷民對於張、賈門下諸賢所展現的人格風範，十分激賞。他說：

> 吾定主客圖，竊見張賈門下諸賢，微論其才識高遠，要之氣骨稜稜，俱有不可一世、壁立萬仞之槩。夫是以與時鑿枘，坎坷多而遭遇難。
>
> 〈圖說〉

李懷民特別舉了「司空圖不事朱溫」、「顧非熊高隱茅山」、馬戴以正言被斥、「劉得仁以違時不第」為例，說明這些詩人，若生活在周朝，必能成為孔子門人。他最大的願望是：

> 願世之觀吾主客圖者，先求為古之豪傑，舉凡世俗逢迎、諂佞、慳吝、鄙嗇、齷齪種種之見，一洗而空之，然後播為風詩，以變澆風而振頹俗，或亦盛世之一助云。
>
> 〈圖說〉

李懷民係借用鍾嶸「孔門用詩」之觀念，承繼張為《主客圖》的體例，完成《重訂中晚唐詩主客圖》，所以在〈圖說〉中，處處站在儒家立場發言，也就不足為奇。綜觀李懷民〈圖說〉中，對前賢詩說有承繼，也有駁正。其「學詩當自五律始」、「由中唐以造盛唐之堂奧」、「俗關性情，非關詩句」以及「為詩當先求為古之豪傑」都有很深刻的用意與理論意義。

四、《重訂中晚唐詩主客圖》之內容分析

李懷民《重訂中晚唐詩主客圖》一書分為上下兩卷，其結構大致是：先列〈重訂中晚唐詩主客圖說〉，繼列〈主客圖人物表〉（見表一），起自代宗廣德元年（西元 763 年），迄於哀帝天祐三年（西元 906 年）；繼列〈主客圖〉二種（見表二、表三），各分主、上入室、入室、升堂、及門五層，乃襲自張為《主客圖》之體例。然後對入選詩人逐一論述，亦先列傳記，繼以前人評論，最後附以按語，所以全書其實也是一部附錄簡要詩話的詩選。

主客圖人物表（表一）

王建：大曆十年登第	代宗十七年（廣德二、永泰一、大曆十四）
于鵠：大曆貞元間人 張籍：貞元十五年登第	德宗二十五年（建中四、興元一、貞元二十）
	順宗一年（永貞）
姚合：元和間登第 周賀、鄭巢：姚合同時 章校標：元和十四年登第	憲宗十五年（元和）
賈島：文宗時，貶長江，韓愈 　　　使應進士舉當在憲宗、 　　　穆宗時 顧非熊、張祜	穆宗四年（長慶）
朱慶餘	敬宗二年（寶曆）
許渾、喻鳧、劉得仁	文宗十四年（太和九、開成五）
趙嘏、馬戴、項斯	武宗六年（會昌）
	宣宗十三年（大中）

許棠、方干、司空圖、李咸用	懿宗十四年（咸通）
鄭谷、崔塗	僖宗十五年（乾符六、廣明一中和四、光啓三、文德一）
曹松、李洞、唐求	昭宗十五年（龍紀一、大順二、景福二、乾寧四、光化三、天復三）
裴說 于鄴、任翻、林寬三人無考	哀帝三年（天祐）

清真雅正主客圖（表二）

張籍	主
朱慶餘	上入室
王建　于鵠	入室
項斯　許渾　司空圖　姚合	升堂
趙嘏　飛雄　任翻　劉得仁　鄭巢　李咸用　章校標　崔塗	及門

清真僻苦主客圖（表三）

賈島	主
李洞	上入室
周賀　喻鳧　曹松	入室
馬戴　裴說　許棠　唐求	升堂
張祜　鄭谷　方干　于鄴　林寬	及門

　　李懷民《重訂中晚唐詩主客圖》一書之上卷收錄「清真雅正」一系，收詩 442 首，下卷續錄「清真僻苦」一系收詩 460 首，就收詩之數量與規模而言，不能算小。以下針對兩系略作說明：

　　關於「清真雅正主」張籍，歷來以古風稱善。白居易〈讀張籍古樂府〉有云：「張君何為者，業文三十春。尤工樂府詩，舉代少其倫。為詩意如何，六義互鋪陳。風雅比興外，未嘗著空文。」所稱頌者在古體詩。姚合〈贈張籍太祝〉謂：「妙絕江南曲，淒涼怨女詩。古風無手敵，新語是人知。」所推崇者也是古風。至南唐・張洎，始關注其律詩之成就，其〈張司業詩集序〉云：

> 元和中，公及元丞相、白樂天、孟東野歌詞，天下宗匠，謂之元和體。又長於今體律詩。貞元以前，作者間出，大抵互相祖尚，拘於常態，迨公一變，而章句之妙，冠於流品矣。[12]

張洎又在〈項斯詩集序〉說：

> 吳中張水部為律格詩，尤工於匠物，字清意遠，不涉舊體，天下莫能窺其奧。唯朱慶餘一人親授其旨。沿流而下，則有任蕃、陳標、章孝標、倪勝、司空圖等，咸及門焉。[13]

李懷民在《重訂中晚唐詩主客圖》上卷，張籍詩選前，附加按語：

> 水部五言，體清韻遠，意古神閑，與樂府辭相為表裡，得風騷之遺。當時以格律為標異，信非偶然。得其傳者，朱慶餘而外，又有項斯、司空圖、任翻、陳標、章孝標、滕倪諸賢。

---

[12] 詳見《全唐文》卷八七二，或李建崑撰《張籍詩集校注》附錄二（台北，華泰文化事業公司，2001 年 8 月），頁 543。

[13] 詳見清・陸心源《唐文拾遺》卷四七，又見李建崑注《張籍詩集校注》附錄二（台北，華泰文化事業公司，2001 年 8 月），頁 543。

今考滕倪、陳標詩已無存，任翻、司空圖、章孝標亦寥寥數
頁，惟朱慶餘、項斯兩君，賴後人蒐輯，規格略具。

李懷民對於「清真雅正」一系，顯然是取資於張泊〈張司業詩集序〉，
有所增刪。尤其對於張泊所稱：「工於匠物，字清意遠」，常引為重
要術語，實際用於詩句之評析。李懷民又說：

水部既歿，聞風而起者，尚不乏人，後世拘於時代，別為晚
唐，要其一脈相沿之緒，故自不爽。茲特奉水部為清真雅正
主，而以諸賢附焉。合十六人，得詩四百四十二首。

（上卷）

這是「清真雅正」一系之大致內容。至於「清真辟苦主」賈島，本
以詩思入僻、苦吟錘鍊聞名。賈島詩散軼甚多，其詩集未收七古；
其五言古詩與五七言律詩、絕句都呈現生峭險僻之風格。孟郊在〈戲
贈無本〉其一曾讚歎：「詩骨聳東野，詩濤湧退之。……可惜李杜死，
不見此狂癡。」（《孟東野詩集卷六》）。〈戲贈無本〉其二又謂：「文
章杳無底，斷絕誰能根。……燕僧擺造化，萬有隨手奔。」旨在稱
頌賈島狂癡於詩歌寫作，詩才之高，可擺弄造化、驅遣萬有。

　　韓愈在〈送無本師歸范陽〉稱頌賈島：「無本於為文，身大不及
膽。吾嘗示之難，勇往無不敢。」（錢仲聯《韓昌黎詩繫年集釋》卷
七）。則在讚歎賈島詩膽之高，任何詩題，皆敢於嘗試。續稱賈島：
「狂詞肆滂葩，低昂見舒慘，姦窮變怪得，往往造平淡。」（同上引）
意謂賈島措詞狂發，滂沛繽紛，低昂之間，能見陰陽慘舒。既得種
種變怪詩境，則必返歸平淡。

　　由於孟郊、韓愈是賈島之前輩詩友，措詞之間，多少有夸飾之處；加上兩人所評，均為賈島僧徒時期之作，與還俗後詩風表現，未盡相合。雖然如此，韓愈所稱：「姦窮變怪得，往往造平淡。」卻很有見地，值得注意。此與唐‧蘇絳〈唐故司倉參軍賈公墓誌銘〉所說：「孤絕之句，記在人口。……所著文編，不以新句綺靡為意，淡然躡陶謝之蹤。」可謂不謀而合。但是，賈島這種「平淡」之詩境，仍係透過「苦吟」之寫作態度或手段達成。晚唐時期受到賈島影響的詩人很多，李懷民對此頗有認知，在《重訂中晚唐詩主客圖》下卷謂賈島：

> 尤好五言律，存遺二百餘篇，較別體為多，東野所謂：「燕本、越淡，五言寶刀」也。沿流而下，李洞之外，又有周賀、曹松、喻鳧，皆宗派之可考者。其他諸賢，雖於古無聞，體格不殊，可推尋而得之。本欲全錄，以極其體之變，因賈詩刻苦過鍊，後學不善，流為尖酸。又遺集魯亥尤多，往往兩存之，猶不得妥當。茲刪去四分之一，尊為清奇僻苦主，與張水部分壇領袖。學者或性不近水部者，其入此派，不失正宗。
>
> （下卷‧賈島，頁二）

　　以上雖僅針對兩系之宗主略作引述，已可略窺李懷民《重訂中晚唐詩主客圖》內容之一斑。如與張為《詩人主客圖》相較，張為所涉詩人群體較廣，多達六組，而李懷民僅及兩組；張為對於詩人體派分立僅摘句為例，派性特徵較不明晰；李懷民則慎擇詩人代表作，在作品圈點、加批、甚至在詩作之後添加詩批評意見，因此對於「清奇雅正」、「清真僻苦」兩派詩人之分立，更能顯現派性之特徵。

五、李懷民詩歌批點之評議

從詩歌批評的角度來看，詩選也是一種批評方式。早在唐代，殷璠以《河嶽英靈集》表達對於盛唐詩的批評觀點、高仲武以《中興間氣集》表達對大曆詩人的評價，都是詩選的型態。李懷民基本上仍沿用「詩選附加批語」方式，展現他對中晚唐五律之看法。李懷民在實際批評的操作上，觸及的議題分屬字句修辭、篇章營構、人格特質、體派沿承四方面。

（一）以詩聯為單位，作字句修辭之探討

李懷民在實際批評的操作上，經常進行的工作是：摘出例句，作用字方面的討論。其討論模式，可以粗分為六：

（1）就首聯而論；如：王建〈春日留別〉首聯：「初晴天墮絲，晚色上春枝。」李懷民評云：「興象化工。」再如：李洞〈送人之天台〉首聯：「行李一支藤，雲邊扣曉冰。」李懷民於首聯上句評云：「高絕。」下句評云：「冷絕。」

（2）就頷聯而論；如：賈島〈下第〉頷聯：「杏園啼百舌，誰醉在花前？」李懷民評云：「偷春格。感羨極矣，卻不損其高致。」再如：許渾〈洛中秋日〉頷聯：「吳僧秣陵寺，楚客洞庭舟。」李懷民評云：「此等天妙，亦不同常熟。此不可以模擬，得一著跡，便常熟矣。」

（3）分就首聯、頷聯而論。如許渾〈對雪〉首聯、頷聯：「飛舞北風涼，玉人歌玉堂。簾幃增曙色，珠翠發寒光。」

李懷民評云：「賦雪之妙，從未到此。不得以設色少之。
後來蘇子瞻〈超然台上雪詩〉有意及此，然無此清豔逼
真。」再如：顧非熊〈秋日陝中道中作〉首聯、頷聯：「孤
客秋風裏，驅車入陝西。關河午時路，村落一聲雞。」
李懷民於評云：「此等句，能匠千古之情，勿以淺而易之。」

（4）就頸聯而論。如：張籍〈山中友人〉頸聯：「犬因無主善，
鶴為見人鳴。」李懷民評云：「『無主』、『見人』妙。」
又云：「二語全從悲眼中看出，認真不得。犬自善，豈因
無主？鶴偶鳴，寧為見人？而自哭者眼中，都作如是觀，
詩象之活也。解此，始可語詩。」再如：唐求〈馬嵬感
事〉頸聯：「鳳髻隨秋草，鸞輿入暮山。」李懷民評云：「慘
怛。古人賦感，只用一二字，而含蘊無窮。即如此句，止
加一暮字，便覺有十分蕭索悲涼，勝後人萬千語也。」

（5）就頷聯、頸聯並論。如賈島〈送無可上人〉頷聯、頸聯：
「麈尾同離寺，蛩鳴暫別親。獨行潭底影，數息樹邊身。」
李懷民於頷聯評云：「對法妙。無可在俗為浪仙從弟，故
詩中用『親』字，非泛下也。」李懷民於頸聯上句評云：
「此幻影也，獨行者為誰？。」李懷民於頸聯下句評云：
「此色身也，數息者為誰？此等李洞諸人皆不能道，非
不及其詩，不及其精於禪也。使為師生平得意句，須思
其得意處安在？」（下卷）再如許棠〈過淄溝客〉頷聯：
「石形相對聳，天勢一條長。」李懷民於頷聯下評云：「狀
出奇險。」頸聯：「棧底鳴流水，林端歛夕陽。」李懷民
於頸聯下評云：「歛字妙。」

（6）就尾聯而論。如張籍〈閒居〉尾聯：「誰見衡門裏，終朝自在貧？」李懷民評云：「（自在貧）三字奇創得妙。古詩人全須此副胸襟。」再如李洞〈下第送張霞歸觀江南〉尾聯：「空傷歡觀意，半路摘愁髭。」李懷民評云：「苦思至此，歸觀如此點，情感尤深。」

　　無論就律詩的任何一聯，李懷民常在特別激賞之處，加圈加點，以為標示。或以「匠」、「匠出」等字眼，彰顯詩家之創意。無可諱言，都是李懷民恬吟密詠、細細體味，所獲之心得。此於講求方法、喜套用分析體系之當代人而言，或有不足。然而吾人也不能否認，經李懷民之評點、銓評，這些詩聯之佳處，皆能彰顯無遺，從而為後人所共賞。

（二）就起結、接續、制題等方面，論詩篇構造

　　李懷民十分強調五言律詩之篇章結構。因此，在這一方面，有不少畫龍點睛之提示。起、結之法，他舉趙嘏〈東歸道中〉為例，認為此詩「妙在起筆，須看其發端處，含毫邈然，乃絕得水部神韻。」又舉張籍〈送宮人入道〉一詩，提醒學者「最要學他結法，讀得不盡之味。」甚至顧非熊〈下第後送友人不及〉，李懷民都認為其頷聯「似無可涉想處涉想，似無可著筆處著筆。」；其頸聯之接續，筆法十分新穎，而且「此等接落，亦非後人所知。」
　　李懷民有時也會對某些詩篇之章法，作較長之論評。並由句法、意境、風格之類似性，評比諸家五律之高下。例如李懷民指出周賀

〈送省己上人歸太原〉頷聯「寒僧迴絕塞，夕雪下窮冬」為：「峭如峰，利如劍。」指出其頸聯「出定聞殘角，休兵見壞鋒。」為：「奇險。」然後，李懷民認為：「此篇具見力量，與賈師送霄韻（崑按：此指賈島〈送慈恩寺霄韻法師謁太原李司空〉。）正在伯仲之間，餘子皆在下矣。」

再如李懷民在論及喻鳧〈遊雲際寺〉：「澗壑吼風雷，香門絕頂開。閣寒僧不下，鐘定虎常來。鳥啄林稍果，鼯跳竹里苔。心源無一事，塵界擬休回。」指出其頷聯：「字字響，當從百鍊中來。起句是實賦，次聯卻是虛寫，若謂當晚果遇得一虎，則真鈍材矣，真高叟之為詩矣。」

又如裴說〈贈衡山令〉：「君吟三十載，辛苦必能官。造化猶難隱，生靈豈易謾。猿跳高岳靜，魚攏大江寬。與我為同道，相留夜話闌。」李懷民於首聯下評云：「語奇創，似乎無理。」於頷聯下評云：「承明卻極有理。蓋其詩不外窮理，所以能官也。唐人作詩功夫，正是致知格物之學，其識力氣節，即裕於此。故每以終身詣之，卓然自負也。此詩可謂發凡。若僅如後人，率爾拈筆，應酬時俗之作，乃是翫物喪志、聰明日錮，何能參造化？何能明吏治耶？」

由於李懷民強調精讀，因此，能夠精確斷定賈島〈哭孟郊〉、〈弔孟協律〉實為一詩之兩作，愛而不捨，故兩存之。按賈島〈哭孟郊〉云：

身死聲名在，多應萬古傳。寡妻無子息，破宅帶林泉。
塚近登山道，詩隨過海船。故人相弔後，斜日下寒天。

李懷民於首聯下評云：「再鍊之，止消『才行古人齊』五字。」李懷民於頷聯上句評云：「此尚常語，再鍊之，為『遠日哭惟妻』。」李懷民於頷聯下句評云：「此尚熟語，再鍊之，為『葬時貧賣馬』。」李懷民於頸聯下評云：「此二句，實勝後作。蓋愛而不忍斸也，故兩存之。」又賈島〈弔孟協律〉云：

> 才行古人齊，生前品位低。葬時貧賣馬，遠日哭惟妻。
> 孤塚北邙外，空齋中嶽西。集詩應萬首，物象遍曾題。

李懷民於首聯上句評云：「五字贊盡，故其下更不用贊。世皆知東野所長在詩，而昌黎與浪仙皆極贊其行，所以為深知；而詩之高，又不待言。」李懷民於頷聯下評云：「質極、樸極、老極、痛極，狠苦結撰，非老郊，何以當此？」李懷民於頸聯上句評云：「此墳不朽。」李懷民於頸聯下句評云：「此居不朽。」李懷民於尾聯評云：「止以餘意及之。」從而感嘆：「非此詩不稱此人，見解撰力，無一不到。」這首詩其實就是由〈哭孟郊〉改寫而成。但是因為詩中有「品位低」之句，所以在題前加上官名。

一般詩論對於制題，鮮有觸及，尤其是長題，如何拿捏，對於作者而言，也十分重要。李懷民在《重訂中晚唐詩主客圖》上卷，多次論及制題之法。他對於張籍〈春日李舍人宅見兩省諸公唱和因書情即事〉、〈和戶部令狐尚書喜裴司空見招看雪〉、〈和裴司空以詩請刑部白侍郎雙鶴〉、〈同綿州胡郎中清明對雨西亭宴〉等詩之制題，十分激賞，認為具有典範意義。他說：「看他運題之法，格即在此、妙即在此。後來不講律格則雜，鋪陳則瑣，無復風人之致矣。」又在許渾〈暝投靈智寺渡溪不得卻取沿江路往〉詩末，提醒讀者：

「看其運題之法，非拋撇、又非挨敘。此中有斷制剪裁在，即所謂格也。」

至於崔塗〈晚次修路僧〉：「平盡不平處，尚嫌功未深。應難將世路，便得稱師心。高鳥下殘照，白煙生遠林。更聞清磬發，聊喜緩塵襟。」李懷民於頸聯下評云：「晚。」李懷民尾聯下評云：「次。後辦事題中『晚』、『次』二字。」又詩末評云：「置題處，皆不同於古人。」

又如唐求〈山東蘭若遇靜公夜歸〉：「松門一徑微，苔滑往來稀。半夜聞鐘後，渾身帶雪歸。問寒僧接杖，辨語犬銜衣。又是安禪去，呼童閉竹扉。」李懷民於頷聯聯下評云：「寫生手。」李懷民於頸聯下評云：「長江得意句。」李懷民於詩末評云：「此題情事本佳，故詩亦高妙。然非閒心冷眼，則不能不相得此題。故欲學古人作詩，當先學古人置題。」

（三）就胸襟氣度與詩歌境界，論詩人之成就

關於詩家之人格特質、胸襟氣度方面，李懷民在評析作品之際，也有許多觸發。例如韓愈與張籍本有師生之緣，但張籍在〈酬韓庶子〉一詩，對「此皇皇泰山北斗之韓夫子也，乃只用家常閒話，淡淡酬之，更不作意」，李懷民認為：「不知此不作意，正是高處。一時之胸次交情，莫切於此矣。在後人反不知添多少矜持張皇，都成客氣。」又白居易嘗贈詩推重張籍樂府詩，而張籍〈酬白二十二舍人早春曲江見招〉卻能不同於後人之周旋世故，李懷民認為：「樂天推重水部至矣，而水部卻不渾作讚語，只和其詩景，而人自見。」足見張籍詩所展現之胸襟氣度，頗有值得欽重之處。

再如崔塗〈言懷〉有云:「干時雖苦節,趨世且無機。及覺知音少,翻疑所業非。青雲如不到,白首亦難歸。所以滄江上,年年別釣磯。」李懷民對此也頗有感觸,先在首聯之下評云:「干時必有苦節,趨世必是無機,孔孟栖栖,亦是此義。不然,則成患得患失之鄙夫矣,唐末士品,要於此等求之。」又在領聯之後,讚嘆:「有真骨氣在也!」由此,不難獲知李懷民對於詩家人格特質之重視。

李懷民除了抉發詩家之勝處,也對前賢之誤評,提出辨正。例如後世誤解許渾之詩作,過於傖俗。他在許渾〈陪王尚書泛舟蓮池〉詩末評云:「祇是尋常字句,而韻遠味腴,便耐諷詠。後世不深入而妄訛之,正不值作者一笑。陳后山云:『後世無高學,舉俗愛許渾。』須知俗人所愛,非能得其妙處。其妙處,恐后山亦未及深求也。」(上卷)

又如曹松之詩篇,論者認為有詩語過激之病。李懷民特別舉曹松〈書懷〉一詩為例辨正之。按曹松詩云:「默默守吾道,望榮來替愁。吟詩應有罪,當路卻如讎。陸海儻難溺,九霄爭便休。敢言名譽出,天未白吾頭!」李懷民認為此詩首聯「『替』字似尖,卻穩妥。」然後,對曹松之激憤,提出辯護。他說:「唐人所業者,不過詩句。然其心骨、詣力,堅確不易。此亦聖門強矯之徒也。故其氣盛而詞抗,不可磨滅。」

又如曹松〈晨起〉:「曉色教不睡,卷簾清氣中。林殘數枝月,髮冷一梳風。並鳥含鐘語,敧荷隔霧空。莫疑縈白日,道路本無窮。」李懷民也是十分讚賞,認為:「篇中鍊字法,都涉尖纖,而辟冷之性、閒闃之境,一能狀出。」

又如馬戴〈晚眺有懷〉：「默默抱離念，曠懷成怨歌。高臺試延望，落照在寒波。此地芳草歇，舊山喬木多。悠然暮天際，但見鳥相過。」李懷民於詩末評云：「此與（馬戴）〈落日悵望〉詩，皆寓深感，味之無盡。古人詩寫景，必有情在。故即其詩，可以想見其人、想見其生平、想見其時世。孟子曰：『是以論其世也，是尚友也。』可謂善讀矣。然亦必其中原有感寓，若今人作詩，祇圖眼前塗抹點綴，人人可以通用，何足為後來之追想哉？此不惟唐詩也，自三百篇後，若漢魏、六朝；唐之後，若五代、宋、南宋，無不皆然，故皆不可滅沒。金元以後，或離或合矣；然其卓卓者，亦必主乎此，故於此發凡云。」

再如裴說〈旅中作〉：「行路非不厭，其如饑與寒。投人言去易，開口說貧難。澤國雲千片，湘江竹一竿。時明未忍別，猶待計窮看。」李懷民於頷聯評云：「直說，是古情。」李懷民於頷聯評云：「此中有壁立萬仞之概，學者當認得。」李懷民於尾聯評云：「鼓勵嶄然，與陶淵明『卓為霜下傑』出處不同，負性則一。」李懷民於詩末評云：「此所謂有個安身立命處，若後人感遇，不過自道窮苦耳。」

類似的長篇析論，在李懷民《重訂中晚唐詩主客圖》中，實在不勝枚舉。而且這些論析，都與其「學詩先求為古之豪傑」的論點一致。就《重訂中晚唐詩主客圖》一書來看，凡是能夠卓然壁立的「強矯之徒」，都給予相當崇高的評價，顯然李懷民認同「風格即人格」之說，相信詩歌創作成就，與詩人之人格特質密切相關。

（四）由句法、內涵、體性之類似，說明體派關係

在論及張籍一系諸家五律時，李懷民下了很大功夫，舉出很多實例以為驗證。例如論及「清真雅正」一系的「上入室」朱慶餘時，先引龔賢〈朱慶餘詩序〉謂：「張水部初為律格詩，惟朱慶餘親受其旨。」又引朱慶餘〈近試上張籍水部〉（一作閨意獻張水部）：「洞房昨夜停紅燭，待曉堂前拜舅姑。妝罷低聲問夫婿，畫眉深淺入時無。」以及張籍之和詩〈酬朱慶餘〉：「越女新妝出鏡心，自知明豔更沈吟。齊紈未是人間貴，一曲菱歌敵萬金。」以此說明張籍對於朱慶餘之賞識，並作下按語說：「慶餘無古體，律格專學水部，表裡渾化，他人顯能及者，斷推上入室。」緊接著李懷民又就個別詩句細論朱慶餘對張籍的承襲。

李懷民認為朱慶餘〈送淮陰丁明府〉前三句，仿效張籍〈寄漢陽故人〉，而能「青出於藍」，而且「水部集中亦不多覯。」認為朱慶餘之〈贈道者〉「全得水部贈方外詩訣。」認為朱慶餘之〈和劉補闕秋園寓興之什〉第十首「分明是學乃師〈和元郎中秋居之什〉，然無一語雷同，正是滅[74]更燃也，如此乃謂善學。」

再如「清真雅正」一系的「入室者」王建。李懷民認為王建〈送人入塞〉一詩，「格法與司業毫髮不異。」；王建〈南中〉一詩，「結法亦是司業。」；王建〈送流人〉一詩，前半「與水部並無差別。」王建〈答寄芙蓉冠子〉一詩，「應與司業詩參看。」；王建〈隱居者〉一詩，「與水部隱者、辟穀者皆一例」；王建〈望行人〉一詩，「與司業詩同工異曲，後四稍平。」

　　至於「清真雅正」一系的「入室者」于鵠，雖出處不可考，李懷民還是就其詩格之相同。論斷于鵠〈送客遊邊〉一詩，「氣味已是水部」；于鵠〈題鄰居〉一詩，「全似學水部〈贈同谿客〉詩」；于鵠〈惜花〉一詩，「宜與仲初〈山中惜花〉詩並看，知其同出水部也。」；于鵠〈贈不食姑〉一詩，「竟似學水部〈不食姑〉、〈贈辟穀者〉等篇。」

　　李懷民對於「清真雅正」一系的「升堂者」、「及門者」亦然。他認為項斯〈送歐陽袞歸閩中〉一詩，「的是有意學水部」；項斯〈蠻家〉一詩，「從水部送蠻客、送南客、送南遷客、送海客數篇中，翻轉而來。」許渾〈神女祠〉一詩，「（頷聯）字法似水部語」、「（結聯）確得水部神致。」總之，李懷民對於「清真雅正」一系的詩人，或從取材之相近、或從句法之相伴、或就格法之雷同、或就氣味之相似，極力找出或遠或近的關係，茲不一一贅述。

　　李懷民對於「清真僻苦」一系也是措意甚深，採擇極精。賈島二百餘篇五律中，李懷民即簡選一百六十首入《重訂中晚唐詩主客圖》。他特別提到賈島〈哭柏巖禪師〉、〈山中道士〉、〈就可公宿〉三首是：「集中最著意者」。在論及李洞、周賀（清塞）之相關題材時，亦盡力做出比較，以見賈島格法、意趣之高超。例如李懷民論及賈島〈哭孟郊〉、〈弔孟協律〉二首時，特別指出〈哭孟郊〉與〈弔孟協律〉本是一詩，前者脫稿後，「再三改鍊，以成奇絕。」

　　又如論及賈島〈送無可上人〉名句：「獨行潭底影，數息樹邊身。」時，李懷民指出：「此幻影也，獨行者誰？」、「此色身也，數息者誰？」、「此等李洞諸人，皆不能道，非不及其詩，不及其精於禪也。此為師生平得意語，需思其得意處安在？」論及賈島〈送李騎曹〉名句：「朔色寒天北，河源落日東。」時，李懷民指感嘆：「無此奇

筆，如何匠得塞垣景出。」懷民又指出：「此王右丞『大莫孤煙直，長河落日圓』有正變之分，而發難顯則同。」李懷民對於賈島五律之析釋，可謂鞭辟入裡。

李懷民對「清真僻苦主」、「上入室者」李洞，雖僅收詩二十八首，卻認為：「五七律及絕句長律，具師閬仙，五言尤逼肖，一字一句，必依賈生格式。」他感嘆李洞生得太晚，不能如朱慶餘受到張籍之知遇，以致落拓終身，抱憾以卒。

李懷民除指出李洞〈弔草堂禪師〉一詩是：「學本師〈哭宗密禪師〉之作」，也就李洞個別詩語深入評析，以見二人之傳承關係。例如李洞〈鄠郊山舍題趙處士林亭〉：「四五百竿竹，二三千卷書」一聯，李懷民評為：「從賈派變出，句法亦變」李洞〈河陽道中〉：「翻憶江濤裏，船中睡蓋蓑」二語，李懷民評為：「真島。」又如李洞〈送安撫從兄夷偶中丞〉：「河橋吹角凍，嶽月卷旗圓」一聯，李懷民評為：「極追賈師，並用其韻調。」又如李洞〈下第送張霞歸覲江南〉：「此道背於時，攜歸一軸詩。樹沈孤島遠，風逆塞驢遲。草入吟房壞，潮衝釣石移。恐傷還覲意，半路摘愁髭。」李懷民於首句讚嘆：「得此五字，入古人不難。」並對頷聯、頸聯甚為稱嘆，「苦寫逼真、苦思至此」「匠出荒色，正為下第致感。」對於李洞詩之批評，可謂十分深入。

李懷民對於「清真僻苦」入室者周賀、喻鳧、曹松，也有相當精闢之論析。周賀有五律六十餘篇，全學賈島，兩人同樣出身於僧徒，且工力悉敵，因此被認定為入室者。李懷民評周賀〈送耿山人歸湖南〉一詩為：「長江集中，亦是傑作。」對周賀〈送省己上人歸太原〉一詩，也認為：「此篇具見力量，與賈師〈送霄韻〉篇正在伯

仲之間。餘子皆在其下矣。」在周賀〈暮冬長安旅舍〉、〈送僧還南岳〉、〈宿開元寺樓〉等詩中，李懷民皆列舉句例，以證明周賀善學賈島。

　　至於喻鳧，專攻五言近體，前賢謂其效賈島為詩，人稱「賈喻」。李懷民特別指出喻鳧〈酬王檀見寄〉：「馳心棲杳冥，何物比清冷。夜月照巫峽，秋風吹洞庭。」四句，「與島師『秋風吹渭水』二句相媲而少次之。……賈喻爭勝處，卻在此等。」又於喻鳧〈寺居秋日對雨有懷〉一詩之頷聯：「隱几客吟斷，鄰房僧話稀。」評曰：「匠出寥闃，似從清塞『孤枕客眠久，雨廊僧話深。』翻出而此尤多情感。」由於李懷民能舉具體詩句作為證明，所以有很高的說服力。

　　至於曹松詩，也以刻苦深思，專攻近體聞名。李懷民奉之為「清真僻苦主」之入室者，認為與喻鳧在伯仲之間。他指出曹松〈南山聞夜泉〉：「瀉月聲不斷，坐來心益閒。無人知落處，萬木冷空山。」四句之所以能夠營造出「空闊疏宕」之境，正是從極端研鍊而來，而這也正是賈島的獨門功夫。再如曹松〈晨起〉：「曉色教不睡，卷簾清氣中。林殘數枝月，髮冷一梳風。並鳥含鐘語，敲荷隔霧空。莫疑營白日，道路本無窮。」一詩，李懷民認為：「篇中鍊字法都涉尖纖，而僻冷之性、閒闃之境，一一能狀出。」再如曹松〈觀山寺僧穿井〉一詩，李懷民評為：「極奇險、卻極平實，學賈上乘。」、再如曹松〈訪山友〉：「山寒初宿頂，泉落未知根。」一聯，李懷民評為：「頂、根二字，全用賈而，各成其妙。此等鍊句與賈師伯仲，亦惟賈門擅此法力。」

六、結語

　　經由上述之討論，可知李懷民雖採取張為《詩人主客圖》之模式，對中晚唐詩人依交往關係之親疏遠近、詩歌作風之異同，建立一套分類辦法，藉此說明詩人體派關係；這樣的分類，實已超越張為《詩人主客圖》原有功能，使此書在中晚唐文學研究，獨具極高之價值。

　　其次，李懷民在《重訂中晚唐詩主客圖》一書，重申「中晚唐詩兩派」之主張，不僅較張為「六派說」更為精確；所收錄「清真雅正」一系詩人作品 442 首，「清真僻苦」一系詩人作品 460 首，更是眼光獨到、採擇甚精；中晚唐時期重要五律作者，幾乎都有作品被收錄；學者如欲了解此一時期五律創作之面貌，可由此書獲知梗概。

　　再者，李懷民倡導「學詩當自五律始」、「由中晚唐以造盛唐之堂奧」不僅打破了明代前後七子宗奉盛唐之風氣，也適時對「中晚唐詩淺俗」之偏見，有所糾偏；尤其強調「學詩先求為古之豪傑」，對於不能升之廊廟之貧寒詩人，往往能給予適切評價；對其人格風範，不吝肯定。顯示出李懷民雖站在儒家立場，就詩歌批評而言，其心胸仍十分開闊。

　　當然，李懷民《重訂中晚唐詩主客圖》仍有若干缺失，比如在實際批評的操作上，依循傳統舊法，僅對個別詩篇，作簡短批點，屬於印象式、賞鑑式的批評。對頷聯頸聯之論析尤多，篇章營構之分析，明顯然不足；有關五律聲調、用韻之討論，則全付闕如。此或因聲調、用韻為五律創作之基本功，傳統士大夫無不熟習之故。

雖然如此，李懷民《重訂中晚唐詩主客圖》固是中晚唐文學研究應
備之要籍，也是五律創作者重要的參考書。

（原載：東海大學中國文學系主編，《東海中文學報》，第 17 期，2005 年，
頁 31-60）

國家圖書館出版品預行編目

敏求論詩叢稿 / 李建崑作. -- 一版. -- 臺北
　市 : 秀威資訊科技, 2007.10
　　面 ; 　公分. --(語言文學類 ; AG0077)

　ISBN 978-986-6732-24-9(平裝)

　1. 詩評　2. 中國詩

821.886　　　　　　　　　　96019966

 語言文學類　AG0077

敏求論詩叢稿

作　　者 / 李建崑
發 行 人 / 宋政坤
執行編輯 / 黃姣潔
圖文排版 / 張慧雯
封面題字 / 馮以堅
封面設計 / 蔣緒慧
數位轉譯 / 徐真玉　沈裕閔
圖書銷售 / 林怡君
法律顧問 / 毛國樑　律師
出版印製 / 秀威資訊科技股份有限公司
　　　　　 台北市內湖區瑞光路 583 巷 25 號 1 樓
　　　　　 電話：02-2657-9211　　　傳真：02-2657-9106
　　　　　 E-mail：service@showwe.com.tw
經 銷 商 / 紅螞蟻圖書有限公司
　　　　　 台北市內湖區舊宗路二段 121 巷 28、32 號 4 樓
　　　　　 電話：02-2795-3656　　　傳真：02-2795-4100
　　　　　 http://www.e-redant.com

2007 年 10 月 BOD 一版
定價：300 元

讀　者　回　函　卡

感謝您購買本書，為提升服務品質，煩請填寫以下問卷，收到您的寶貴意見後，我們會仔細收藏記錄並回贈紀念品，謝謝！

1. 您購買的書名：_____

2. 您從何得知本書的消息？

　　□網路書店　□部落格　□資料庫搜尋　□書訊　□電子報　□書店

　　□平面媒體　□　朋友推薦　□網站推薦　□其他_____

3. 您對本書的評價：(請填代號　1.非常滿意 2.滿意 3.尚可 4.再改進)

　　封面設計____　版面編排____　內容____　文/譯筆____　價格____

4. 讀完書後您覺得：

　　□很有收獲　□有收獲　□收獲不多　□沒收獲

5. 您會推薦本書給朋友嗎？

　　□會　□不會，為什麼？_____

6. 其他寶貴的意見：_____

_____

_____

_____

讀者基本資料

姓名：_____　年齡：_____　性別：□女 □男

聯絡電話：_____　E-mail：_____

地址：_____

學歷：□高中(含)以下　　□高中　　□專科學校　　□大學

　　　□研究所(含)以上 □其他_____

職業：□製造業 □金融業 □資訊業 □軍警 □傳播業 □自由業

　　　□服務業 □公務員 □教職　□學生 □其他_____

To：114

　　台北市內湖區瑞光路 583 巷 25 號 1 樓

　　秀威資訊科技股份有限公司　　　收

寄件人姓名：

寄件人地址：□□□

秀威與 BOD

BOD（Books On Demand）是數位出版的大趨勢，秀威資訊率
先運用 POD 數位印刷設備來生產書籍，並提供作者全程數位出
版服務，致使書籍產銷零庫存，知識傳承不絕版，目前已開闢
以下書系：

一、BOD 學術著作—專業論述的閱讀延伸
二、BOD 個人著作—分享生命的心路歷程
三、BOD 旅遊著作—個人深度旅遊文學創作
四、BOD 大陸學者—大陸專業學者學術出版
五、POD 獨家經銷—數位產製的代發行書籍

BOD 秀威網路書店：www.showwe.com.tw
政府出版品網路書店：www.govbooks.com.tw

　　永不絕版的故事‧自己寫‧永不休止的音符‧自己唱